밤의 가스파르

GASPARD DE LA NUIT
FANTAISIES À LA MANIÈRE DE REMBRANDT ET DE CALLOT
by Aloysius Bertrand

알로이시위스 베르트랑
밤의 가스파르
렘브란트와 칼로 풍의 환상곡

조재룡 옮김

wo
rk
ro
om

일러두기

이 책은 알로이시위스 베르트랑(Aloysius Bertrand)의 『밤의 가스파르:
렘브란트와 칼로 풍(風)의 환상곡(Gaspard de la Nuit: Fantaisies à la manière
de Rembrandt et de Callot)』을 한국어로 옮긴 것이다. 번역 대본으로는 자크
보니(Jacques Bony)가 책임 편집한 2005년도 플라마리옹(Flammarion) 판본을
택했다.

주, 연보 등은 아래의 글을 참고해 옮긴이가 작성했으며, 원주는 별도로 표기했다.

> 알로이시위스 베르트랑, 『밤의 가스파르: 렘브란트와 칼로 풍의 환상곡』,
> 막스 밀너(Max Milner) 소개·확립·주해, 파리, 갈리마르(Gallimard),
> 1980년.
> —『밤의 가스파르: 렘브란트와 칼로 풍의 환상곡』, 『전집(Œuvres
>   Complètes)』, 헬렌 하트 포건버그(Helen Hart Poggenburg) 편집,
>   파리, 오노레 상피옹(Honoré Champion), 2000년.
> —『밤의 가스파르: 렘브란트와 칼로 풍의 환상곡』, 장뤼크
>   스테인메츠(Jean-Luc Steinmetz) 소개·확립, 파리, 리브레리 제네랄
>   프랑세즈(Librairie Générale Française), 2002년.
> —『밤의 가스파르: 렘브란트와 칼로 풍의 환상곡』, 수고본 원문을
>   토대로 저자의 요망에 따라 편집·출간, 자크 보니 소개·주해, 파리,
>   플라마리옹, 2005년.
> —『밤의 가스파르』, 앙리 세피(Henri Scepi)의 자료 포함, 파리,
>   갈리마르, 2011년.
> 크리스틴 마르캉디에(Christine Marcandier), 상드린 베두레라라뷔뤼
> (Sandrine Bédouret-Larraburu), 『알로이시위스 베르트랑의 밤의
> 가스파르(Gaspard de la Nuit d'Aloysius Bertrand)』, 뇌이쉬르센,
> 아틀랑드(Atlande), 2010년.

저자명 표기에 대해서는 이 책의 「옮긴이의 글」 주에서 밝혔다.

저자의 의도를 존중해 원문의 줄표, 쌍점, 쌍반점 등을 번역문에 최대한 반영했다.

이탤릭체로 강조된 부분은 방점으로, 대문자로 강조된 부분은 고딕체로 구분했다.

차례

밤의 가스파르

밤의 가스파르의 환상곡

부록

작가에 대하여

알로이시위스 베르트랑(Aloysius Bertrand, 1807–41)은 산문시의 효시인『밤의 가스파르』를 쓴 프랑스의 시인이다. 본명은 루이자크 나폴레옹 베르트랑(Louis-Jacques-Napoléon Bertrand)으로, 루이 베르트랑(Louis Bertrand)이라고 불렸다.

이탈리아에서 태어난 루이 베르트랑은 1815년 군인이었던 아버지가 은퇴한 후 가족과 함께 프랑스 디종에 안착한다. 1826년 고등학교 수사학 반 2학년으로서 디종 연구회에 입회해 여러 산문과 운문, 그리고 산문시를 집필하기 시작한다.

루이 베르트랑은 여러 잡지의 편집장을 일시적으로 역임하면서 작품 상당수를 발표하고 디종을 떠나 파리에 정착해 빅토르 위고나 생트뵈브 등 유수의 작가 및 비평가들과 교류하지만, 내내 질병과 궁핍에 시달린다. 와중에 급진적인 사상 등으로 잡지사와 불화하기도 하고, 완성된 작품『밤의 가스파르』를 책으로 출간하려 애쓰지만 좀처럼 결과를 얻지 못한다. 그가 첫 수고본을 보낸 출판사는 파산하고, 또 다른 출판인은『밤의 가스파르』의 출간을 수락했다가 거절한다. 주변에서 출간을 도와주려고도 하지만 결국 그의 생전에 이루어지지 못한다. 1841년 4월 루이 베르트랑이 숨을 거두고, 그해 10월『밤의 가스파르』의 출간을 알리는 안내문이 제작된다. 그 1년 후인 1842년 11월에『밤의 가스파르』가 출간되었다.

이 책에 대하여

알로이시위스 베르트랑의 『밤의 가스파르』는 최초의 산문시이다. 전통시의 형식과 규칙을 넘어서는 새로운 시도로서 산문을 시에 끌어들인 선구자적 작품이었으며 샤를 피에르 보들레르가 깊은 인상을 받았다고 널리 알려졌고 모리스 라벨의 음악으로도 회자되지만, 작가 생전에는 작품이 빛을 보지 못했다.

      보들레르는 산문시집 『파리의 우울』 서문에서 『밤의 가스파르』가 "옛 생활의 묘사에 적용했던, 그토록 비상하리만큼 회화적인 방법"을 변주해 보려고 했음을 밝힌 바 있다(「옮긴이의 글」 참조). 『밤의 가스파르』의 부제 '렘브란트와 칼로 풍의 환상곡'에 등장하는 화가들은 예술에 대한 작가의 관점을 읽는 두 축이다. "예술은 언제나 상반되는 양면을 지니는데, 예를 들어 한쪽 면은 파울 렘브란트의 모습을, 그리고 반대쪽 면은 자크 칼로의 모습을 도드라지게 나타낼 한 닢의 메달과도 같다."(41쪽) 은둔하는 철학자로 비유되는 렘브란트와 거리를 누비는 용병에 견주어지는 칼로가 연상되는 이미지가 포진한 가운데 호프만을 계승하는 그로테스크하고 아이러니한 환상 문학적 연금술이 밤과 악몽의 그림자 아래 시를 조직해 나간다. 이러한 전개는 작품 속 설정상 어느 날 디종의 아르크뷔즈 공원에서 우연히 만난 루이 베르트랑에게 작품의 원고를 건네준 산책자 '밤의 가스파르 씨'가 예술에 대해 "우리는 고작해야 창조주를 모방하는 자들일 뿐"이며, "온전한 독창성이란 숭고하고 벼락이 내리치는 시나이산의 둥지에서만 제 알의 껍질을 깰 뿐인 새끼 독수리와 같은 것"(37쪽)이라고 읊조리는 대목과 연관해 다시 읽을 수 있다. 나아가 베르트랑은 자신의 산문시를 이론적으로 규정하려는 후대의 시도를 미리 벗어나 있다. 밤의 가스파르 씨의 말을 빌려 "어

11

째서 책의 첫머리에 무언가 그럴듯한 문학론을 눈에 띄는 활자로 새겨 넣지 않았는지" 묻고서, "작가는 자신의 작품에 서명하는 것으로 충분하다."(41–2쪽)고 자답한다.

이 책 『밤의 가스파르』는 도입부의 정형시, 단편소설 「밤의 가스파르」, 밤의 가스파르의 「서(序)」, 「빅토르 위고 씨에게」에 이어 「밤의 가스파르의 환상곡」이라는 본격적인 여섯 개의 '서(書)'로 구성되며, 「샤를 노디에 씨에게」라는 시로 마무리된다. 한국어판에는 알로이시위스 베르트랑의 초고에서 발췌한 작품들과 『밤의 가스파르』에 관한 여러 문헌, 본문과 연관된 도판, 번역가의 상세한 주해를 부록으로 더했다.

편집자

밤의 가스파르

작가 미상, 「디종의 노트르담 성당 탑 위의 자크마르 가족(La Famille Jacquemart
sur la tour de l'église Notre-Dame à Dijon)」, 『르 마가쟁 피토레스크(Le Magasin
pittoresque)』, 1834년.

친구여, 자네 기억하나? 쾰른으로 가던 길에서,
어느 일요일에, 부르고뉴의 수도, 저 디종에서,
우리 감탄하며 여러 종루를, 여러 대문과 탑을,
그리고 뒤뜰의 낡은 가옥들을 보러 갔던 일을.
— 생트뵈브, 『위안』[1]

고딕 양식의 망루들이여
고딕 양식의 첨탑들이여[2]
만화경[3] 하늘에 솟아났네,
바로 저기가 디종이라네.
무르익은 포도 덩굴들은
견줄 만한 것이라곤 없네;
그 옛날에 저기 종루들은
벌써 수십을 헤아렸었네.
저곳에서, 숱한 선술집이
형형색색으로 조각되고;
저곳에서, 수많은 성문이
부채처럼 활짝 펼쳐지고.
디종, "너를 오래 기다렸네"[4]
납작코 나의 악기 류트가,
그리고 너의 자크마르[5]가,
무타르드를 찬양한다네![6]

15

밤의 가스파르[7]

나는 디종을 사랑한다, 어린애처럼, 어린애가 젖을 빨았던 유모를 사랑하듯, 시인처럼, 시인이 처음으로 자신의 마음을 보여 주었던 여인을 사랑하듯. ─ 유년 시절과 시(詩)라! 유년 시절은 얼마나 덧없던가, 그리고 시는 얼마나 거짓되던가! 유년 시절은 홀연히 제 하얀 날개를 청춘의 불꽃에 태우려 서두르는 한 마리 나비로다, 그리고 시는 편도 나무를 닮았구나: 그 꽃은 향기로우나 과실은 떫은 편도 나무로구나.

어느 날 나는 아르크뷔즈[8] 공원에서, ─ 옛날, 앵무새 기사들[9]이 이 공원에서 자주 솜씨를 겨루었던 데서 이와 같은 무기 이름이 붙었다 ─ 좀 떨어진 곳에 앉아 있었다. 어느 벤치에 앉아 꼼짝하지 않고 있었는데, 누군가는 이런 나를 바지르 요새[10]의 조각상과 비교할 수도 있었으리라. 조각가 세발레[11]와 화가 기요[12]의 이 걸작은 앉아서 책을 읽고 있는 수도사를 재현하고 있었다. 그의 사제복에는 부족한 게 하나도 없었다. 멀리서 보면, 살아 있는 사람으로 착각할 정도였다; 그러나 가까이에서 보면, 그저 석고상에 지나지 않았다.[13]

어느 산책자의 기침이 나의 끓어오르던 망상을 흩뜨려 버렸다. 그는 오로지 빈곤과 고뇌만을 내비칠 뿐인 외모의 몹시 가련한 사내였다. 나는 일전에도 공원에서 이 사내를 본 적이 있었는데 그는 턱까지 단추를 채운 낡아 빠진 르댕고트[14]에, 단 한 번도 솔질을 하거나 해 본 적 없는 구겨진 중절모를 쓰고, 버드나무처럼 길게 늘어지고, 가시 덤불처럼 겨우 빗질을 마친 머리털에, 뼈와 다를 바 없는 앙상하게 야윈 두 팔에다가, 나사렛 사람처럼 뾰족한 수염을 달고 있는;[15] 빈정거리는 폼에, 교활해 보이고 병색 또한 짙은 얼굴을 하고 있었다. 그리고 나의 추측은 채워질 줄 모르는 허기와 달래기 힘든 갈증이 저 떠돌아다니는 유대인의 흔적을 찾아 세상 곳곳을 떠돌아다니게 벌을 내린 바이올린 연주자나 초상화가 같은 가련한 예술가 부류 중 한 명으로, 이자를 동정하며 분류하고 있었다.

벤치에는 이제 우리 두 사람이 앉아 있었다. 내 옆의 사내는 책 한 권의 책장을 넘기고 있었는데, 그가 모르는 새 말린 꽃잎 한 장이 책장에서 떨어져 나왔다. 나는 그 꽃잎을 주워 그에게 돌려주었다. 이 낯선 남자는, 내게 고맙다는 인사를 건네고선, 말라 시든 제 입술에다 그 꽃잎을 갖다 대었고, 그런 다음 신비로운 그 책 사이에 도로 끼워 넣었다.

—"이 꽃은 분명 파묻어 버린 어느 달콤한 사랑의 징표가 아닐는지요?" 나는 대담하게 그에게 말을 걸었다. "슬

폰 일이지요! 그 누구든 우리는 미래의 환상에서 깨어나게 할 하루를 과거에 가지고 있는 법이지요."

—"선생님은 시인이시로군요!" 그는 미소를 지으며 나에게 대답했다.

대화의 실이 이어졌다. 이제부터 이 실은 과연 어떤 실타래에 감기게 될 것인가?[16]

—"시인이라, 예술을 찾아 나선 적이 있는 자를 시인이라 한다면야 그렇겠지요!"[17]

—"선생님은 예술을 찾고자 했군요! 그래서 예술을 찾으셨습니까?"

—"부디 예술이 몽상이 아니었기를 바랄 뿐이지요!"

—"몽상이라…! 저 역시 예술을 찾았더랬습니다!" 재능에 열광하면서, 그리고 성공을 과장하면서 그는 큰 소리로 외쳤다.

어느 안경 제조인 덕택에 그런 발견을 이룰 수 있었는지, 나는 그에게 가르침을 청했다. 예술이란 내게 건초 더미 속에 떨어진 바늘 하나와도 같았거늘….

19

—"일찌감치 저는 마음을 먹었었지요." 그가 말했다. "중세에 연금술의 돌을 찾아 나섰던 장미십자회처럼, 저도 예술을 찾아보자고요;— 예술을, 그러니까 이 19세기 연금술의 돌을 말입니다![18]

한 가지 질문이 우선 제 학식을 시험하였습니다.저 자신에게 이렇게 물어보았지요: 예술이란 과연 무엇인가? — 예술이란 시인의 학(學)이다.—나무랄 데가 없는 다이아몬드처럼 명징한 정의입니다.

그렇다면 예술의 요소들은 무엇인가?—바로 이 두 번째 물음에 대답하기까지, 저는 몇 달을 주저했습니다.—어느 해 질 녘 램프에서 연기가 피어오르는 가운데, 저는 어느 헌책방의 먼지투성이 매대를 무덤을 파듯 뒤지고 있었고, 거기서 이상야릇하고 뜻을 알 수 없는 언어로 쓰인 작은 책 한 권을 파내었는데, 책의 제목에는 화염으로 장식된 띠 위로 용 한 마리가 날개를 펄럭이고 있는 문장(紋章)이 새겨져 있었고, 거기에는 두 단어가 적혀 있었습니다: *Gott—Liebe*.[19] 약간의 돈을 지불하고 이 보물을 얻었습니다. 저는 제 다락방으로 올라갔습니다. 그리고 거기, 달빛이 쏟아져 내리는 창문 앞에서, 호기심에 이끌려 이수수께끼 책을 더듬더듬 읽어 나가니, 돌연 신의 손가락이 우주의 오르간 건반을 스쳐 지나가는 것과 같은 기분이 들더군요. 그건 마치, 날갯짓으로 소리를 높이고 있던

20

나방들이 밤의 입맞춤으로 제 입술이 황홀해진 꽃 무리의 가슴 깊은 곳에서 날아오르는 것만 같았습니다. 저는 창틀을 넘어갔습니다. 그리고 저 아래를 내려다보았습니다. 오! 이리 놀라운 일이 다 있다니! 제가 꿈이라도 꾸었던 걸까요? 제가 짐작조차 하지 못했던, 오렌지 나무에서 감미로운 향이 감도는 노대(露臺) 하나, 소녀 하나, 흰옷을 입은 채, 하프를 켜고 있었고, 노인 한 사람, 검은 옷을 입은 채, 무릎을 꿇고 기도하고 있더이다!— 제 손에서 책이 떨어져 버렸습니다.

저는 이 노대를 빌려 살고 있는 사람들이 있는 곳으로 내려갔습니다. 노인은 종교개혁파의 사제였는데, 고향 튀링겐의 추운 조국을 포근한 우리 부르고뉴와 망명으로 바꿔치기를 했더군요. 음악을 연주한 사람은 그의 외동딸이었는데, 열일곱 살의 금발이자 애처로운 미인으로 우울의 고통으로 시든 꽃처럼 수척했습니다;[20] 그리고 저로 인해 세상에 모습을 드러낸 책은 루터파 교회에서 사용하는 기도서였는데, 안할트쾨텐 가문의 어느 공작의 문장들이 그려져 있었습니다.[21]

아! 저기요, 불씨가 아직 꺼지지 않은 재를 들쑤시지 말자고요! 엘리사벳[22]은 하늘색 드레스를 입은 베아트리체[23]에 지나지 않습니다. 그녀는 죽었다고요, 죽었단 말입니다! 그리고 지금 여기, 그녀가 수줍은 기도를 입 밖으로 흘려보내곤 했던 기도서, 그녀가 무구한 제 영혼을 발산했던 장미가 있습니다. — 그녀와 마찬가지로 봉오리인 채로 말라 버린 꽃 말입니다! — 그녀의 운명을 기록한 책과 다를 바 없이 닫혀 버린 책 말입니다! — 대천사의 나팔이 제 무덤가의 비석을 부수고, 온 세상 저 너머 열렬히 사랑했던 처녀에게까지 솟구쳐 날아가, 신이 드리운 시선 저 아래, 마침내 제가 그녀 곁에 가 앉으려 할 때, 눈물 가득 젖어 있을 그녀가 죽은 후에도 영원히 잊지 않을 축성받은 추억의 물건들이란 말입니다…!"

— "그런데 예술은요?" 나는 그에게 물었다.

— "예술 속에 있는 감정이야말로 제가 괴로움을 극복하고 얻은 것입니다. 저는 사랑했었습니다, 저는 기도했었습니다. *Gott — Liebe*, **신과 사랑!** — 그런데 예술 속에 있는 사상이 계속해서 저의 호기심을 교묘하게 끌어냈습니다. 저는 자연 속에서 예술의 보완물을 찾아낼 수 있다고 믿고 있었습니다; 그래서 저는 자연을 연구했습니다.

저는 이른 아침 제 거처를 나섰다가 해 질 녘이 되어서야 돌아오곤 했습니다. — 어떤 때는, 폐허가 된 성채의 흙벽에 몸을 기대고서, 아주 오랜 시간, 루이 11세 봉건제의 허물어져 가는 성채들[24]을 뒤덮고 있는 담쟁이덩굴 자락들에 황금 꽃다발로 반점을 그려 넣고 있는 비단향꽃

무의 꽃들이 찔러 오는 야생 향기를 맡는 걸 좋아했습니다; 또한 저는 한 차례의 바람이나, 태양의 빛줄기 혹은 퍼붓는 소나기로 고요한 풍경이 변해 가는 모습이나, 울타리 아래 쇠박새와 병아리들이 빛과 그림자가 어지러이 뒤섞여 있는 묘목 상가에서 장난치는 모습을, 산에서 날아든, 개똥지빠귀 무리가, 우화[25] 속 수사슴이 몸을 숨길 만큼 높이 우거진 포도를 따 먹는 모습이나, 푸릇푸릇한 구덩이에서 가죽 벗기는 자[26]가 내다 버린 한 마리 말의 잔해 위로, 지친 까마귀 무리가 하늘 사방팔방에서 덤벼드는 모습을 보는 것도 좋아했습니다; 또 쉬종[27] 강가에서 빨래하는 여인들이 활기차게 울려 퍼뜨리는 루요[28] 소리나 성벽 아래에서 줄 감는 커다란 바퀴를 돌리면서 아이가 탄식 가득한 곡조로 노래 부르는 소리를 듣는 것도 좋아했습니다. ― 또 어떤 때는, 마을에서 멀리 떨어져, 이끼가 끼고 이슬이 내려앉은, 고요하고 평화로운 오솔길을, 저만의 몽상을 위해 열어 보곤 했습니다. 주방스 연못[29]과 노트르담데탕의 암자, 정령들과 요정들의 샘, 악마의 암자,[30] 좀처럼 사람들이 찾아오지 않는 우거진 숲 어딘가에 열려 있는 빨갛고 시큼한 열매를 따 먹으며, 저는 몇 번이나 황홀해했었는지 모릅니다! 폭풍우로 깊게 파인 생조제프 성당[31]의 자갈 언덕에서 돌이 되다시피 한 자줏빛 조개껍데기, 그리고 화석이 된 산호를 저는 몇 번이고 주워 모았는지 모릅니다! 티유강[32] 부근 수초가 무성한 얕은 개울가에서, 겁먹은 물도마뱀을 피해 숨어 들어가는 물냉이와 꽃들이 태평하게 하품을 하는 수련 사이를 헤집고서, 저는 몇 번이고 가재를 잡곤 했습니다! 물닭의 단조로운 울음소리, 그리고 논병아리의 구슬픈 울음소리 외에 아무것도 들려오지 않는 솔롱[33]의 개펄에서, 저는 몇 번이고 물뱀을 지켜보곤 했는지 모릅니다! 종유석이 수세기 동안 물시계의 영원한 물방울을 서서히 떨어뜨리고 있는 아니에르[34]의 종유석 동굴에서, 저는 몇 번이고 양초를 들어 별처럼 빛을 밝히곤 했는지 모릅니다! 셰브르모르트[35]의 수직으로 깎아지른 바위 위에 앉아, 저를 감싼 안개의 왕좌 저 아래로 얼추 300피에[36] 떨어진 길을 힘겹게 오르고 있는 승합마차를 향해, 저는 몇 번이나 뿔피리를 불었는지 모릅니다! 심지어 밤에도, 향기가 풍기고 반절만 투명한 여름밤에도, 풀이 우거지고 인기척 없는 계곡에서 피워 올린 불가에서, 벌목꾼이 첫 도끼질로 떡갈나무를 흔들어 댈 무렵까지, 저는 몇 번이고 늑대 인간[37]처럼 미친 듯이 지그춤[38]을 추었는지 모릅니다! — 아! 선생님, 고독이란 시인에게 얼마나 커다란 매력이란 말입니까! 숲속에 살았더라면, 그리고 샘물로 목을 축이는 새나 산사나무 꽃에서 꿀을 찾는 꿀벌, 떨어져 나무 그늘의 정적을 깨는 도토리가 내는 소리 정도만 낼 수 있었더라면, 저는 행복했을지도 모릅니다…!"

—"그래서 예술은요?" 나는 그에게 물었다.

—"기다려 보십시오! — 예술은 아직 구원받지 못한 곳[39]에 있었습니다. 저는 자연의 광경을 연구한 적이 있었습니다; 이어서 인간들의 유적을 연구했습니다.

디종은 음악을 좋아하는 그곳의 아이들에게 연주회를 열어 가며[40] 한가로이 한 올 한 올 시간을 풀어 헤치기만 했던 것은 아닙니다. 디종은 쇠사슬 갑옷을 걸치고,—투구를 머리에 쓰고,—미늘창을 휘두르고,—검을 뽑아 들고,—화승총에 화약을 쟁여 넣고,—제 성벽 위로 대포를 설치하고,[41]—북소리를 울리며 전장의 깃발을 갈기갈기 찢으며, 동분서주 들판을 달렸으며,—또 잿빛 턱수염, 중세의 저 음유시인처럼, 삼현호궁(三絃胡弓)[42]을 거칠게 긁어 소리를 내기 전에 나팔을 입에 대고 불었던 디종은 당신에게 들려줄 혁혁한 전투 이야기를 가지고 있었을지도 모릅니다; 하나 지금은 오히려,—잔해가 뒤섞인 땅에 인도의 밤나무들이 나뭇잎으로 뒤덮인 채 제 뿌리를 드러내고 있는 저 무너져 내린 성의 능보(稜堡)들,—그리고 죄다 파괴된 성채의 다리가 남아 막사를 찾아 되돌아가고 있는 녹초가 되어 버린 저 기병마의 걸음 아래 흔들리고 있을 뿐입니다,—이 모든 것이 두 개의 디종을 증언하는 것이지요,—오늘날의 디종, 옛날의 디종을 말입니다.

이내 저는 열여덟 기의 탑과 여덟 개의 성문, 그리고 네 개의 작은 문 혹은 쪽문 들이 손을 잡고 주위에서 춤을 추고 있는,[43] 14세기와 15세기의 디종을 파내었습니다,[44] — 용담공 필리프, 용맹공 장, 선량공 필리프, 대담공 샤를의 디종[45]을 말입니다, — 어느 미치광이의 모자[46]처럼 뾰족한 지붕에, 성앙드레의 십자가[47] 모양으로 정면에 횡선이 그어진, 토벽을 쌓아 지은 그곳의 가옥들과 함께 말입니다; 가는 총안(銃眼)들이 나 있는, 이중 감시창에, 안마당 바닥에는 미늘창이 깔려 있는, 망루처럼 요새화된 그곳의 관저들과 함께 말입니다; — 황금빛과 푸른빛 유리창을 깃발처럼 펼쳐 보이고, 기적의 유물을 바치며, 순교자가 잠들어 있는 어두컴컴한 지하 묘지, 혹은 그들 정원의 꽃 피어난 휴식처에 무릎을 꿇리기도 했던 종루들, 화살 모양의 첨탑들, 바늘 모양의 뾰족탑들로 긴 행렬을 이루었던 그곳의 교회들, 그곳의 예배당들, 그곳의 수도원들, 그곳의 사원들과 함께 말입니다; — 마치 고등법원의 집행관이, 나무 막대기를 들어 분노로 날뛰는 두 소송인 사이에 선을 그으며 이들을 진정시키기라도 하듯이, 생베니뉴 수도원장의 영지와 생테티엔 수도원장의 영지를 물살로 갈라놓았던,[48] 여기저기 소목교(小木橋)들과 제분소가 있던 그곳 쉬종의 격류와 함께 말입니다. — 그리고 끝으로 사람들로 붐비던 성 밖 길들, 그중에서도 한창 새끼를 낳는 중인 살찐 암퇘지의 젖꼭지 열두 개보다 덜하지도 더하지도 않은 열두 개의 거리를, 햇볕에 늘어놓던 성니콜라스의 그것과 함께 말입니다. — 저는 사체 하나에 갈바니전기를 가했고, 그러자 이 사체가 몸을 일으켰습니다.

디종이 일어납니다; 이 도시가 일어나고 있습니다. 이 도시가 걷고 있습니다. 이 도시가 달리기 시작합니다!—서른 개의 조그만 댕델[49]들이, 늙은 알브레히트 뒤러[50]가 그린 것 같은 짙고 푸르른 하늘에서, 일제히 울려 퍼지고 있습니다. 군중이 쇄도하고 있습니다, 여인숙이 들어선 부슈포가(街)로, 한증탕이 모여 있는 샤누안 문(門)으로, 생기욤가의 펠멜[51] 놀이터로, 노트르담가의 환전소로, 포르주가의 무기 제조소로, 코르들리에 광장의 급수장으로, 베즈가의 공동 빵굽터로, 샹포 광장의 시장으로, 모리몽 광장의 교수대로 말입니다;—시민도, 귀족도, 평민도, 거친 용병 무리도, 사제도, 수도승도, 서기도, 상인도, 젊은 기사[52]도, 유대인도, 롬바르디아 출신의 장사치[53]도, 순례자도, 음유시인도, 법원과 회계원의 관리도, 염세소(鹽稅所)의 관리도, 화폐국의 관리도, 삼림국의 관리도, 공국의 관리도 말입니다;—고함을 지르고, 야유를 보내고, 노래를 부르고, 우는소리를 늘어놓고, 기도를 읊고, 불평하면서 말입니다;—마차를 타고, 가마를 타고, 말을 타고, 노새를 타고, 성프란치스코처럼 천천히 걸어서[54] 말입니다.—어떻게 이 부활을 의심할 수 있겠습니까? 절반은 녹색으로, 절반은 황색으로 물든, 붉은빛 바탕에 녹색 잎의 금빛 포도 덩굴 무늬가 새겨진, 도시의 문장(紋章)[55]들로 가득 수놓은 비단 깃발이, 바람에 휘날리고 있습니다.[56]

그런데 저 기마행렬은 무엇일까요? 사냥을 나가시는 공작

님입니다. 공작 부인께서는 공작님보다 먼저 루브르[57]의
성으로 가셨습니다.─휘황찬란한 의장에 엄청난 수의 수
행원입니다!─공작 전하께서 얼룩무늬 말에 박차를 가하
니 말이 찌를 듯하고 청명한 아침 공기 속에 몸을 부르르
떨고 있군요. 공작님 뒤로는 샬롱의 부자 나리들, 빈의 귀
족님들, 베르지의 용자님들, 뇌샤텔의 장수님들, 보프르몽
의 호인 남작님들이 으스대며 떠들썩하게 말을 몰며 따르
고 있습니다.─행렬의 후미에서 말을 타고 가고 있는 두
사람은 누구일까요? 몸에-찰싹-달라붙는 소-핏-빛 비로드
상의, 그리고 방울을 울리는 왕홀(王笏)이 확연하게 눈에
띄는 제일 젊은 분은 목이 쉴 정도로 웃어 젖힙니다; 검은
망토를 우스꽝스레 걸쳐 입고, 그 아래 두툼한 시편(詩篇)
한 권을 숨긴 제일 나이 드신 분은 혼란스럽다는 표정으
로 머리를 숙이고 있습니다: 한 사람은 근위대 대장[58]이며,
다른 사람은 공작님의 전속 사제[59]입니다. 미치광이가 현
자에게 문제를 몇 개 내는데 현자는 풀 수가 없습니다; 그
러는 동안에도 민중은 "만세!"[60]를 외치고 있습니다.─의
장마 여럿이 큰 소리로 울어 대고,─사냥개들이 짖어 대
고,─뿔피리 소리가 울려 퍼지고,─그리고 후미의 저 두
사람,─나란히 보조를 맞춰 걷고 있는 그들이 올라탄 말
의 고삐를 잡고,─지혜로운 여인 유디트와 의롭고 용감한
마카베오[61]에 관해 허물없이 이야기를 나누고 있습니다.

그러는 사이 공작 관저의 탑 위에서는 전령이 부는 나팔

28

소리가 울려 퍼집니다. 그는 사냥꾼에게 평원에서 그들의 매를 날리라는 신호를 보내고 있습니다.— 비가 부슬부슬 내리는 날씨입니다. 잿빛 안개가, 늪지에 숲을 적시고 있는 저 먼 곳의 시토회 수도원을 감싸고 있습니다; 그러나 한 줄기 빛이 그곳에서 드러내고 있습니다,— 훨씬 가까이 그리고 보다 또렷하게,— 구름 사이로 단구(段丘)와 기단(基壇) 여럿이 톱니 모양을 새기고 있는 탈랑성[62]을,— 푸른 나무들을 뚫고 풍향계가 우뚝 솟아난 방투성[63]의 주인과 퐁텐성[64] 영주의 저택을,— 비둘기장이 뾰족하게 솟아 있고 그 주위로 비둘기 떼가 날아다니는 생모르 수도원[65]을,— 하나뿐인 문에 창문이라곤 없는 생타폴리네르 나환자 수용소[66]를,— 조개껍데기를 꿰매어 붙인 순례자[67]라 부를 만한, 트리몰루아의 생자크 예배당[68]을 말입니다;— 그리고 디종의 성벽 아래, 생베니뉴 수도원[69]의 포도밭 너머로, 성브뤼노의 제자들이 입고 있는 사제복처럼 하얀, 샤르트뢰즈 수도원[70] 안마당의 회랑들을 말입니다.

디종의 샤르트뢰즈여! 부르고뉴 공작 가문의 생드니여![71] 아! 어찌하여 자식이란 자들은 제 아비가 만든 걸작을 질투하고 마는 것일까요!— 샤르트뢰즈가 있었던 곳에 지금 한번 가 보십시오. 선생님의 발걸음은 풀 아래 저 수많은 돌에 부딪히게 될 겁니다. 저 돌들은 모두, 궁륭의 주춧돌이나 제단 옆의 감실(龕室),[72] 무덤들의 머리맡 연석(緣石), 기도실의 포석(鋪石)이기도 했었습니다;— 훈향(薰香)이

피어올랐었거나, 납촉(蠟燭)이 타올랐었거나, 오르간이 웅
얼거렸었거나, 공작들이 살아생전 무릎을 꿇었었거나, 공
작들이 사후에 저들의 이마를 뉘곤 했던, 갖가지 돌들이
었습니다.―오! 위대함과 영광의 헛됨이여! 선량공의 유
골이 묻힌 이곳에서 이제 조롱박이나 심고 있다니!―샤
르트뢰즈는 흔적조차 남아 있지 않습니다!―제가 틀렸습
니다.―교회의 정문과 종루의 포탑이 우뚝 서 있습니다.
가볍고 날씬하게 솟은 포탑 주위에, 흐드러지게 피어오른
한 무리의 꽃무는 흡사 사냥개를 마음대로 부리는 청년
의 모습과 닮았습니다; 공들여 조각한 정문은 여전히 대
성당의 목에 걸려 있는 보석일 겁니다. 이것들 외에도 거
기에는,―수도원 안마당[73]에는,―십자가가 사라진 거
대한 좌대(座臺)가 있고, 또한 여섯 명의 예언자들[74]이 그
주위를 둘러싸고 있습니다,―비탄으로 가득한 예언자들
이….―그들은 무엇에 눈물을 흘리고 있는 것일까요? 그
들은 천사들이 하늘에 도로 가져다 놓았던 십자가에 눈물
을 흘리는 것입니다.

샤르트뢰즈의 운명은 공국이 왕의 영토로 병합되던 당시
디종을 아름답게 장식했던 유적들 대부분의 운명과도 같
았습니다. 이 도시는 이제 제 그림자에 지나지 않습니다.
루이 11세가 이 도시의 권력을 박탈해 버린 적이 있었고,
대혁명이 도시의 목을 내리쳐 종루들을 잘라내 버렸습니
다. 도시에는 교회가 일곱 개, 생트샤펠 대성당[75]이 하나,

수도원이 둘, 사원이 대략 열두 개가 있었는데, 이제 교회 셋밖에 남아 있지 않습니다. 도시의 성문 중 셋은 막혀 버렸습니다. 도시의 쪽문은 모두 메워졌습니다. 도시의 성 밖 거리들은 헐려 버렸습니다. 도시를 가르던 쉬종의 격류는 하수도가 삼켜 버렸습니다. 도시의 인구는 그 잎사귀부터 흔들렸습니다. 그리고 도시의 귀족은 후사가 끊어져 버렸습니다.—아아, 슬프도다! 전장으로 떠났던 샤를 공작과 그의 기사들이,—이제 곧 4세기가 지난 일이 됩니다.[76]—다시 돌아오지 못했다는 사실을 확연히 깨닫게 됩니다.

그리고 저에 대해 말씀드리자면, 저는 폭풍우가 지나간 다음, 어느 카스트룸[77]의 도랑을 뒤지며 로마의 동전들을 찾는 골동품 상인처럼 이곳 폐허 속을 방황하며 돌아다니고 있었습니다. 숨을 거두어 버린 디종은 입에 금화 한 닢이 물리고, 오른손에는 또 한 닢의 금화가 쥐어진 채 장사를 지냈던 저 부유한 갈리아인과 닮았다고나 할 무언가를 자신이 그러했던 모습에 아직도 간직하고 있습니다."

—"그런데 예술은요?" 내가 그에게 물었다.

—"어느 날 저는 노트르담 성당 앞에서 자크마르와 그의 아내, 그리고 그의 자식이 망치로 정오를 치는 모습을 유심히 올려다보고 있었습니다.—1383년에 심지어 도시 쿠

르트레가 약탈을 당하게 되었을 때도, 이 마을 대다수 사람들에게 자크마르가 시간을 알려 주었다는 사실을 우리가 알고 있지 못하다 하더라도, 자크마르의 정확성, 묵직함, 침착함은 그가 플랑드르에서 태어났다는 사실을 보증하고도 남을 것입니다. 가르강튀아는 파리의 대종(大鐘)을 훔친 바 있고,[78] 용맹공 필리프는 쿠르트레의 패종시계를 탈취한 바 있습니다; 제후 각자가 자기 배포에 걸맞은 일을 한 것이지요. ― 저 위에서 웃음소리가 들려왔습니다. 그리고 저는 고딕 건축물 어느 귀퉁이에서, 중세의 조각가들이 두 어깨를 대성당의 빗물받이로 설치해 놓은 괴물들의 얼굴 중 하나가 고통에 시달리며, 혀를 빼물고 있는, 이빨을 갈고 있는, 팔을 비틀고 있는, 지옥에 떨어진 자의 저 끔찍한 얼굴 하나가 있다는 사실을 알아차렸습니다. ― 웃고 있었던 것은 바로 이 얼굴이었습니다.”

―“선생님 눈에 지푸라기라도 들어갔었나 봅니다!” 내가 큰 소리로 말했다.

―“눈에 지푸라기가 들어갔던 것도, 귀에 솜을 끼웠던 것도 아닙니다. ― 석상의 얼굴이 ― 잔뜩 찌푸린, 무시무시한, 지옥 같은, 그러나 한편 ― 빈정거리는, 신랄한, 그림처럼 생생한 조소로 ― 웃었던 것입니다.”

나는 이토록 오래 이 편집광의 상대가 되었던 사실을 마음속으로 부끄럽게 생각하고 있었다. 그러나 한편으로는 자신의 허무맹랑한 이야기를 계속할 수 있도록 미소를 띠어, 이 예술의 장미십자회도를 부추기고 있었다.

—그는 말을 이어 나갔다. "이 사건은 저에게 곰곰이 생각할 기회를 주었습니다.—저는 찬찬히 생각해 보았습니다, 신과 사랑이 바로 예술의 첫 번째 조건, 예술 안에 있는 감정이라고 한다면,—사탄은 그러니까 이 조건 중 두 번째, 예술 안에 있는 사상이 될 수도 있지 않을까 하고 말입니다.—쾰른의 대성당을 지었던 자가 애당초 악마가 아니었을까요?[79]

제가 악마를 찾아 나선 이유가 여기에 있습니다. 저는 코르넬리우스 아그리파[80]의 마법서를 읽고 얼굴이 파랗게 질려 버립니다. 그리고 저는 제 옆집 남자, 학교 선생이 키우던 검은 암탉의 목을 잘라 버립니다.—신앙심 깊은 여인의 묵주 끝에서만큼도 악마는 나타나지 않았습니다!—그러나 악마는 존재합니다;—성아우구스티누스는 자신의 펜을 들어, 악마의 특징을 이렇게 인증한 바 있습니다: 악마들은 생명체의 본성으로 되어 있으며, 혼은 감정적이고, 정신은 이성적이며, 신체는 공기이며, 시간은 영원하다.[81] 이것은 확실합니다. 악마는 존재합니다. 악마는 의회에서 거드름을 피우며 연설을 합니다. 악마는 법정에서 변론을 합니다. 악마는 증권거래소에서 투기를 합니다. 우리는 악마를 판화로 새겨 삽화를 만듭니다. 우리는 악마를 이야기에 집어넣습니다. 우리는 악마에게 의상을 입혀 연극무대에 올립니다. 제가 당신을 보고 있듯, 우리는 악마를 어느 곳에서나 봅니다.[82] 손거울이 발명된 것은 악마가 수염을 더 잘 뽑게 하기 위해서입니다. 풀치넬라[83]는 자신의 적과 우리의 적을 놓쳐 버렸습니다. 아! 그가 목덜미를 몽둥이로 내려쳐 한 방에 악마를 때려눕혔더라면!

해 질 무렵, 잠자리에 들기 전에, 저는 파라켈수스[84]의 묘약을 마셨습니다. 복통이 일었습니다. 그 어디에도 뿔이 나고 꼬리가 달린 악마는 나타나지 않았습니다.

또다시 실망했습니다:─그날 밤, 깊은 잠에 빠진 이 낡은 도시를, 폭풍우가 뼛속까지 적시고 있었습니다. 한 치 앞도 보이지 않는 상태에서, 노트르담 성당의 울퉁불퉁한 내부를, 제가 어떻게 손으로 더듬으며 헤매고 다녔는지, 천벌을 받을 누군가가 당신에게 설명해 줄 것입니다. 죄가 열쇠를 갖고 있지 않은 자물쇠는 없습니다.─부디 저를 가엾이 여겨 주십시오! 저는 성체와 성유물이 필요했습니다.─한 줄기 빛이 어둠을 찔러 왔습니다. 또 다른 불빛들이 차례차례 밝혀지고, 그러자 저는 이내 어떤 사람을 알아보았는데, 그는 기다란 알뤼무아[85]를 손에 들고서 주 제단의 촛대에 불을 붙이고 있었습니다. 그는 자크마르였습니다, 그는 철 조각으로 이어 붙인 콜[86]을 머리에 쓰

고, 평소보다 덜 침착하다고 할 수 없는 태도로, 비신도가 그 자리에 있는 것에도 불안감을 내비치지 않은 채, 심지어 그 사실을 알아차리지도 못한 채, 자신의 임무를 끝마쳤습니다. 자클린은 브라방[87]풍의 장식이 입혀진 납 치마와, 브루게[88]의 레이스처럼 둥근 주름으로 장식된 금속 옷깃과, 뉘른베르크 인형의 두 뺨처럼 니스를 칠한 나무 얼굴 아래로 빗물을 흘려보내며, 계단에 무릎을 꿇은 채, 일말의 움직임도 없이 그대로 있었습니다. 저는 그녀에게 말을 더듬거리며 악마와 예술에 관해 보잘것없는 질문을 하나 했는데, 그때 이 못생기고 더러운 마리토르네스[89]의 팔이 용수철처럼 거칠게 느닷없이 풀려 나오며, 손에 쥐고 있던 육중한 망치로 우렁차게 소리를 반복해서 울리자, 교회의 고딕식 지하 묘소를 자신들의 고딕풍 미라들로 가득 채우던 사제들, 기사들, 자선가들 한 무리가, 그리스도가 탄생했던 구유에서 강렬하게 피어오르는 광채로 눈부시게 빛나는 제단 주변으로 열을 지어 몰려들었습니다. 흑성모상[90]이, 그러니까 떨리는 금사관(金絲冠)을 쓰고, 녹말풀과 진주로 뻣뻣해진 옷을 두른, 50센티미터 정도 높이의 미개한 시대의 성모상이, 은 램프가 그 앞에서 지글거리며 타오르고 있는 이 기적의 성모상이, 자신을 받치고 있는 대좌(臺座) 아래로 뛰어내렸습니다, 그리고 팽이의 속도로 석조 바닥 위를 돌아다니는 것이었습니다.[91] 그녀는 깊숙한 신도석을 향해, 우아하고도 거침없는 걸음으로 껑충껑충 나아가고 있었고, 밀랍과 털실로 만들어진 어린 성요한이 그 뒤를 따르고 있었으나, 불똥에 둘러싸여, 파랗고 붉게 녹아 버렸습니다. 자클린은 배내옷에 싸인 제 아기의 머리를 깎기 위해 가위를 쥐고 있었고, 초 한 자루가 저 멀리서 세례당을 밝히기 시작했습니다, 그러자….”

―“그러자?”

―“그러자 열린 틈으로 새어 들어오는 햇빛, 저희 집 유리창을 부리로 쪼아 대던 참새 한 무리, 그리고 구름 사이로 교송성가(交誦聖歌)⁹²를 웅얼거리는 종소리가 저를 깨우고 말았습니다. 저는 꿈을 꾸었던 겁니다.”

―“그러면 악마는요?”

―“악마는 존재하지 않습니다.”

―“그러면 예술은요?”

―“예술은 존재합니다.”

―“도대체 어디에요?”

―“신의 마음에 있습니다!”―눈물을 글썽거리던 그의 눈은 하늘을 쳐다보고 있었다.―“우리는 말입니다, 선생님,

우리는 고작해야 창조주를 모방하는 자들일 뿐입니다. 우리의 덧없는 작품이, 제아무리 아름답고, 제아무리 의기양양하고, 제아무리 위대하다고 해도, 고작해야 보잘것없는 위조물에, 신이 만든 불멸의 작품 중 가장 하찮은 작품의 꺼져 버린 반짝임에 지나지 않습니다. 온전한 독창성이란 숭고하고 벼락이 내리치는 시나이산의 둥지에서만 제 알의 껍질을 깰 뿐인 새끼 독수리와 같은 것입니다.—그렇습니다, 선생님, 저는 오랫동안 절대적인 예술을 찾아다녔습니다! 아아! 착란이었습니다! 아아! 광기였습니다! 불행이라는 무쇠 화관으로 주름진 제 이마를 한번 보십시오! 삼십 년이라! 불철주야 고집스레 제가 얻기를 간절히 바랐던, 제가 청춘을, 사랑을, 쾌락을, 재산을 바쳤던 저 연금술사의 비법, 그 연금술사의 비법이, 아무짝에도 쓸모없는 돌멩이처럼, 무기력하고 싸늘하게, 제 환영의 잿더미 속에 죽어서 누워 있습니다! 허무가 허무에 생명을 불러 일으키지는 않는 법이지요."

그는 자리에서 일어났다. 나는 꾸며 낸 티가 나는 진부한 탄식으로 그에게 연민을 나타내 보였다.

—그가 말을 덧붙였다. "이 원고가, 선생님에게 말해 줄 것입니다, 순수하고도 표현이 풍부한 음을 내는 악기에 당도하기 전까지, 제 입술이 얼마나 많은 악기를 시도했었는지를, 빛과 그림자로부터 희미한 서광을 틔우려고 제가 얼마나 많은 붓을 캔버스 위에서 써서 없애 버렸는지

를 말입니다. 여기에는 노고로 제가 얻어 냈던 유일한 결과물, 유일한 보상이라 할, 조화와 색채의 다양한, 어쩌면 새롭다 할 기법들이 적혀 있습니다.[93] 이걸 한번 읽어 주십시오; 내일 제게 돌려주시면 됩니다. 여섯 시 종이 대성당에서 울리는군요; 종소리에 쫓겨 태양이 여기 라일락을 따라서 제 모습을 감추고 있습니다. 저는 유언[94]을 쓰려고 집에 틀어박혀 있겠지요. 안녕히 계십시오."

—"이봐요! 선생님!"

이거 참! 그는 저 멀리 있었다. 나는 코 위를 뛰어다니는 벼룩을 제 서기에게 잡으라고 시킨 판사처럼, 어쩔 줄 몰라 하며 말없이 자리에 머물러 있었다. 원고에는 다음과 같은 제목이 붙어 있었다: 밤의 가스파르. 렘브란트와 칼로 풍의 환상곡.

이튿날은 토요일이었다. 아르크뷔즈 공원에는 아무도 없었다; 유대인 몇 사람이 안식일 식사를 하고 있을 뿐이었다. 나는 지나가는 사람마다 붙잡고 밤의 가스파르 씨를 아는지 물어보며 마을을 이리저리 뛰어다녔다. 몇몇 사람들은 나에게 대답했다:—"에잇, 무슨 그런 농담을 하시나!"—또 다른 이들은:—"그놈한테 목이나 졸려 죽어 버리쇼!"—모두가 나를 그 자리에서 쫓아내 버렸다. 나는 제 집 문 앞에서 당혹해하는 나를 비웃으며 삐기듯 서 있던 생펠레바르[95]가의 포도 농부, 꼽추 난쟁이에게 말을 걸었다.

—"밤의 가스파르 씨를 알고 계시는지요?"

—"그 작자에게 무슨 볼일이 있는 거요?"

—"제게 빌려주었던 책을 그에게 돌려주려고 합니다."

—"마법서로군!"

—"뭐라고요? 마법서…! 부탁드립니다. 부디 제게 그의 거처를 알려 주십시오."

—"암사슴 발이 걸려 있는 저 집이오."

—"그런데 저 집은…. 지금 제게 사제님의 집을 알려 주고 계십니다."

—"내가 방금, 사제님의 흰 제의를 빠는 큰 키의 갈색 머리 여인이 저 집으로 들어가는 걸 보았기 때문이오."

—"그게 무슨 말씀인지요?"

—"무슨 말이냐 하면, **밤의 가스파르** 씨는 독실한 사람들을 유혹하려고 가끔씩 젊고 아름다운 여인으로 변장한다는 겁니다,—내 수호성인 성앙투안의 이름을 걸고 맹세할 수 있소."

—"짓궂은 장난질은 그만하시고, **밤의 가스파르** 씨가 어디 있는지 제게 말해 주십시오."

—"그자는 지옥에 있소. 다른 곳에는 없을 거외다."

—"아! 이제 이해하겠군요! 그러니까 뭐라고! 설마 **밤의 가스파르**가…?"

—"물론! 그렇다니까…. 악마요!"

—"감사합니다…! 만약 **밤의 가스파르**가 지옥에 있다면, 그곳에서 불타 버리기를. 내가 그의 책을 출간하리라."

루이 베르트랑

서(序)

예술은 언제나 상반되는 양면을 지니는데, 예를 들어 한쪽 면은 파울 렘브란트[96]의 모습을, 그리고 반대쪽 면은 자크 칼로[97]의 모습을 도드라지게 나타낼 한 닢의 메달과도 같다. — 렘브란트는 자신의 누추한 집에 달팽이처럼 은둔하고,[98] 명상과 기도에 제 생각을 빼앗겨 버리고, 집중하기 위해 두 눈을 감고, 아름다움, 학문, 지혜와 사랑의 정령들과 대화를 나누고, 자연의 신비로운 상징들을 꿰뚫으려고 온 힘을 다하는 백발 수염의 철학자이다. — 반대로 칼로는 거만하게 마을 광장을 싸돌아다니고, 주점에서 소란을 피우고, 집시 여인에게 추근거리고, 자신의 뾰족한 검과 나팔 총을 걸고서만 맹세를 하고, 자신의 콧수염에 광을 내는 일 외에 다른 걱정거리라곤 갖고 있지 않은, 허풍쟁이에 추저분한 독일 용병이다. — 한편 이 책의 저자가 예술을 이 두 화가의 이중적인 면모로 의인화하여 파악했다고는 하나, 그가 완강히 배타적인 것은 아니었으며,[99] 이처럼 「렘브란트와 칼로 풍의 환상곡」[100] 외에도, 이 책에서는 반에이크, 뤼카스 판레이던, 알브레히트 뒤러, 피터르 네이프스, 빌로드의 브뤼헐, 지옥의 브뤼헐, 판오스타더, 헤릿 다우, 살바토르 로사, 무리요, 퓌슬리[101]와 그 밖에도 상이한 유파에 속한 여러 거장에 관해서도 고찰했다.

그리고 누군가 작가에게 어째서 책의 첫머리에 무언

가 그럴듯한 문학론을 눈에 띄는 활자로 새겨 넣지 않았
는지를 묻는다면,[102] 작가는 세라팽[103] 씨도 그림자 인형극
의 기계장치를 설명하지는 않았으며, 풀치넬라[104]도 호기
심 가득한 군중에게 자기 팔의 꼭두각시 실을 숨기고 있
다고 대답할 수밖에 없을 것이다.— 작가는 자신의 작품
에 서명하는 것으로 충분하다.[105]

밤의 가스파르

빅토르 위고 씨에게

그대의 시를 모아 놓은 우아한 책은, 백 년 뒤에도 오늘과 같이, 성의 귀부인들, 미래의 기사들과 음유시인들이 소중히 여길 재산이며, 기사도의 사화집(詞華集), 대저택의 한가로운 귀족들을 즐겁게 해 줄 사랑의 『데카메론』입니다.

하나 내가 그대에게 바치는 이 보잘것없는 책[108]은, 즐길 것이 없다시피 한 궁정과 마을을, 아침 한때나마, 즐겁게 해 준 다음, 죽어 갈 모든 것의 운명을 뒤따르게 될 것입니다.

하면, 어느 애서가는 곰팡이 슬고 벌레 먹은 이 작품을 파내려고 마음먹을 때에야, 첫 장에서 그대의 저명한 이름을 읽게 되겠지만 그대의 이름이 내 이름을 망각으로부터 구해 주지는 못할 테지요.

그의 호기심이, 양피지 감옥 안에 은으로 도금한 잠금쇠로 그토록 오랜 시간 갇혀 있었을 허약한 한 무리의 내 영혼을 자유롭게 풀어 줄 것입니다.

그리고 그에게 이 책은 한 마리 일각수(一角獸)나 두 마리 황새가 방패 문장(紋章)으로 새겨진, 어느 고딕 문자 전설집의 발견이 우리에게 귀중하다면, 그것보다 덜 귀중하다고는 할 수 없을 발견이 될 것입니다.[109]

1836년 9월 20일, 파리

밤의 가스파르의
환상곡

「밤의 가스파르의
환상곡」
제1서(書)가
여기서 시작하다

플랑드르파(派)

I
하를럼[110]

하를럼, 플랑드르파를 요약하는 이 놀라운 방보샤드,[112] 얀
브뤼헐, 피터르 네이프스, 다비트 테니르스[113] 그리고 파울
렘브란트가 그렸던 하를럼.

그리고 거기 푸른 물이 일렁이는 운하, 그리고 거기 금빛
유리창이 불타오르는 교회, 그리고 거기 햇볕에 빨래가 마
르고 있는 스토엘,[114] 그리고 거기 홉으로 푸르른 지붕들.

그리고 허공의 높은 곳을 향해 목을 뻗고 제 부리로 빗물
을 받으며 마을 괘종시계 주위에서 날개를 펄럭이는 황새
들.

그리고 두 겹 진 턱을 손으로 매만지고 있는 태평한 플랑
드르의 시장, 그리고 튤립 한 송이에서 눈을 떼지 못하는,
꽃을 사랑하는 수척한 연인.

그리고 자기 만돌린에 흠뻑 취한 집시 여인, 그리고 롬멜폿[115]을 연주하고 있는 노인, 그리고 부레를 부풀리고 있는 아이.

그리고 수상쩍은 선술집에서 담배를 피우고 있는 술꾼들,[116] 그리고 창가에서 죽은 가금 한 마리를 붙잡고 있는 여인숙 하녀.[117]

II
석공

석공장(匠)이여.— 이 능보들을, 이 부벽들을 한번 보십시오;
내세에도 버티겠는걸요.
— 실러, 『빌헬름 텔』[118]

석공 아브라함 크뉘페르[119]가 노래를 한다, 손에는 흙손을 쥐고, 비계로 쌓아 올린 공중에서, — 어찌나 높은지, 대종(大鐘)에 새겨진 고딕 시구를 읽으면서,[120] 자기 발로, 아치형 버팀벽 서른 개가 있는 교회를, 그리고 교회 서른 개가 있는 도시를 밟아 다질 정도이니.

그는 본다, 회색 한 점으로, 꼼짝하지 않는 숫매의 깊이 팬 날개에 얼룩을 입히는 석조 타라스크[121]들이, 회랑, 창, 삼각홍예, 작은 종루, 소탑, 지붕과 골조가 어지러이 뒤섞인 어둠 속에서 지붕 석판에 흐르는 물을 토해 내고 있는 모습을.

그는 본다, 별 모양으로 갈라진 성벽들을, 깻묵 속 한 마리 닭처럼[122] 머리를 뒤로하고 목을 내밀고 있는 성채를, 햇빛이 샘을 말려 버린 궁정의 안뜰을, 그리고 기둥들 주위로 그림자를 두른 수도원의 회랑들을.

황실 군대가 성 밖에 주둔했다. 거기서 기병이 북을 치고 있다. 아브라함 크뉘페르의 눈에 비친 것은 뿔 셋 달린 그의 모자, 붉은 털실로 짠 그의 어깨끈, 장식 줄로 꿰맨 그의 모자표, 띠로 묶은 그의 땋은 머리 타래.

그가 다시 또 보고 있는 것, 그것은 용병들, 잎이 무성한 가지들이 깃털처럼 나부끼는 공원에서, 드넓은 에메랄드 잔디 위에서, 5월의 기념수[123] 끝에 매달린 나무 새에 화승총으로 구멍을 내고 있다.

그리고 해 질 녘, 성당 저 균형 잡힌 신랑(身廊)[124]이, 두 팔을 십자가 모양으로 벌리고 누워 잠들었을 시간, 그는, 보고 있었다, 사다리 위에서, 지평선까지, 전쟁 중인 자들이 지른 불로, 창공의 혜성처럼 타오르던 마을을.

III
라자르 대장

—"지금의 이 시국에는 아무리 조심해도 지나침이 없다, 특히 위폐업자들이 이 나라에 자리 잡기 시작한 이후로는."
— 베르헌옵좀[125] 포위전(包圍戰)

그가 자신의 위트레흐트[126]산(産) 비로드 의자에 앉아 있다, 요한 블라지우스[127]가, 생폴 성당[128] 괘종시계가 연기에 휩싸이고 헐려 버린 마을의 지붕 위로 정오를 울리는 동안에.

그가 자신의 아일랜드산 나무 돈 상자에 앉아 있다, 절뚝발이 롬바르디아 출신 환전상[129]이, 랭그라브[130]에서 내가 꺼내고 있는, 이 두카트 금화를 내게서 바꿔 가려고 — 방귀로 미지근한.

운명과 전쟁의 피 흘리는 여파로 물수제비 뜨듯, 베네딕트파 어느 사제의 돈주머니에서 어느 독일 용병 대장의 지갑 속으로 던져 넣어진 이천 개의 금화 중 하나!

이거 참, 부아가 치미는구나! 이 욕심 많은 놈이, 내가 검으로 수도승의 두개골에 대고 두들겨 가짜 동전을 만들기라도 했다는 듯, 내 금화를 제 돈보기로 들여다보고 제 저울에 올려 무게를 재고 있구나!

그런데 오쟁이 진 대장 양반, 서두르시게. 방금 당신 마누라가 저 작은 창문으로 꽃다발을 던져 준, 저 아래 난봉꾼 무리를 쫓아 버릴 기분도 아니고, 그럴 여유도 나에게는 없단 말일세!

그리고 나는 비드르콤[131]을 몇 잔이고 벌컥벌컥 들이켜고 싶다, ― 시간은 남고, 기분은 울적하고, 뮌스터조약[132]이 초롱 속 생쥐처럼 이 성에다 나를 가둬 버린 이래로.

IV
뾰족한 턱수염[133]

고개를 쳐들고,
턱수염을 곱슬거리게 손질하고,
콧수염을 빳빳이 세우면,
여자들에게 무시당할 것이다.
— 다수시[134]의 시선(詩選)

그때는, 유대교회당의 축일이었다, 어둑어둑 은 램프가 점점이 불을 밝혀 오고, 안경 쓴 사제복 차림 랍비들은, 그들의 『탈무드』에 입을 맞추고 있었다, 중얼거리면서, 콧소리를 내면서, 침을 뱉거나 더러 코를 풀기도 하면서, 어떤 이들은 앉아 있고, 다른 이들은 아니고.

그러다 갑자기 더부룩하던, 곱슬거리던, 용연향과 안식향 향기를 풍기던, 원형의, 달걀형의, 장방형의 저 무수한 턱수염들 사이에서, 뾰족한 모양으로 다듬어진 수염 하나가 눈에 띄었다.

엘레보탐이라 불리는, 박사 하나, 보석들로 반짝거리던 맷돌짝 모양의 플란넬 모자를 쓴 채, 벌떡 일어나 말한다: ―"모독이다! 여기 뾰족한 턱수염이 한 명 있다!"

—"루터파[135] 턱수염 놈!"—"짧은 외투 입은 놈!"—"저 불레셋인[136]을 죽여라."— 그러자 군중은 떠들썩한 예배석에서 격노하며 발을 굴렀고, 그러는 동안 제사장은 고함을 지르고 있었다:—"삼손이시여, 제게 당신의 당나귀 턱뼈를 주십시오!"[137]

그러나 기사 멜키오르[138]가 황제의 문장(紋章)이 새겨진 양피지 하나를 펼쳐 든 바 있었다:—"명령이다," 그가 읽어 내려갔다, "푸주한 이삭 판헤크를 체포하라, 이 이스라엘 돼지 놈을, 플랑드르 돼지 두 마리 사이에 매달아 교수형에 처하라."

삼십 인의 미늘창병[139]이 기둥 그림자 뒤에서 철그렁거리며 무거운 발걸음으로 모습을 드러냈다.—"너희 미늘창 따위 불에나 타 버려라!" 푸주한 이삭이 그들을 비웃었다. 그리고 그는 창문으로 몸을 날려 라인강으로 뛰어들었다.

V
튤립 장수

> 꽃 중의 튤립은 새 중의 공작과 같다. 하나는 향기가 없고,
> 나머지는 노래가 없다: 하나는 제 빛깔을,
> 나머지는 제 꼬리를 뽐낸다.
> ―『진귀하고 신기한 꽃들의 정원』**140**

아무 소리도 들리지 않는다, 호이루텐 박사의 손가락 끝에서 독피지(犢皮紙)**141** 몇 장 넘어가는 소리 외에는, 그는 어항의 젖은 양 옆구리에 꼼짝없이 붙잡힌 금색과 주홍색 물고기 두 마리를 보며 감탄할 때 외에는 고딕식 채색 삽화가 여기저기 들어간 성서에서 눈을 떼지 않았다.

문짝의 쇠 걸쇠가 돌아갔다: 꽃 장수였는데, 그는 여러 개 튤립 화분을 두 팔에 안은 채, 저명한 학자의 독서를 방해했노라 용서를 구했다.

―"스승님," 그가 말한다. "여기 보물 중의 보물, 영물 중의 영물이 있습니다, 콘스탄티노플 황제의 궁전에서 백 년에 한 번밖에 꽃을 피우지 않는 튤립의 구근이랍니다!"

―"튤립이라고!" 노학자는 노여움에 차 소리 질렀다. "불

행한 마을 비텐베르크에 루터와 멜란히톤[142]의 가증스러운 이단을 야기했던 교만과 음욕의 상징, 그 튤립 말이냐!"

스승 호이루텐은 성서의 고리를 채웠다, 제 안경을 안경집에 넣었다, 그리고 창문의 커튼을 잡아당겼다, 그러자 수난의 꽃[143] 한 송이가 햇빛을 받으며 드러났다, 우리 구세주, 그의 면류관과, 그의 해면(海綿)[144]과, 그의 채찍과, 그의 못과 다섯 개의 상처와 함께.

튤립 장수는 공손히 그리고 묵묵히 몸을 숙였다, 벽면에 걸려 있던, 홀바인[145]의 걸작, 저 알바 공작[146] 초상화의 문초하는 눈초리에 기가 꺾여서.

VI
다섯 손가락[147]

파산한 자가 한 명도 없었던, 누구도 교수형당한 적이 없었던
어느 정직한 가족.
— 장 드니벨의『일족(一族)』[148]

엄지는 플랑드르 출신의 뚱뚱한 술집 주인, 빈정대기 좋
아하는 추잡한 기질, 상면발효 3월의 맥주[149] 간판이 걸려
있는 제 술집 입구 위로, 연기를 피워 올리고 있다.

검지는 그의 아내, 말린 대구처럼 바짝 마른 잔소리쟁이,
질투에 차 아침부터 자기 집 여자 종업원 뺨을 때린다, 그
리고 홀딱 반한 술병을 어루만지고 있다.

중지는 이들의 아들, 맥주를 빚지 않았더라면 군인이 되
었을, 그리고 인간이 아니었다면 말이 되었을, 도끼로 대
충 깎아 놓은 동거인.

약지는 이들의 딸, 민첩하고 도발적인 제르빈,[150] 귀부인
들에게 레이스를 판다, 그리고 유혹하는 남자에게 웃음을
팔지는 않는다.

그리고 소지는 가족의 막내,[151] 식인귀 마녀의 갈고리에 매달린 어린아이처럼 엄마의 허리에 붙어 대롱거리는 울보 꼬맹이.

이 다섯 손가락은 그 옛날 고귀한 도시 하를럼의 화단을 수놓았던 제일 희귀한 다섯 잎의 꽃무.[152]

VII
비올라다감바[153]

그는 외줄타기 곡예단 최고의 광대요, 절친한 벗 장가스파르
드뷔로의 새파래진 얼굴을, 터럭만큼의 의심도 없이, 알아보았고,
상대는 악의인지 호의인지 정의하기 어려운 표정으로
그를 바라보고 있었다.
— 테오필 고티에,『오누프리우스』[154]

밝아 오는 달빛 아래,
나의 친구 피에로여,
내게 펜을 빌려주게
나 한마디 쓰려 하네.
내 촛불은 꺼졌다네
나 불씨마저 없다네;
신의 사랑을 베풀어
자네 문을 열어 주게.
— 민요[155]

성가대 악장(樂長)이 잉잉대는 비올라에게 활에 관해 묻
자마자, 비올라는 마치 이탈리아 희극이 제 배에 소화불
량을 일으키기라도 했다는 듯, 조롱과 신음으로 꾸르륵거
리는 우스꽝스러운 소리로 대답했다.

우선은 잔소리꾼 늙은 감시자 바르바라, 카상드르 님의 가발 상자를 떨어트렸다고, 그리고 가발 분(粉)을 바닥에 죄 쏟아 버렸다고, 서투른 사람, 멍텅구리 피에로를 꾸짖는다.

그리고 카상드르 님, 한심해하며 자기 가발을 주워 든다, 그리고 아를캥, 이 얼간이를 뒤에서 한 번 걷어찬다, 그리고 콜롱빈, 웃음보가 터져 눈물을 닦는다, 그리고 피에로, 분투성이 오만상이 귀까지 올라간다.[156]

그러나 이내, 달빛이 밝아 오자, 이미 꺼진 초를 들고 있는 아를캥, 불을 자신에게 다시 밝히려 제 친구 피에로에게 빗장을 풀어 달라고 애걸하고 있었는데, 그것은 배신자가, 늙은이의 돈 궤짝과 함께 어린 딸을 납치해 가 버렸기 때문.

—"악기상 욥 한스, 이런 악마 놈, 이런 현을 내게 팔다니!" 성가대 악장은 먼지투성이 비올라를 먼지투성이 비올라 함에 도로 집어넣으며 큰 소리로 외쳤다.— 현은 끊어져 있었다.

VIII
연금술사

우리의 기술을 배우는 데는 두 가지 방법이 있다. 하나는 스승의
가르침을, 입에서 입으로, 배우는 길이다, 다른 말로 하면, 신성한
영감이나 계시에 의한 방법이다; 또 하나는 책으로 배우는
길이며, 난해하고, 무중(霧中)에 있는 것과 같다; 이 책들에서
조화와 진리를 찾아내려면, 조심스러워야 하고 인내해야 하며,
노력을 들이고 또 주도면밀해야 한다.

—피에르 비코의 『연금술의 비밀을 푸는 열쇠』[157]

아직 아무것도 없다!—사흘 낮 사흘 밤을, 희끄무레한 램
프 불빛 아래서, 나는 얼마나 헛되이 라몬 룰[158]의 연금술
서를 뒤적였던가!

아무것도 없다, 반짝이는 증류기 저 쌕쌕대는 소리에 섞
여 들려오는, 내 명상을 방해하려 장난치고 있는 살라만
드라[159]의 조롱하는 웃음소리 말고는.

때때로 이놈은 내 턱수염 끝에 화약을 매달아 놓기도 하
고, 때때로 이놈은 제 쇠뇌로 내 외투에 불화살을 쏘기도
한다.

그런가 하면 또 이놈은 제 호신구를 닦기도 한다, 이놈이 내 서류의 낱장들 위로, 내 필기대의 잉크 위로 불어서 날려 보내는 것은 그러니까 화덕의 재이다.

그리고 점점 더 빛을 더해 가는 증류기는, 대장간에서 성 엘루아[160] 님이 불로 달군 집게로 코를 비틀어 올렸을 때, 악마가 낸 것과 같은 소리를 내고 있다.

그러나 아직 아무것도 없다! — 지금부터 다시 사흘 낮 사흘 밤, 희끄무레한 램프 불빛 아래, 나는 라몬 룰의 연금술서를 뒤적이리라!

IX
마연(魔宴)을 향한 출발

그녀가 한밤중에 일어나, 촛대를 밝히고, 성유함을 들어
몸에 기름을 붓고, 그런 다음 몇 마디 주문을 읊으니
마연으로 옮겨졌다.
— 장 보댕, 『마법사들의 빙의망상 환자 연구』[161]

열두 명 남짓이 거기서 관(棺)을 둘러싸고 수프를 먹고 있
었다, 그리고 이들 각각은 어느 시신의 아래팔뼈를 숟가
락으로 삼았다.

벽난로는 잉걸불로 붉었다, 등촉들이 연기 속에 버섯처럼
늘어서 있었다, 그리고 접시에서는 봄의 묘혈(墓穴) 냄새
가 피어올랐다.

마리바스[162]가 웃거나 혹은 울 때면, 턱 빠진 바이올린의
세 줄 위에서 활이 푸념하는 것 같은 소리가 들려왔다.

그러나 그때 거친 용병이, 비곗덩어리를 태워 비추는 빛
속에서, 탁자 위로, 흡사 악마와 같이, 한 권의 마법서를
펼치자, 파리 한 마리가 날개를 태우며 떨어져 나왔다.

털이 수북한 이 파리의 거대한 배에서 거미 한 마리가 나와 마법서의 가장자리로 기어올랐을 때도 이 파리는 여전히 윙윙거리고 있었다.

그러나 이미 마법사들과 마녀들은 빗자루 위에, 부집게 위에, 그리고 마리바스는 냄비 손잡이 위에 올라, 굴뚝으로 날아가 버렸다.

「밤의 가스파르의
환상곡」
제1서(書)가
여기서 끝나다

「밤의 가스파르의
환상곡」
제2서(書)가
여기서 시작하다

옛 파리¹⁶³

I
두 유대인

내 집 창문 아래에서 서성거리고 있었던 두 유대인, 너무
도 느리게 지나가는 밤 시간을 수상쩍은 듯 손가락 끝으
로 헤아리고 있었다.

—"랍비[164]시여, 돈은 좀 가지고 있습니까?" 제일 젊은 쪽
이 제일 늙은 쪽에게 물었다.—"이 돈주머니가 방울은 아
니라네." 다른 이가 대답했다.

*

그런데 그때, 사람들 한 무리가 근처의 후미진 여러 술집[165]
에서 소란을 피우며 몰려나왔다; 그리고 비명이 취관(吹
管)으로 쏜 산탄처럼 내 창문에 세차게 부딪쳐 왔다.

이교도들[166]이었다, 시장[167] 광장을 향해 씩씩하게 달려가

75

고 있었다, 바람을 타고 지푸라기 불티 그리고 살짝 타 눌
은 냄새가 그곳에서 날아오고 있었다.

—"이봐! 이봐! 랑튀를뤼 동지!"[168]—"달님 마님께 경
례!"—"이쪽이다, 두건 쓴 악마야! 유대인 두 놈이 등불
끌 시각에 밖에 있다!"—"때려죽여! 때려죽여라! 유대인
들에게는 낮을, 도적들에게는 밤을!"

*

금 간 종들이 생퇴스타슈 고딕 성당 탑에서, 하늘 위로,
종소리를 울려 퍼뜨리고 있었다:—"댕-동, 댕-동, 어서 자
거라, 댕-동!"

II
밤의 걸인들¹⁶⁹

화가, 루이 불랑제¹⁷⁰ 씨에게

나는 견딘다,
몹시 호된
추위를.
— 걸인의 노래

—"이봐라! 비켜라, 우리가 몸을 녹여야겠다!"—"이놈이 아궁이에 걸터앉았다니 가관이로구나! 별난 놈이 두 다리를 부집게처럼 벌리고 있구나."

—"새벽 한 시라!"—"삭풍이 세차게 부는구먼!"—"이보게, 올빼미들, 달이 어찌 저리 빛나는지 자네들 알고 있는가?"—"알 턱이 있나!"—"오쟁이 진 자들의 뿔이 불에 타고 있는 거라네."

—"고기 구워 먹기 좋은 새빨간 숯불이로군!"—"불꽃이 불씨 위에서 시퍼렇게 춤추고 있구먼! 이보게! 제 여편네를 두들겨 팼다는 놈이 어느 난봉꾼인가?"

77

—"코가 얼어붙었어!"—"철 장화가 불에 그을렸어!"—"슈피유, 자네 불 속에서 아무것도 보지 못했나?"—"보았네! 미늘창이 하나 있어."—"장푸알, 자네는?"—"눈알이 하나 보이는구먼."

—"물러서라, 물러서라, 라 슈스리 님이시다!"—"검찰관 나리! 겨울을 대비해 따스한 모피를 두르시고, 장갑도 끼셨군요!"—"그렇다, 수고양이가 동상을 모르는 법이니라!"

—"아! 야간순찰대 나리들도 계셨군요!"—"나리의 장화에서 연기가 납니다."—"그런데 모피 도둑들은요?"—"두 놈은 화승총으로 쏴 죽였네만, 다른 놈들은 강 건너 도망쳐 버렸네."

*

이리하여 여자나 꼬드겨 볼까 하고 싸돌아다니던 재판소의 검찰관, 그리고 고장 난 화승총의 무용담을 웃음기 없이 들려주던 야밤의 허풍선이들이, 야밤의 걸인들과 함께 짚단을 태우며 불가에서 어울리고 있었다.

III
각등(角燈)[171]

가면 쓴 남자. — 컴컴하군. 자네 등불을 내게 빌려주게나.
머큐리오. — 터무니없는 소리! 고양이는
제 두 눈을 등불로 삼는 법.
—『카니발의 어느 밤』[172]

아! 어찌하여 나는, 오늘 밤, 폭풍우를 피해 몸을 둘 장소가 구르구랑[173] 부인의 각등 속에 있을 거라고 생각했던 것인가, 빗물의 요정인 내가!

나는 웃고 있었다, 폭우에 흠뻑 젖은 망령 하나, 내가 들어갔던 문을 찾을 길 없어, 불 밝힌 집 주위를 윙윙거리며 돌아다니는 소리를 들으며.

부질없이 놈은, 지치고 쉰 목소리로, 내게 애원하고 있었다, 제 길을 찾게 내 양초에다 자기 초의 심지를 다시 붙일 수 있게만 해 달라고.

갑자기 등의 노란 종이가 타 버렸다, 불어닥친 바람에 불이 꺼졌고 매달려 있던 현판들이 거리에서 이 바람에 깃발처럼 신음하고 있었다.

—"예수님, 자비를 베푸소서!" 베긴 교단의 수녀,[174] 다섯 손가락으로 십자성호를 그으며 소리쳤다.—"마녀여, 악마가 너에게 고통을 주리라." 나는 뱀처럼 구불구불한 불화살보다 더 화염을 토해 내며, 큰 소리로 외쳤다.

애석하도다! 오늘 아침까지만 해도, 진홍색 포(布)로 귀를 치장한 검은 방울새와 기사를 열망하는 륀[175]의 젊은 귀족의 우아함과 맵시를 겨루었던 나였거늘!

IV
넬 탑[176]

넬 탑에는 위병소가 있어, 밤이면, 야경대가 머물곤 했다.

—브랑톰[177]

—"클로버 잭!"—"스페이드 퀸! 이겼다!"— 내기에서 진 용병은 탁자를 주먹으로 내리쳐 판돈을 바닥으로 날려 버렸다.

그런데 마침 장교 나리 위그 님께서 수프를 먹다가 거미를 삼켜 버린 거짓 신자처럼 찌푸린 얼굴을 하고, 화로의 불덩어리 속으로 침을 뱉었다.

—"웩! 돼지고기 장수들이 한밤중에 자기 돼지라도 굽는 것인가? 이런 빌어먹을! 센강에서 짚 배가 불타고 있다!"

*

처음에는 강가의 안개 속에 떠돌아다니는 천진한 요정에 불과했던 화재는, 얼마 가지 않아 물의 흐름을 따라 대포를 뿜어 대고 화승총을 쏴 대며 야단법석 난리를 치는 악마가 되었다.

81

이교도들, 절름발이들, 밤의 걸인들, 저 헤아릴 수 없는 무리가 모래사장 위로 달려 나와, 소용돌이치며 치솟는 불꽃과 연기 앞에서 지그춤을 추고 있었다.[178]

그리고 야경대가 어깨에 에스코페트[179]를 둘러메고 나온 넬 탑, 그리고 왕과 왕비, 몸을 숨긴 채, 창문으로 모든 것을 바라보고 있던 루브르 탑이, 마주 보면서 붉게 빛나고 있었다.

세련된 남자

허세 부리는 남자, 세련된 남자.
—『스카롱 시집』**180**

—"뾰족하게 벼린 내 콧수염 끝자락은 타라스크**181**의 꼬리를 닮았노라, 내 아랫도리는 주점의 어느 식탁보만큼이나 새하야노라, 그리고 내 윗도리로 말할 것 같으면 왕관의 자수보다 더 낡지 않았노라."

"맵시 있는 내 꼬락서니를 한번 보는 자들이라면, 내 배속에 기거하는, 저 굶주림이, 내 목을 매단 사람처럼 옥죄는 밧줄 하나를 — 사형집행인처럼! — 안에서 당기고 있다고는 상상조차 하지 못하리라!"

"아! 불빛이 지글거리는 이 창가에서는, 말라비틀어진 이런 꽃 말고, 살찐 종다리 구이 하나조차, 내 모자 가장자리로 떨어지는 법이 없구나!"

"루아얄 광장**182**은, 오늘 밤, 각등 불빛으로, 예배당처럼 환하구나!"—"가마를 세우거라!"—"시원한 레몬수를 대령하라!"—"나폴리의 마카롱을 가져오라!"—"여봐라, 애송이, 내 친히 손가락으로 네가 만든 송어 소스를 맛보겠노라! 대체 뭐냐! 말 같지 않은 네 생선[183]에 향료가 빠졌다!"

"롱그빌 공작[184]의 팔에 매달린 여인이 마리옹 드로름[185]인가? 비숑 세 마리가 낑낑대며 그녀를 따라가고 있구나. 젊은 쿠르티잔, 저 여인은 눈동자에 아름다운 다이아몬드를 머금고 있구나! ─ 늙은 쿠르티장,[186] 저 남자는 코에 아름다운 루비[187]를 갖고 있구나!"

*

그리고 세련된 남자는 으스대며 걸어가고 있었다, 한쪽 주먹으로 허리를 짚고서, 길 가는 남자들을 어깨로 밀치면서, 그리고 길 가는 여인들에게는 미소를 지으면서. 저녁에 그는 먹을 거라고는 없었다; 그러나 그는 제비꽃을 한 다발 샀다.

VI
저녁 예배

서른 명의 수도승들, 자신들의 턱수염만큼이나 때 묻은
시편집(詩篇集)을 한 장 한 장 벗겨 내듯 넘기면서, 신을
찬양하는 중이었다, 그리고 욕설을 퍼부으며 악마를 꾸짖
는 중이었다.

*

—"부인, 그대의 두 어깨는 백합과 장미 다발이옵니
다."—그러면서 기사가 깊숙이 제 몸을 숙였기에, 자기
검 끝으로 제 하인의 한쪽 눈을 찔러 버렸다.

—"농담도 잘하시는군요!" 여인은 교태를 부리며 말했
다. "제 기분을 풀어 주려고 그러시는 건가요?"—"그대
가 읽고 있는 책이 『그리스도를 본받아』[190]인가요, 부

인?"—"아닙니다,『사랑과 유혹의 패 맞추기』랍니다."

그러나 「시편」 설교는 단조로웠었다. 여인은 제 책을 덮었다, 그리고 차지하고 있던 의자에서 일어섰다:—"우리 이만 가지요." 그녀가 말했다, "오늘 기도는 이걸로 충분한 것 같아요!"

*

그리고 나로 말하자면, 따로 떨어져서 저 오르간 아래 무릎 꿇고 있던 순례자,[191] 선율을 타고 천사들이 하늘에서 내려오는 소리가 들려오는 것만 같았다.

나는 멀리서 불어오는 향로의 향을 맡고 있었다, 그리고 신께서는 풍요로운 당신의 수확물 뒤에서 내가 빈자(貧者)의 이삭을 줍는 걸 허락해 주셨다.

VII
세레나데

> 밤에, 고양이는 죄다 회색이다.
>
> —민담[192]

류트 하나, 작은 기타 하나, 그리고 오보에 하나. 음정이 맞지 않아 우스꽝스러운 교향곡. 로르 부인[193]은 자기 집 발코니, 차양 뒤에. 거리에는 등불 하나 없고, 창가에는 불빛 하나 보이지 않고. 뿔 달린 달.

*

—"당신인가요, 데스피냐크 님?"—"유감스럽게도, 아닙니다!"—"그러면 당신, 사랑스러운 플뢰르다망드 님?"—"둘 다 아닙니다."—"어쩜 이럴 수가! 또 당신, 라 투루넬 씨? 잘 가세요! 열네 시에 정오를 찾으시네요!"[194]

망토를 두른 악사들.—"참사관 나리, 이러다 감기 걸리실 텐데."—"그래도 저 호색가는 여자의 남편이 무섭지도 않은가 봐?"—"오호! 남편은 서인도제도에 있다고."

그런데 저 두 사람 나란히 무얼 저리 속닥이고 있던 걸까?—"한 달에 백 루이."[195]—"훌륭하네요!"—"헝가리

하인[196] 둘 딸린 사륜마차도."—"최고예요!"—"대공님들 마을에 저택 한 채도."—"근사하네요!"—"그리고 사랑 가득한 제 마음도."—"어머! 제 발에 딱 맞는 어여쁜 가죽신이네요!"

여전히 망토를 두른 악사들. —"로르 부인의 웃음소리가 내게 들려오네."—"잔혹한 여인이 인간이 되어 가는 거지."—"그렇고말고! 신화시대에 오르페우스의 연주는 호랑이의 마음도 누그러뜨렸다고!"

로르 부인. —"가까이 오세요, 귀여운 사람, 그대의 리본 매듭에 제 방 열쇠를 꽂아 드리지요!"—그리고 참사관 나리의 가발은 별들이 방울져 맺힌 게 아니라, 이슬 한 방울에 흠뻑 젖었다. —"이보게, 괴데스팽!" 발코니를 닫으며, 교활한 암컷이 소리쳤다. "채찍을 내게 쥐여 주게, 그리고 어서 달려가 저분을 닦아 드리게!"

VIII
장 경(卿)

황금 사슬과 하얀 지팡이로 권위를 과시하고 있던 근엄한 인물.
— 월터 스콧, 『수도원장』 제4장[197]

—"장 경," 왕비가 그에게 말했다. "어찌하여 저 사냥 개 두 마리가 싸우고 있는지, 궁전 안뜰에 가서 보고 오게!"— 그러자 그는 거기로 갔다.

그리고 거기에 도착했을 때, 이 가령(家令)[198]은 돼지의 넓적다리뼈 하나를 두고 다투고 있던 개 두 마리를 호되게 꾸짖었다.

그런데 이 개들이 그의 검은색 짧은 바지를 잡아당기고, 그의 긴 빨간 양말을 물어뜯어, 제 목발 위로 쓰러진 통풍 환자처럼 그를 자빠뜨렸다.

—"그만! 그만! 사람 살려!"— 결국 문을 지키던 미늘창병들이 달려왔으나, 깡마른 개 두 마리의 주둥이가 벌써 이 호인의 감미로운 돈주머니를 샅샅이 뒤진 뒤였다.

한편 왕비는 창가에 서서, 부채처럼 뻣뻣하게 주름 잡힌,

한껏 올라간 말린[199]산(産) 김프[200] 안에서, 기절할 듯 웃
고 있었다.

—"경, 그래, 개들이 왜 싸우고 있던가?"—"왕비님, 개들
은, 왕비님이야말로 이 세상에서 가장 아름다우시고, 가장
총명하시고, 가장 위대하신 왕비님이라고, 한 놈이 다른
놈에게 주장하며 서로 다투고 있었습니다."

IX
심야 미사

생트뵈브 씨에게

주 그리스도 고귀하게 나시니; 오거라, 찬양하자.

우리 구세주 예수 그리스도의 탄생

우리에게는 군불도, 묵을 곳도 없습니다,
신께 바치신 공물[201]을 우리에게 주십시오.
— 옛 노래[202]

샤토비외 고성(古城)의 선한 마님과 귀족 전하께서 저녁 빵을 자르고 있었다, 교목 사제님께서 식탁을 축복할 즈음, 문가에서 나막신 소리가 들려왔다. 성탄절을 축하하며 노래를 부르는 어린아이들이었다.

—"샤토비외 고성의 마님, 서두르십시오! 군중이 교회로 향하고 있습니다. 서두르십시오, 천사들의 예배당에 있는, 마님의 기도대 위에서 타고 있는 양초가, 독피지 시도서(時禱書)와 비로드 사각 방석에 밀랍 방울을 별처럼 흘리면서 꺼져 버리지는 않을까 걱정됩니다! — 지금 심야 미사를 알리는 첫 번째 종이 울리고 있습니다!"

—"샤토비외 고성의 귀족 전하, 서두르십시오! 종이 제등 (提燈)을 들고 저기로 가고 있는 그뤼젤 님이, 전하의 부재를 틈타, 성앙투안 형제회의 명예석을 독차지하지 않을까 걱정됩니다! ─지금 심야 미사를 알리는 두 번째 종이 울리고 있습니다!"

—"교목 사제님, 서두르십시오! 오르간이 우렁차게 울려 퍼지고 있습니다, 참사회원들이 「시편」을 노래하고 있습니다, 서두르십시오! 독실한 신도들이 모여 있습니다, 그런데 사제님은 아직 식탁에 계시는군요! ─지금 심야 미사를 알리는 세 번째 종이 울리고 있습니다!"

어린아이들은 손가락을 모아 거기에 입김을 불고 있었다, 그러나 아이들은 오래 기다리는 걸 지겨워하지 않았다. 그리고 하얗게 눈이 쌓인, 고딕식 문턱에서, 교목 사제님께서는 집주인들을 대신하여, 아이들 한 명 한 명에게 와플[203] 하나와 동전 한 닢씩을 베풀었다.

*

그러는 동안 어떤 종도 더 울리지 않았다. 선한 마님은 털토시에 팔꿈치까지 제 두 손을 찔러 넣고, 귀족 전하는 법모(法帽)로 제 두 귀를 덮었다, 그리고 겸손한 사제는 모피 두건을 둘러쓰고서, 제 미사서(書)를 겨드랑이에 낀 채, 뒤따라 걸어갔다.

92

X
애서가

엘제비르[204] 판본의 책 한 권이 그에게 다정한 감동을
불러일으켰다; 하지만 그를 황홀한 상태에 깊게 잠기게 했던
것은, 앙리 에티엔[205]의 책이었다.
——『마르탱 스피클레르 전기』[206]

그것은 플랑드르파의 그림 몇 점, 그러니까 다비트 테니
르스의 그림도, 악마가 보이지 않을 만큼 그을린, 지옥의
브뤼헐의 그림도 아니었다.

그것은 쥐가 테두리를 갉아먹은, 아주 복잡하게 뒤엉킨 필
체, 그리고 파랑과 빨강 잉크로 쓰인, 어느 육필 원고였다.

——"내 생각에 저자는…." 애서가가 말했다. "부성이 넘치
고 기억력이 풍부했던 왕, 루이 12세[207]의 통치 끝 무렵에
살았던 것으로 추정되는군."

"맞아…." 그는 엄숙하고도 명상에 잠긴 표정으로 말을
이어 갔다. "맞아, 이 인물은 샤토비외 고성(古城)의 성주
관(城主館) 학자였던 게 분명해."

여기서, 그는 '프랑스 귀족명감(貴族明鑑)'[208]이라는 제목의 거대한 2절판 책을 뒤적거렸으나, 그 책에는 샤토뇌프 신성(新城)의 성주들만 언급되었다는 사실을 발견했을 뿐이었다.

— "상관없어!" 그가 적이 당혹해하며 말했다. "샤토뇌프 신성이든 샤토비외 고성이든, 모두 같은 성 아닌가. 이제는 저 퐁뇌프 신교(新橋)도 이름을 바꿀 때가 되었다."

「밤의 가스파르의
환상곡」
제2서(書)가
여기서 끝나다

「밤의 가스파르의
환상곡」
제3서(書)가
여기서 시작하다

밤과 그 매혹209

I
고딕식 방

밤과 고독은 악마로 가득하다.
— 교부열전(教父列傳)[210]

밤이면, 내 방은 악마들로 가득하다.[211]

—"오! 대지는," — 밤에 나는 중얼거렸다, —"향기를 뿜어내는 꽃받침이요, 그 꽃의 암술과 수술은 달과 별이로다!"

그리고 졸음으로 무거워진 두 눈으로, 나는 창문을 닫았는데, 갈보리의 십자가가, 창유리의 노란색 후광 안에 검게 새겨져 있었다.

*

또한, — 만약 저것이 자정에, — 용과 악마의 문장(紋章)이 새겨지는 시각에![212] — 내 등잔의 기름을 들이켜 흠뻑 취해 버린 그놈[213]이 아니라면!

만약 저것이, 죽은 채 태어난 갓난아기를, 내 아버지의 갑옷 속에서, 단조로운 노래로 흔들어 잠재우는 유모가 아니라면!

만약 저것이, 나무 벽에 갇힌 채, 그리고 이마를, 팔꿈치를, 무릎을 처박고 있는 독일 보병의 해골이 아니라면!

만약 저것이, 벌레 먹은 액자에서 걸어 내려와, 성수반의 성수에 자신의 철 장갑을 담그고 있는 나의 조부가 아니라면!

그러나 저것은 스카르보,[214] 내 목을 깨물고 있는, 그리고, 피 흐르는 내 상처를 지져 버리려고, 화덕에서 새빨갛게 달군 자신의 쇠 손가락을 거기에 찔러 넣고 있는!

II
스카르보²¹⁵

신이시여, 제가 죽을 때, 제게 사제의 기도와, 포목 수의와,
전나무 관과, 양지바른 곳을 내려 주시옵소서.
— 사령관 각하의 「주기도문」

— "네가 죽어 죄를 사면받든 아니면 지옥에 떨어지
든," — 이날 밤, 스카르보가 내 귓가에 속삭였다, — "너는
수의로 거미줄을 입게 될 것이다, 그리고 내가 너를 거미
와 함께 매장해 주마!"

— "오, 제 수의로 적어도 제가," — 나는 펑펑 울어 붉어
진 눈으로, 그에게 대답했다, — "사시나무 잎새 하나라도
가질 수 있다면, 호수의 숨결이 거기에 싸인 저를 달래 줄
겁니다."

— "싫다!" — 빈정대길 좋아하는 난쟁이는 비웃고 있었
다, — "해 질 녘마다, 너는 저물어 가는 태양에 눈이 먼
날벌레들을 쫓아다니는 황금충²¹⁶의 먹이가 될 것이다!"

— "당신에게는 그게 더 낫다는 것입니까?" — 나는 여전
히 눈물에 잠겨 그에게 대꾸하고 있었다, — "제가 코끼리

코를 가진 독거미에게 빨려 먹히는 게 당신에게는 더 낫다는 것입니까?"

─ "그럼 좋다," ─ 그가 말을 덧붙였다, ─ "너는 뱀 가죽에 황금 얼룩을 입힌 붕대를 수의로 입게 될 터, 내 친히 너를 미라처럼 말아 줄 테니, 위안으로 삼아라.

그리고 생베니뉴 교회[217]의 어두컴컴한 지하 납골당에서, 내 너를 벽에 기대 세워 놓을 것이니, 그곳에서 너는 마음껏 연옥[218]에서 울고 있는 어린아이들의 목소리를 듣게 될 것이다."

III
미치광이

카롤루스 금화**219** 한 닢 아니면,
양(羊) 금화**220** 한 닢이 더 나으려나.
— 왕실 도서관의 수고본들

달이 흑단 빗으로 제 머리를 빗어 내리고 있었다, 빗줄기 같은 반딧불로 언덕을, 들판과 나무들을 은빛으로 물들이면서.

*

스카르보, 보물로 둘러싸인 그놈**221**이, 삐걱거리는 풍향계 소리를 들으며, 내 집 지붕 위에서, 두카트와 플로린 금화**222**를 체로 골라 내고 있었다, 이 금화들 박자에 맞춰 튀어 오르곤 했다, 가짜 화폐들 노상(路上)에 흩뿌려졌다.

인적 끊긴 도시를, 밤마다, 떠도는 미치광이가 차갑게 웃고 있었다, 한쪽 눈은 달을 보고, 다른 눈은—터진 채로!

—"그깟 달 따위가 뭐라고!" 악마의 동전들을 그러모으면서, 그가 중얼거렸다. "나는 교수대를 사서, 햇볕에 몸을 덥힐 것이야!"

그러나 그것은 평소와 같은 달이었다, 저물고 있는 달. ─그리고 스카르보는 아무런 소리도 내지 않고 내 집 지하실에서 화폐 제조기를 돌려 두카트와 플로린 금화를 주조하고 있었다.

그때, 두 뿔을 곤두세운 달팽이 한 마리, 밤에 길을 잃어, 불빛이 새어 나오는 내 집 유리창에서 제 길을 찾고 있었다.

IV
난쟁이

나는 붙잡은 적이 있었다, 침대에 앉아, 내 커튼의 그늘에서, 달빛 한 줄기 아니면 이슬 한 방울에서 부화한, 가만히 숨어 있던 그 나비를.

꿈틀꿈틀 움직이는 밤나방, 내 손가락 사이에 붙잡힌 제 날개를 빼내려고, 내게 향기로 몸값을 치르고 있구나!

갑자기 길 잃은 곤충이 날아올랐다, 내 무릎 위에,—오, 끔찍해라!—인간의 얼굴을 한 괴물 같고 흉측한 유충 한 마리를 남기고서!

*

—"네 영혼은 어디 있느냐? 내가 올라타고 갈 네 영혼은?"—"제 영혼은, 낮일에 지쳐 쩔뚝거리는 암말, 지금은 꿈으로 물든 금빛 건초 더미 위에서 쉬고 있습니다."

그리고 무서운 나머지 달아나 버렸다, 내 영혼은, 해 질 녘의 푸르스름한 거미줄을 가로질러, 검은 고딕 종탑들이 들쭉날쭉 선을 그리고 있는 검은 지평선 저 너머로.

그러나 난쟁이는, 울음소리를 내며 달아나다 매달려, 제 하얀 갈기에서 실을 자아내며 방추(紡錘)처럼 제 몸을 돌 돌 말고 있었다.

V
달빛[224]

잠자는 사람들, 깨어나시오,
고인(故人)들을 위해 기도를 올리시오.
— 야경꾼의 외침[225]

아! 기분 좋은 일이구나! 종소리에 시간이 떨고 있는, 밤에, 카롤루스 금화처럼 생긴 코를 가진 달을 바라본다는 것은!

*

나환자 둘이 내 집 창문 아래서 한탄하고 있었다, 개 한 마리 네거리에서 짖고 있었다, 그리고 내 집 화롯가의 귀뚜라미는 아주 낮은 소리로 예언의 말을 읊조리고 있었다.

그러나 이내 내 귀에 들려온 것은 오로지 깊은 침묵뿐이었다. 자크마르가 제 아내를 때리는 소리를 들으며, 나환자들이 저들의 누추한 거처로 돌아간 다음이었다.

개가, 빗물에 녹슬고 북풍에 얼어붙은 야경꾼의 미늘창 끝을, 골목으로 피해 달아난 다음이었다.

109

그리고 귀뚜라미가, 잠이 든 다음이었다, 마지막 푸른 불씨가 벽난로의 재 안에서 마지막 빛을 꺼트려 버리자마자.

그리고 나로 말하자면,— 발열이 너무 기이하다!— 제 얼굴을 분장하며, 달이, 목매달린 자처럼 내게 혀를 빼물고 있는 것만 같았다!

VI
종 아래 원무(圓舞)

화가, 루이 불랑제 씨[226]에게

그것은 여전히 괘종시계를 소유하고 있던, 중앙 탑이
그 주변 일대를 지배하고 있던, 폐허로 둘러싸인,
정방형에 가까운, 엄숙한 건물이었다.
— 페니모어 쿠퍼[227]

열두 명의 마법사가 생장 교회[228]의 거대한 종 아래서 원
무를 추고 있었다. 그들은 한 사람 한 사람 폭풍우를 불러
일으켰다, 그리고 나는 침대 깊숙한 곳에서 열 지어 어둠
을 가로질러 간 저 열두 개의 목소리를 두려움에 사로잡
혀 세어 보고 있었다.

이윽고 달이 달려가 구름 뒤에 숨어 버렸다, 그리고 벼락
과 회오리바람이 뒤섞인 빗물이 내 창문을 때렸다, 그러
는 동안 풍향계의 수탉들은 숲속에서 소나기에 흠뻑 젖은
파수꾼 저 학들처럼 울부짖고 있었다.

벽에 걸려 있던, 내 류트의 제일현(第一絃)[229]이 소리를 터
뜨렸다. 나의 오색방울새가 새장 안에서 날개를 퍼덕였

다; 호기심 많은 어느 정령이 내 책상 위에서 잠들어 있던
『장미 이야기』[230]의 한 장을 넘겼다.

그런데 별안간 생장 교회 꼭대기에서 벼락이 내리쳤다.
벼락을 맞은 마법사들은 숨이 끊어져 버렸다, 그리고 저
멀리 나는 그들의 마법서가 검은 종 안에서 횃불처럼 타
오르고 있는 것을 보았다.

그 무시무시한 광채가 연옥과 지옥의 시뻘건 불꽃으로 고
딕 교회 벽을 물들이고 있었다, 그리고 이웃한 가옥들 위
로 생장 교회 거대한 입상(立像)의 그림자를 길게 드리우
고 있었다.[231]

풍향계들이 무디게 돌아갔다; 달은 옅은 진줏빛 구름 무
리를 녹여 버렸다; 비는 더는 내리지 않았고, 물방울이 지
붕 가장자리에서 떨어질 뿐이었다, 그리고 미풍이, 어설프
게 닫힌 창문을 열어, 내 베갯머리 위로 폭풍우에 흔들려
떨어진 내 재스민 꽃을 던져 놓았다.

VII
꿈[232]

저는 무척 많은 꿈을 꾸었는데, 전혀 이해할 수가 없군요.
—『팡타그뤼엘 제3서』[233]

밤이었다. 그것은 우선,—나는 이렇게 봤다, 그래서 나는 이렇게 말한다,—달빛에 벽에 금이 간 어느 수도원, 꼬불꼬불한 오솔길 헤치고 들어간 어느 숲,—그리고 망토와 모자가 우글거리는 모리몽 광장[234]이었다.

그것은 그다음으로,—나는 이렇게 들었다, 그래서 나는 이렇게 말한다,—죽음을 알리는 음산한 종소리와 이 소리에 화답하는 어느 독방의 음산한 흐느낌,—잎사귀 하나하나 떨게 하는 나뭇가지의 애달픈 절규와 가혹한 홍소(哄笑),—그리고 형장으로 끌려가는 죄인을 따라가고 있는, 검은 회개자들[235]이 윙윙거리며 내는 기도 소리였다.

그것은 끝으로—이렇게 꿈이 끝났다, 그래서 나는 이렇게 말한다,—임종을 맞이한 자들의 성회(聖灰)[236]에 누워, 숨을 거두고 있는 수도승 한 명,—어느 떡갈나무의 가지들에 목매달려 발버둥 치고 있는 젊은 여자 한 명.—그리고 사형집행인의 수레바큇살에, 봉두난발로 꽁꽁 묶인 나.

작고한 수도원장, 동 오귀스탱[237]은, 코르들리에[238]를 허리에 두른 의복을 입고, 활활 타오르는 예배당[239]의 명예를 얻게 되리라, 그리고 자신의 연인에게 살해당한 마르그리트[240]는, 네 자루의 납촉에 둘러싸여, 무구(無垢)의 백색 수의를 입고 안치되리라.

그러나 나, 사형집행인의 곤봉은, 첫 일격에, 유리처럼 부서져 버렸다, 검은 고해승들의 횃불은 쏟아지는 비에 꺼져 버렸다, 군중은 갑자기 불어난 시냇물에 쓸려가 버렸다,—그리고 나는, 깨어남을 향해 또 다른 꿈을 좇고 있었다.

VIII
나의 증조부

> 이 방의 모든 것이 여전히 똑같은 상태였다, 거기
> 태피스트리들만 너덜너덜할 뿐이고, 거기서 거미들이
> 먼지 사이로 제 집을 짓고 있을 뿐이다.
> ── 월터 스콧, 『우드스톡』[241]

바람에 흔들리는, 고딕식 태피스트리 속 존엄한 인물들이 서로 인사를 나누고 있다, 그리고 나의 증조부가 방으로 들어왔다,──죽은 지 이제 곧 팔십 년이 되어 가는 나의 증조부가!

저기!──바로 저 기도대 앞이다, 참사관이었던 나의 증조부, 당신이 무릎을 꿇었던 곳은, 가름끈 자리에서 펼쳐진 저 누런 기도서에 당신의 수염 난 얼굴을 파묻으며!

당신은 밤이 지나도록 기도 말을 중얼거렸다, 단 한 순간도 자주색 비단 사제복에 십자가로 모은 두 팔을 풀지 않은 채, 당신의 침대에, 닫집 딸린 당신의 먼지투성이 침대에 누워 있었던, 당신의 후예, 나를 향해 비스듬히 눈길도 돌리지 않은 채!

나는 공포에 사로잡힌 채 알아차렸다, 무언가 읽고 있는 것처럼 보였지만, 당신의 두 눈이 텅 비어 있었다는 사실을,—기도 소리가 내게 들려왔지만, 당신의 입술이 움직이지 않았다는 사실을,—보석 따위로 반짝거렸지만 당신의 손가락이 바짝 말라 있었다는 사실을!

그리고 나는 나 자신에게 물어보았다, 내가 잠에서 깨어났던 것인가, 아니면 내가 자고 있었던 것인가,—이 희미한 빛은 달빛이었던가, 아니면 루시퍼[242]의 빛이었던가,— 한밤중이었던 것인가, 아니면 새벽이었던 것인가!

IX
옹딘[243]

—"들어 봐요!— 들어 봐요!— 저예요,[245] 저 달의 구슬픈 빛으로 반짝이는 그대의 마름모꼴 창문을 물방울로 살짝 스쳐 소리를 낸 것은 바로 저 옹딘이에요; 물결무늬 드레스를 입은, 성의 주인이 여기 있어요, 발코니에 서서 별이 총총한 아름다운 밤과 잠들어 있는 아름다운 호수를 바라보고 있어요.

물결 하나하나는 흐르는 물살에서 헤엄치는 물의 정령, 물살 하나하나는 나의 궁전을 향해 꾸불꾸불 찾아오는 오솔길, 그리고 나의 궁전은, 저 호수 깊은 곳, 불과 흙, 그리고 공기가 세모꼴[246]을 이루는 그곳에 흘러가게 지었어요.

들어 봐요!— 들어 봐요!— 개굴개굴 우는 물을 나의 아버지가 푸르른 오리나무 가지로 잠재우고 있어요, 그리고 나의 언니들은 저들의 물거품 팔을 들어, 풀이 무성하고, 수련과 글라디올러스 꽃이 피어 있는 싱그러운 섬을 쓰다듬거나, 낚싯줄을 드리운 늙고 수염 난 버드나무를 어루만지고 있어요!"

*

속삭이는 목소리로 노래하며, 물의 정령은 그녀의 반지를 내 손가락에 끼워 옹딘의 남편이 되어 달라고, 그리고 그녀와 함께 그녀의 궁전으로 가 호수의 왕이 되어 달라고 내게 애원하였다.

그리고 내가 그녀에게 죽을 운명의 인간 여자를 사랑하고 있다고 대답하자, 토라지고 또 화가 나서, 그녀는 눈물 몇 방울을 떨구더니, 폭소를 터뜨렸다, 그러다 내 파란 유리창을 따라 새하얗게 흐르는 소나기가 되어 사라져 버렸다.

X
살라만드라[247]

그는 성스러운 호랑가시나무 잎 몇 장을 화로에 던졌고,
그 잎들은 탁탁 소리를 내며 타올랐다.
—샤를 노디에, 『트릴비』[248]

—"이보게, 내 친구 귀뚜라미, 자네 죽은 것인가, 그래서 내 휘파람 소리도 듣지 못하고, 불의 광채에도 눈이 먼 것인가?"

그러나 귀뚜라미는, 마법의 잠에 빠진 것인지, 아니면 토라져 변덕을 부리는 것인지, 살라만드라의 다정한 몇 마디 말에도, 아무런 대답도 하지 않았다.

"오! 내게 노래를 들려주게, 세 송이 흰 백합 문장(紋章)이 새겨진, 철판 뒤에서, 재와 그을음으로 가득한 자네 작은 방에서 매일 밤 자네가 불렀던!"

하지만 귀뚜라미는 여전히 아무 대답도 하지 않았다, 그리고 비탄에 잠긴 살라만드라는, 때로는 그의 목소리인가 하여 귀 기울이는가 하면, 때로는 분홍, 파랑, 빨강, 노랑, 하양 그리고 자주색으로 불꽃의 색깔을 바꿔 가며 낮은

소리로 노래하기도 했다.

—"그가 죽었구나, 그가 죽었어, 내 친구 귀뚜라미가!"—
그리고 내 귀에는 탄식과 흐느낌 같은 것이 들려왔다, 그
러는 동안 애처로운 화로에서, 이제 푸르스름해진 불꽃이,
점점 작아지고 있었다.

—"그가 죽었어! 그가 죽었으니, 나도 죽으련다!"—포도
나무 가지들이 다 타 버린 후였다, 불꽃은 냄비 걸이에 작
별 인사를 고하면서 잉걸불 위를 기어가고 있었다, 그리
고 살라만드라는 굶어 죽었다.

XI
마연(魔宴)의 시간[249]

> 이 늦은 시간에, 누가 계곡을 지나가는 것일까?
> ──앙리 드라투슈,『마왕』[250]

여기다! 그리고 벌써 빽빽한 덤불 속,[251] 잔가지 아래 웅크린 야생 고양이가 눈에서 인광(燐光)을 뿜어내고 있다;

절벽의 어둠에 잠겨 가는 바위산 중턱에서, 밤이슬과 야광충으로 반들거리는 가시덤불의 머리털;

송림(松林) 꼭대기에서 하얀 거품을 내뿜고, 성과 성 저 깊숙한 곳에서 물보라를 잿빛 수증기처럼 뿌리고 있는 급류의 천변 위로;

마물(魔物) 무리가 헤아릴 수 없이 모여든다, 등에 나무를 지고, 갈래 진 오솔길을 걷느라 뒤처진 늙은 나무꾼에게, 소리는 들려도 아무것도 보이지 않는다.

그리고 떡갈나무에서 떡갈나무로, 언덕에서 언덕으로, 음산하고, 께름직한, 수천 번의 고함이 뒤섞여, 서로 답한다:──"흠! 흠!──춥! 춥!──쿠쿠! 쿠쿠!"

그리고 여기 교수대가 있다!—그리고 여기 안개 속에 유대인 하나 나타나, 축축한 풀 사이에서, 영광의 손[252]을 들고 그 금빛 광채로, 무언가를 찾고 있다.

「밤의 가스파르의
환상곡」
제3서(書)가
여기서 끝나다

「밤의 가스파르의
환상곡」
제4서(書)가
여기서 시작하다

연대기

I
오지에 경(卿)
(1407년)

—"폐하," 햇빛을 받아 흥이 난 옛 파리를 예배당의 작은
창 너머로 바라보고 있던 국왕에게 오지에 경이 여쭈었
다. "폐하의 루브르궁 궁정에서, 게걸스러운 참새들이 잎
새와 가지가 풍성한 저 포도나무 사이로 장난치는 소리가
들리지 않으시나이까?"

—"어찌 아니 들리겠는가!" 국왕이 대답했다. "제법 유쾌
한 새들의 지저귐이 아니더냐."

—"저 포도밭은 폐하의 정원에 있사옵니다; 하나 폐하께
서 수확하여 이익을 취하실 수는 없을 거로 사료되옵니
다." 오지에 경이 온화한 미소를 띠며 말했다: "참새는 낮

짝이 두꺼운 도둑놈이옵고, 또한 쪼아 먹을수록 녀석들은 더 흡족해할 터이니, 앞으로도 계속해서 쪼아 먹으려 들겠지요. 참새들이 폐하의 포도밭에서 폐하를 대신해서 포도를 다 따 버리고 말 것이옵니다."

—"오! 아니 될 말이로다, 경이여! 내 친히 참새들을 쫓아 버리겠노라!" 국왕이 소리쳤다.

국왕은 황금 줄 고리 끝에 매달린 상아 호루라기를 제 입술 가까이 가져갔다, 그리고 호루라기를 불어 날카롭고 예리한 소리를 내자, 참새들이 궁전 지붕을 향해 날아올랐다.

—"폐하," 그때 오지에 경이 말했다. "방금 이 일로 제게 떠오른 비유 하나를 아뢰는 것을 허락해 주십시오. 저 참새들은 폐하의 귀족들이며; 저 포도밭은 백성이옵니다. 귀족들은 백성의 돈으로 연회를 열고 있습니다. 폐하, 평민을 갉아먹는 자, 주인도 갉아먹습니다. 더 이상의 약탈은 아니 되옵니다! 호루라기를 한 번 부십시오, 그리고 폐하께서 몸소 폐하의 포도밭에서 포도를 거두어들이소서."

오지에 경은 당황하는 표정을 지으며, 손가락으로 모자 끝을 말아 쥐고 있었다. 샤를 6세는 슬픈 표정으로 고개를 가로저었다; 그리고 이 파리 시민의 손을 붙잡고 탄식하며 말했다:—"그대는 용감한 인물이구려!"

II
루브르궁의 쪽문

이 난쟁이는 게으르고, 변덕스러운 데다, 성질마저 고약했다;
하지만 그는 충성스러운 자였으며, 그의 일 처리는
주인의 마음에 들었다.
— 월터 스콧, 『음유시인의 담시(譚詩)』[255]

그 작은 불꽃은 넬 탑 아래, 얼어붙은 센강을 건너 찾아
왔었다, 그리고 지금, 이 불꽃, 밤안개 속에 춤을 추며, 오!
지옥의 기예(技藝)인가! 악마의 비웃음과 흡사한 괴성을
지르며, 백 걸음도 안 될 만큼 가까이 와 있었다.

—"거기 누구냐?" 루브르궁의 쪽문 통로에서 스위스 근위
병[256]이 소리쳤다.

작은 불꽃은 서둘러 다가왔고, 서둘러 대답하지는 않았다.
그러나 얼마 안 가, 금사로 번쩍거리는 제복을 입고, 은방
울 모자를 쓴 난쟁이가, 마름모꼴 유리창 안에서 불그스
름한 빛을 뿜어내고 있는 각등 하나를 한 손으로 흔들면
서 모습을 드러냈다.

—"거기 누구냐?" 스위스 근위병은 떨리는 목소리로, 화승

총을 겨누면서 반복했다.

난쟁이는 각등 속 초의 심지를 잘라 버렸다, 그리고 화승총을 겨눈 자는, 주름지고 야윈 얼굴의 윤곽, 장난기가 내비치는 두 눈, 그리고 서리를 맞아 새하얘진 턱수염을 알아보았다.

―"어이! 어이! 우군일세! 자네, 나팔 총에 불붙이지 말게나. 자! 자! 아니, 이런 쳐 죽일 놈! 자네는 시체와 학살의 공기로만 숨을 쉬는가!" 이 난쟁이, 산골짜기 용병 못지않게 떨리는 목소리로 소리쳤다.

―"네가 우리 편이라고? 후유! 그런데 너 정말 누구야?" 다소 안심한 스위스 근위병이 물었다.―그리고 그는 화승총의 신관을 자신의 투구에 도로 끼워 넣고 있었다.

―"내 아버지는 나크부크 왕[257]이시다, 그리고 내 어머니는 나크부카 왕비이시다. 이우프! 이우프! 이우!"[258]라고 난쟁이는 혀를 한 뼘 내밀고, 깨금발로 빙글빙글 두 바퀴 돌며, 대답했다.

이번에는 용병이 이를 부딪치며 덜덜 떨었다. 다행히도 그는 제 물소 가죽 허리띠에 묵주가 달려 있다는 사실을 떠올렸다.

—"네 아버지가 나크부크 왕이라면, 우리 아버지시여, 그리고 네 어머니가 나크부카 왕비라면, 하늘에 계시어, 너는 그렇다면 악마로구나, 바라건대 이름이 거룩히 여김을 받으시오며"라고, 그는 두려운 나머지 반쯤 죽은 사람처럼 말을 더듬거렸다.[259]

—"천만에! 그렇지 않다!" 각등잡이가 말했다. "나는 콩피에뉴에서 오늘 밤 당도하실 국왕 폐하의 난쟁이다, 폐하께서는 루브르궁의 쪽문을 미리 열어 두도록 나를 급히 보내셨다. 암호는 브르타뉴의 안 비(妃),[260] 그리고 코르미에의 성오뱅[261]이다."

III

플랑드르인

플랑드르인, 강경하고 완고한 종족.
— 올리비에 드라마르슈의 『회고록』[262]

전투는 9시과(時課)[263]부터 지속되었다, 브루게군(軍)이 발을 빼고, 등을 돌릴 때까지. 그러자 한편에서는, 대혼란이 빚어지고, 다른 한편에서는, 거센 추격이 이어져, 다리를 건널 즈음, 사람들, 깃발들, 수레들이 온통 뒤엉켜, 반란군은 부지기수로 강물에 굴러떨어졌다.

백작은 다음 날 눈부시도록 화려한 기사들 한 무리를 동반하고 브루게에 입성했다.[264] 백작 군대의 선봉에 선 병사들이 나팔을 무시무시하게 불면서 기사들 무리를 앞질러 나아가고 있었다. 약탈병 무리가, 단검을 손에 쥐고, 이리저리 돌아다니고 있었다, 그리고 겁먹은 돼지들이 그들 앞에서 달아나고 있었다.

말이 울어 대는 기마대가 방향을 잡고 나아간 곳은 시의 시청이다. 그곳에선 시장과 관리들이 무릎을 꿇고 있었다, 망토와 모자를 땅바닥에 내려놓고, 자비를 외치며. 하지만 백작은 성서에 두 손가락을 얹고, 붉은 멧돼지를 소굴에서 몰살시키리라 맹세한 터였다.

—"각하!"

—"마을을 불태워라!"

—"각하!"

—"시민들을 교수(絞首)하라!"

불이 붙은 곳은 오로지 마을의 어느 변두리 길뿐, 교수대
에 매달린 것은 오로지 민병대의 대장들뿐이었다, 그리고
군기(軍旗)에서 붉은 멧돼지가 도려내졌다. 브루게 마을은
십만 금화로 대속하였다.

IV
수렵
(1412년)

어서, 저 사슴을 쫓아라! 그 사람이 말했다.
— 미간행 시편

그리하여 사냥이 진행되고 있었다, 진행되고 있었다, 청명한 날, 산과 계곡을 넘어, 들판과 숲을 넘어, 하인들이 뛰어다니고, 나팔 소리가 울려 퍼지고, 개들이 짖어 대고, 매가 날아다니고, 그리고 사촌 형제 두 명이 나란히 말을 몰고 가고, 그리고 잎이 우거진 나뭇가지 속 사슴 무리와 멧돼지 무리를 창으로 찌르면서, 하늘을 나는 왜가리 무리와 황새 무리를 대궁으로 꿰뚫으면서.

—"사촌이여," 위베르가 르노에게 말했다. "이 아침, 우리의 평화가 봉인된 것처럼 보이는데, 자넨 내심 흡족하진 않아 보이네만?"

—"그렇고말고!" 르노가 그에게 대답했다.

르노는 광인이나 지옥에 떨어진 자의 붉은 눈을 하고 있었다; 이에 위베르는 불안을 느꼈다; 그리고 사냥이 계속

136

진행되고 있었다, 계속 진행되고 있었다, 청명한 날, 산과 계곡을 넘어, 들판과 숲을 넘어.

그런데 그때 돌연, 요정들의 동굴에 매복해 있던, 보병 한 무리가, 창을 낮게 잡아 쥐고, 쾌활한 사냥꾼 일행에게 몰려들었다. 르노는 자기 칼을 뽑았고 그것은, 이 공포를 당신은 명기(銘記)하라! 제 사촌 형제의 몸을 몇 번이고 찌르기 위함이었다, 사촌은 말의 등자에서 떨어졌다.

—"죽여라, 죽여라!" 가늘롱[265]이 소리를 질렀다.

성모시여, 어찌 이토록 가엾을 수가 있습니까!—그리하여 이제 사냥은 더는 진행되지 못했다, 청명한 날, 산과 계곡을 넘어, 들판과 숲을 넘어.

일천사백십이년 칠월의 셋째 날, 가련하게 살해당한, 모지롱의 영주, 위베르의 영혼이여, 신 앞에 부름 받으시기를; 그리고 오베핀의 영주, 르노의 영혼을, 그의 사촌과 그의 살해자를 악마가 데려가기를! 아멘.

V
독일 기병

검은 독일 기병 셋이, 자정 무렵, 각자 집시 여자를 옆구
리에 낀 채, 다소간의 꾀를 열쇠로 삼아, 수도원으로 들어
가려 시도하고 있었다.

— "부탁하오! 부탁하오!"

말의 등자 위에 올라서 있던 그들 중 한 명이었다.

— "부탁하오! 폭풍우를 피할 거처를 청하오! 무엇을 경계
하시는가? 문구멍으로 한번 보시오. 줄로 말 엉덩이에 매
단 이 귀여운 것들은 열다섯 살 소녀들, 우리가 끈으로 둘
러멘 작은 통들은 포도주가 아니겠는가?"

수도원은 잠들어 있는 것처럼 보였다.

— "부탁하오! 부탁하오!"

추위로 덜덜 떨고 있는 여자들 중 한 명이었다.

—"부탁하오! 구세주의 축복을 받은 어머니의 이름으로, 머물 곳을! 저희는 길을 잃은 순례자들입니다. 저희들 성유물함의 유리도, 저희들 모자의 챙도, 저희들 망토의 주름도, 비에 흠뻑 젖어 버렸습니다, 게다가 지쳐 절뚝거리고 있는 저희 군마들은, 오던 길에, 그만 편자가 빠져 버렸습니다."

한 줄기 불빛이 갈라진 문틈에서 새어 나왔다.

—"물러가라, 밤의 사탄들아!"

촛대를 손에 들고, 열을 지어 나온, 수도원장과 수도사들이었다.

—"물러가라, 거짓의 딸들아! 신께서 우리를 지켜 주신다, 설령 너희가 살과 뼈가 있는 존재라 해도, 그리고 설령 너희가 유령이 아니라 해도, 이교도들, 아니, 분리주의자[267]에 지나지 않는다 해도, 우리의 거처에 머물게 할 수는 없다!"

—"이랴! 이랴!" 음험한 기사들이 외쳤다. —"이랴! 이랴!"—그들의 말발굽 소리가, 저 멀리, 바람과 강, 그리고 숲의 소용돌이 속으로 쓸려 갔다.

—"죄악에 빠진 열다섯 살 소녀들, 우리가 회개시킬 수도 있었을 텐데, 이렇게 내쫓아 버리다니!" 케루빔[268]처럼 금발에 포동포동한, 젊은 수도사가 읊조렸다.

—"형제여!" 수도원장이 그의 귀에 바싹 대고 속삭였다. "자네는 알리에노르[269] 부인과 그녀의 조카님이 고해하려고 우리를 기다리고 계신 것을 잊었는가!"

VI
대부대[270]
(1364년)

그들은 마을을 습격하고, 성벽 위를 뛰어다니고, 집에 오르고,
도둑처럼 창으로 들어가니.
—「요엘서」제2장 9절[271]

i

숲속에서 길을 잃은, 약탈자 몇몇이, 철야의 모닥불로 몸
을 녹이고 있었고, 주위로, 잎이 우거진 나뭇가지들, 어둠
과 유령들이 북적대고 있었다.

—"소식을 들어 보게!" 대궁을 든 이가 말했다. "왕 샤를
5세[272]가 베르트랑 뒤게클랭[273] 경에게 화해의 말로 우리
를 쫓아 보내라고 하더군; 하나 먹이로 찌르레기 풀듯[274]
해서야 어디 악마를 잡겠는가!"

패거리는 일제히 웃음을 터뜨렸다, 그리고 이와 같은 야
만의 쾌활함은, 공기가 새어 나오며 백파이프가, 이가 나
는 젖먹이 같은 울음소리를 냈을 때, 두 배로 커졌다.

—"대체 왜들 이러는가?" 사수(射手) 하나가 되물었다.

141

"자네들은 이런 무료한 삶에 질리지도 않는가? 자네들, 성과 수도원을 모조리 털기라도 했는가? 나는 말이지, 술이고프고, 배가 고프다네. 우리 대장, 이 망할 놈의 자크 다르키엘!—늑대가 사냥개가 다 되었어.—만일에 내 검 값을 그가 내게 지불하고, 또 나를 전쟁터에 내보내 준다면, 난 뒤게클랭 경 만세일세!"

타고 있던 장작의 불꽃이 불그스름해졌다가 푸르스름해졌다, 그리고 이 거리 약탈자들의 얼굴도 푸르스름해졌다가 불그스름해졌다. 닭 한 마리가 농가에서 울었다.

—"닭이 울었다, 그리고 성베드로는 우리 구세주를 부인하였다!" 대궁을 든 남자가 성호를 그으면서 중얼거렸다.

ii

—"강탄제(降誕祭)다! 강탄제!—내 칼을 걸고 장담한다! 카롤루스 금화가 비처럼 쏟아질 것이다!"

—"내 자네들 한 명 한 명에게 금을 한 되씩 퍼 주마!"

—"농담은 아니겠지요?"

—"기사도를 걸고 맹세하지!"

―"그렇다면 그 엄청난 돈을 누가 준다는 건가요?"

―"전쟁터지."

―"어디요?"

―"에스파냐. 불신자들이 거기서 삽으로 황금을 휘젓고, 자기들 말에 황금 편자를 박고 있다네. 자네들은 이번 원정이 마음에 드는가? 사교(邪敎)를 숭배하는 모르인(人) 놈들을 쫓아가, 몸값을 두둑이 챙기자고!"

―"대장, 에스파냐라니, 너무 멉니다!"

―"자네들 신발에 밑창은 있을 거 아닌가."

―"그것만으로는 부족합니다."

―"국왕의 재무관들께서 자네들의 소심함을 날려 버리게 자네들에게 십만 플로린을 주실 것이다."

―"그럽시다! 우리 투구의 가시덤불을 폐하의 깃발 저 백합 문양 주위로 정렬하도록 합시다. 노래도 불러야 하지 않겠습니까?

오! 거리의 약탈자

즐거운 직업이여!"

—"좋아! 자네들 천막은 접었나? 자네들 수레는? 진지를
철수하자고.—그래, 역전의 용사들아, 길을 나설 때 여기
도토리를 심어 두어라, 자네들이 돌아올 땐 떡갈나무가
되어 있을 것이다!"

그리고 산 중턱에서 사슴을 쫓고 있는 자크 다르키엘의
개들이 짖는 소리가 들려왔다.

iii

거리의 약탈자들이 전진하고 있었다, 무리를 지어 서로
떨어진 채, 어깨에는 무거운 화승총을 메고서. 후위에서
사수 한 명이 어느 유대인과 다투고 있었다.

사수가 손가락 세 개를 세웠다.

유대인은 두 개를 세웠다.

사수가 그의 얼굴에 침을 뱉었다.

유대인은 제 수염을 닦았다.

사수가 손가락 세 개를 세웠다.

유대인은 두 개를 세웠다.

사수가 그에게 따귀를 한 대 날렸다.

유대인은 손가락 세 개를 세웠다.

—"이런 윗도리에 겨우 카롤루스 두 닢이라니, 날도둑놈!" 사수가 고함을 쳤다.

—"인정머리 없기는! 자, 세 닢이다!" 유대인이 고함을 쳤다.

그것은 소매에 은색 뿔피리를 꿰맨 호화로운 비로드 상의였다. 옷에는 구멍이 뚫리고 피가 물들어 있었다.

VII
나환자

조각가, P. J. 다비드 씨에게[275]

이곳에 접근하지 마라,
나환자의 오두막이라네.
— 나환자의 노래[276]

아침이면, 나뭇가지들이 이슬을 모두 마셔 버렸을 즈음,
나병원의 문이 경첩 위로 미끄러지곤 했다, 그리고 나병
환자들은, 고대의 은자(隱者)들처럼, 하루 내내, 멀리서 보
면, 꽃 피어난 풀을 뜯고 있는 사슴, 그리고 맑은 늪에서
물고기를 찾고 있는 해오라기들만이 가득한, 고요하고 푸
르른 나무들만이 가득 펼쳐진 저 황야, 아담의 계곡들, 원
시의 낙원들 사이로 침잠하고 있었다.

몇몇 사람들은 작은 밭을 개간했었다: 자기들 손으로 키
워, 장미는 그들에게 한층 더 향기로웠고, 무화과는 한층
더 맛이 있었다. 또 다른 몇몇은, 생기 넘치는 샘의 모래
에 파묻히고, 야생 메꽃으로 뒤덮인 자갈투성이 동굴 안
에서, 버드나무 통발들을 구부리거나 회양목 큰 잔들을
깎고 있었다. 그리하여 그들은 시간을 속이려 애쓰고 있

146

었다, 기쁨에는 아주 빠르고, 고통에는 아주 느린 시간을!

그러나 그곳에는 나병원의 문간에조차 앉지 못하는 자들도 있었다. 의사들의 과학이 십자가를 표시해 놓았던, 수척하고, 쇠약하고, 비탄에 빠진 이 사람들은, 바늘이 그들 생(生)의 탈주와, 그들 영원의 임박을 서둘러 재촉하는 해시계 위로 눈길을 보내며, 수도원의 저 높고 새하얀, 네 개 벽 사이에서 자신들의 그림자를 늘어놓고 있었다.

그리고 육중한 기둥에 기댄 채, 그들이 그들 자신 안으로 빠져드는 동안, 무엇 하나 수도원의 정적을 깨는 것은 없었다, 다만, 삼각형을 이루어 구름을 경작하고 있는 황새들의 울음소리와, 회랑 사이를 몸을 숨기듯 돌아 나가고 있는 어느 수도승의 묵주 소리, 그리고 해 질 무렵, 이 쓸쓸한 칩거자들을 회랑에서 이들 각자의 독방으로 보내고 있는 야간 파수꾼들의 저 헐떡이는 듯한 크레셀[277] 소리만이 들려왔을 뿐.

VIII

어느 애서가[278]에게

애들아, 이제 기사는 책 속에밖에 없단다.
— 할머니가 손자들에게 들려주는 이야기[279]

중세 음유시인의 연주, 중세 요정의 마법 주문, 그리고 중세 용자의 영광과 함께, 기사도는 영원히 사라져 버렸는데도, 어찌하여 벌레에게 파먹힌 먼지투성이 중세 이야기를 되살려 내려 하는 겁니까?

이 불신의 세기에, 우리의 저 경이로운 전설들이, 뤼송의 마상 시합에서 샤를 7세를 향해 던져진 창을 분지른 성조 르주며, 소집된 트리엔트공의회[280] 석상(席上) 위로, 모두가 보는 눈앞에서, 내려오신 성령, 그리고 랑그르 마을 근처에서, 우리 구세주의 수난을 이야기하려 고를랭 주교에게 접근한, 방황하는 유대인[281]의 전설이 무슨 가치가 있겠습니까?

기사도의 세 가지 학문은 오늘날 멸시받고 있습니다. 큰 매에게 머리 덮개를 씌우는 법을 몇 살에 배우는지, 사생아가 어떤 조각으로 자기 방패의 문장(紋章)을 사분(四分)하는지, 화성과 금성이 밤 몇 시에 만나는지, 호기심을 갖는 사람은 아무도 없습니다.

전쟁과 사랑의 온갖 전통은 잊혔습니다, 그리고 나의 이야기는, 브라방의 주느비에브[282]가 쓴 탄식가(歎息歌)의 운명에도 미치지 못할 거요, 떠돌이 싸구려 그림 장수가 이미 그 첫머리를 알지 못하고, 그 끝도 들어 본 적도 없는 그 탄식가 말이오!

「밤의 가스파르의
환상곡」
제4서(書)가
여기서 끝나다

「밤의 가스파르의
환상곡」
제5서(書)가
여기서 시작하다

에스파냐와 이탈리아

I

독방

에스파냐, 복잡한 이야기, 단검의 결투, 세레나데,
그리고 화형으로 알려진 나라!
—어느 문학잡지에서

…그리고 나는 이제 들을 일이 없으리
영원한 은둔자 위로, 빗장 채워지는 소리를.
—알프레드 드비니, 「감옥」[283]

체발(剃髮) 수도사들이, 말없이 명상에 잠겨, 손에 묵주를 쥔 채, 저 아래를 산책하고 있다, 그리고 어렴풋한 메아리 깃든, 수도원의 포석을, 기둥에서 기둥으로, 묘지에서 묘지로, 느릿느릿 헤아려 본다.

그대, 젊은 은둔자여, 홀로 그대의 독방에 틀어박혀, 그대 기도서 저 하얀 종이 위로 악마의 모습을 그려 보는 일로, 그리고 죽은 자의 두개골[284] 같은 그대 두 뺨을 불경한 황금색 분으로 치장하는 일로 그대 즐거워하는 것, 그것이 바로 그대의 위안인가?

젊은 은둔자, 그는 잊지 않았다, 제 어미가 집시였다는 사

실을, 제 아비가 도적의 우두머리였던 사실을; 그리고 그
는, 날이 밝아 오면, 교회에 가라 울리는 아침 종소리보다,
말에 올라타라 신호를 울리는 나팔 소리를 듣는 것이 훨
씬 더 좋은 것이다!

그는 잊지 않았다, 그라나다 시에라의 바위산 아래서, 상
아 캐스터네츠에 맞춰, 은 귀고리 흑발 여인과 볼레로를
추었던 일을; 그리고 그는 수도원에서 신에게 올리는 기
도보다, 집시들의 부락에서 나누는 사랑이 훨씬 더 좋은
것이다!

사다리 하나가 초라한 침대 짚으로 몰래 짜였다. 쇠창살
두 개가 가는 줄로 소리 없이 잘렸다; 그리고 수도원에서
그라나다 시에라까지는, 지옥에서 천국 정도로 먼 것도
아니다!

밤이 모두의 눈을 감기고, 온갖 의혹을 잠재우면 이제 곧,
젊은 은둔자는 등불을 켤 것이다, 그리고 자신의 독방에
서 도망칠 것이다, 옷 속에는 나팔 총 한 자루, 발소리 죽
여 가며.

II
노새꾼들

이 남자는 '귀여운 녀석', '용감한 녀석'이라며 자신의 노새를
칭찬한다거나, 혹은 '게으른 놈', '고집 센 놈'이라며 꾸짖을 때를
제외하고는, 길고 긴 연가(戀歌)를 멈추지 않았다.
—— 샤토브리앙, 『마지막 아방세라주』[285]

그녀들은 하나하나 묵주 알을 세거나 자기들의 머리카락을 땋고 있다, 검은 머리의 안달루시아 여인들, 자기들 노새의 걸음에 맞춰 한가로이 몸을 흔들거리며; 아리에로스[286] 중 몇몇이 성자크 순례자의 성가[287]를 부르자, 시에라의 수백 개 동굴에서 메아리가 울린다. 다른 이들은 태양을 향해 소총을 쏘고 있다.

——"바로 이곳입니다," 길잡이 중 한 명이 말한다. "지난주 도적의 습격을 받아, 목덜미에 탄환을 맞고 죽은, 호세 마테오스를 우리가 묻었던 곳이지요. 묘는 파헤쳐지고, 시신은 사라져 버렸습니다."

——"시신은 멀리 가지 않았소," 노새꾼이 말한다. "가죽 부대처럼 물에 불은 채, 골짜기 깊은 곳에 떠 있는 걸 내 직접 보았지요."

159

—"아토차의 성모님,[288] 저희를 지켜 주소서!" 소리치고 있었다, 검은 머리의 안달루시아 여인들, 자기들 노새의 걸음에 맞춰 한가로이 몸을 흔들거리며.

—"저 바위 끝에 있는 오두막은 뭔가?" 타고 있는 가마의 창 너머로 이달고[289]가 물었다. "급류가 물보라 치는 깊은 물속으로 저 거목들을 내던진 나무꾼들의 오두막인가, 아니면 이 불모의 비탈길 위로 저 야윈 염소들을 방목하고 있는 양치기들의 그것인가?"

—"저것은," 노새꾼 한 명이 답했다, "나이 많은 어느 은 자의 오두막이었으나, 이번 가을, 나뭇잎 침대 위에서, 죽어 있는 것이 발견되었소. 끈 한 줄로 목이 졸리고, 혀가 입 밖으로 늘어져 있었소."

—"아토차의 성모님, 저희를 지켜 주소서!" 소리치고 있었다, 검은 머리의 안달루시아 여인들, 자기들 노새의 걸음에 맞춰 한가로이 몸을 흔들거리며.

—"우리 곁을 지나가며, 우리를 빤히 쳐다본, 망토에 몸을 숨긴 세 명의 기사는, 우리 편이 아니다. 저들은 누구인가?" 수염을 기르고, 먼지투성이 옷가지를 걸친 어느 수도사가 물었다.

—"만약 저들이," 노새꾼 한 명이 답했다, "시엔푸에고스[290] 마을을 순시하는 경찰관들이 아니라면, 그들의 대장, 지옥의 질 푸에블로가 정찰하라고 보낸 도둑놈들이겠지요."

—"아토차의 성모님, 저희를 지켜 주소서!" 소리치고 있었다, 검은 머리의 안달루시아 여인들, 자기들 노새의 걸음에 맞춰 한가로이 몸을 흔들거리며.

—"자네들, 저편 덤불에서 울리는 단총(短銃) 소리를 들었는가?" 맨발로 다닐 만큼 몹시 가난한, 잉크 장수가 물었다, "저기 보시오! 연기가 하늘로 솟아오르고 있소!"

—"저것은," 노새꾼 한 명이 답했다. "둥근 대형으로 수풀을 뒤지며 사냥하고, 도적놈들을 쫓아내려 화약에 불을 붙이고 있는, 우리 동료들입니다. 세뇨르, 세뇨리타, 기운 내십시오, 서둘러 노새를 몹시다!"

—"아토차의 성모님, 저희를 지켜 주소서!" 소리치고 있었다, 검은 머리의 안달루시아 여인들, 자기들 노새의 걸음에 맞춰 한가로이 몸을 흔들거리며.

그리고 여행자들은 일제히, 태양이 타오르고 있는 구름 같은 먼지 속으로 질주했다; 노새들은 거대한 화강암 바위 사이를 열 지어 지나가고 있었다, 급류는 물보라 치는 계곡 웅덩이에서 포효하고 있었다, 나무들은 한 무더기 가지 부러지는 소리로 휘청거렸다; 그리고 바람이 휘몰아 치는 인적 드문 저 오지에서, 때로는 가까이 다가오고, 때 로는 멀어지는, 불길한 목소리가 막연히 흘러나왔다, 마치 도적 한 무리가 주위를 배회하고 있기라도 한 듯이.

III
아로카 후작

대로에서 도적질을 해 보거라, 네 생활은 꾸려 나갈 수 있을 게다.
—칼데론[291]

폭염이 이어지는 날들, 숲속에서, 요란하게 울어 대는 어치들이 그늘과 덤불을 서로 다투고 있을 때, 이끼 침대와 떡갈나무에서 떨어진 나뭇잎을 좋아하지 않을 자 누가 있으랴?

*

도둑 둘이, 자신들을 돼지 다루듯 발로 걷어차는 집시에게, 시간을 물어보며, 하품을 했다.

—"일어나!" 집시가 대꾸했다. "일어나라고! 철수해야 할 때가 됐다. 아로카 후작이 경찰관 여섯을 데리고, 우리 흔적을 따라 냄새를 맡고 있다고."

—"누구? 아로카 후작이라, 산티야나[292]의 도미니크회 교부 행렬 때, 내가 시계를 슬쩍했었지!" 도둑 하나가 말했다.

—"아로카 후작이라, 살라망카[293] 시장에서 내가 노새를

타고 달아났었지!" 다른 이가 말했다.

—"후작이 직접 나섰다고!" 에스파냐 집시가 되받았다; "사제복으로 몸을 숨기고, 아흐레 동안 기도하러 어서 트라피스트회²⁹⁴ 수도원에 가자고!"

—"거기 멈춰 서라! 잠깐! 우선 내 시계와 노새를 내놓아라!"

여섯 명의 경찰관을 뒤로하고 선두에 선 아로카 후작이었다, 그는 한 손으로 우거진 개암나무의 하얀 잎들을 좌우로 갈라 치고, 다른 한 손으로는 칼집에서 빼낸 제 칼끝을 도둑들의 이마에 바짝 들이밀고 있었다.

IV
엔리케스

목매달릴지, 결혼할지, 내 운명은 내가 잘 안다.
— 로페 데베가[295]

—"내가 너희들을 이끌어 온 지 일 년이 되었다," 대장이 그들에게 말했다, "누군가 내 뒤를 이어 주길 바란다. 나는 코르도바의 돈 많은 과부와 결혼하려 한다, 그리고 나는 도적의 날붙이를 싹 다 버리고 시장의 지휘봉을 쥘 것이다."

그는 궤짝을 열었다: 거기에는 진주 비가 내리고, 다이아몬드가 강물처럼 흘러넘치는, 성배, 보석, 금화가 뒤죽박죽 뒤섞인, 나누어 줄 보물이 있었다.

—"엔리케스, 네겐 아로카 후작의 귀걸이와 반지를 주마! 마차에 앉아 있던 그자를 소총 한 방에 죽인 포상이다!"

엔리케스는 피로 뒤덮인 토파즈를 제 손가락에 끼웠다, 그리고 핏방울 모양으로 만들어진 자수정을 제 두 귀에 달았다.

그것이 바로, 일찍이 메디나코엘리[296] 공작 부인을 꾸며 주었던, 그리고 엔리케스가 한 달 후, 갇혀 있던 감옥에서, 입맞춤과 맞바꾸어, 간수의 딸에게 쥐여 준 이 귀걸이의 운명이었다!

그것이 바로, 어느 에스파냐 귀족이 일찍이 백마 한 필 값으로 어느 아랍 족장에게서 사들였던, 그리고 엔리케스가 목매달리기 몇 분 전, 한 잔 술값으로 지불한 이 반지의 운명이었다!

V
경보(警報)

도나 이네스는 사랑하는 사람의 반지를 빼지 않는 것만큼이나
자신의 총을 한시도 떼어 놓지 않는다.
— 에스파냐 가요[297]

지붕 위에 공작 한 마리, 저 포사다[298]는, 멀리 저물어 가
는 석양으로 창들을 붉게 빛내고 있었다, 그리고 오솔길
은 석양빛을 받아 산속으로 구불구불 뻗어 있었다.

*

—"쉿! 자네들 아무 소리도 못 들었나?" 덧창 틈새에 제
귀를 바싹 붙이고서, 게릴라병[299] 중 한 명이 물었다.

—"내 노새가," 노새꾼 하나가 대답했다, "마구간에서 방
귀를 뀌었어."

—"더러운 놈!" 도적이 고함을 질렀다. "네 노새의 방귀
때문에 내가 이 총을 들고 있다고? 경보를 울려라! 경보를
울려라! 나팔을 불어라! 황룡기병(黃龍騎兵)[300]들이다!"

그리고 갑자기, 술잔 부딪치는 소리, 기타 찌걱대는 소리,

하인들 웃음소리, 패거리의 와글거리는 소리가 그치고, 파리의 날갯짓 소리가 울릴 정도로 침묵이 이어졌다.

하지만 그것은 고작 목동의 뿔피리일 뿐이었다. 노새꾼들, 도주하려 자기들 노새에 굴레를 씌우기에 앞서, 절반쯤 마신 가죽 부대를 마저 비웠다; 그리고 도적들, 교태를 부리고 있던 칙칙한 여인숙의 살찐 마리토르네스[301]들에게 눈길도 주지 않고, 무료함에, 피곤에, 그리고 졸음에 크게 하품을 하면서, 고미다락방으로 기어 올라갔다.

VI
교부 푸냐치오[302]

로마는 시민보다 경관이 더 많고,
경관보다도 수도사가 더 많은 도시이다.
— 『이탈리아 기행』

마지막에 웃는 자가 가장 크게 웃는다!
— 민담[303]

사제복 밖으로 머리를 내민, 교부 푸냐치오, 만틸라[304]를 쓴 신앙심 깊은 두 여인 사이로, 산피에트로대성당의 계단을 올라가는 중이었다, 그리고 구름 속에서 종(鐘)들과 천사들이 서로 다투는 소리가 들려왔다.

신앙심 깊은 여인 중 하나,—그녀는 백모님,—묵주 한 알마다 아베 마리아를 암송하고 있었다; 그리고 다른 하나,—그녀는 질녀님,—교황 근위대의 준수한 사관 한 명에게 곁눈질을 보내고 있었다.

수도사는 늙은 여인에게 속삭이고 있었다:—"부디 사원에 기부해 주십시오."—사관은 사향 냄새 머금은 연서(戀書) 한 장 젊은 여인에게 슬그머니 밀어 넣고 있었다.

죄지은 여인은 눈물을 조금 닦아 내고 있었다, 순진한 여인은 기쁨으로 얼굴을 붉혔다, 수도사는 일천 피아스트레[305]를 이자 일 할 이 푼으로 계산하고 있었다, 그리고 사관은 회중경(懷中鏡) 하나를 꺼내 제 콧수염의 털을 말아 올리고 있었다.

그리고 교부 푸냐치오의 넓은 소매에 숨어 있던, 악마가, 풀치넬라[306]처럼 비웃었더라!

VII
가면의 노래

가면을 쓴 베네치아.
—바이런 경[307]

그것은 절대 사제복과 묵주를 가지고서는 아니다, 내가, 죽음으로 향하는 이 순롓길, 생(生)을 살기로 한 것은, 바스크의 북[308]과 광대의 옷을 가지고서다!

우리 떠들썩한 무리는, 기름에 볶은 마카로니와 마늘이 들어간 폴렌타[309] 대향연에 우리를 초대했던 아를레키노[310] 님의 저택에서 나와, 산마르코 광장으로 몰려 나갔다.

우리 서로 손을 잡자, 그대, 금박지로 만든 관을 쓴, 하루살이 군주여, 그리고 그대들, 갈가리 찢긴 그대들 망토를 입고, 그대들 삼베 수염을 하고, 그대들 목도(木刀)를 들고 행렬 지어 그를 뒤따르고 있는 우스꽝스러운 그의 가신들아.[311]

우리 서로 손을 잡자, 이 밤을 한낮처럼 떠들썩하게 웃어 제낄 불꽃의 마법 같은 광채에, 법관 나리[312] 따위는 잊어버리고, 윤무를 추고 노래하기 위해.

우리 노래하고 춤추자, 즐거운 우리들, 우울에 잠긴 자들이 곤돌라 의자에 걸터앉아 운하를 내려가는 동안에, 그리고 별들이 우는 것을 바라보며 눈물 흘릴 동안에.

우리 노래하고 춤추자, 무엇 하나 잃을 것 없는 우리들, 그리고 고개 숙인 그들 이마 위로 또렷이 권태가 비치는 장막 뒤에서, 우리의 귀족들이 카드 놀음에 저택과 정부(情婦)를 거는 사이에!

「밤의 가스파르의
환상곡」
제5서(書)가
여기서 끝나다

「밤의 가스파르의
환상곡」
제6서(書)가
여기서 시작하다

잡영집(雜詠集)[313]

I
나의 초가(草家)

가을에는 개똥지빠귀들이, 새잡이들의 장대에 달린
마가목의 빨간 열매에 끌려, 쉬러 오겠지.
—R. 몽테르메 남작[314]

이윽고 두 눈을 들어, 착한 노녀(老女)는 삭풍이
나무들을 괴롭히고, 곳간 주변 눈 위를 총총 뛰어다니던
까마귀들의 발자국을 지워 내는 모습을 보았다.
—독일 시인 보스,[315] 『목가(牧歌)』 XIII

내게 초가 한 채 있다면, 여름에는, 나무들 잎새를 그늘로
가지리라, 그리고 가을에는, 창가 저 네모난 정원에, 진줏
빛 빗방울 머금은 이끼를 조금, 그리고 아몬드 향내 풍기
는 꽃무를 조금, 가지리라.

그러나 겨울에는,—이런 즐거움도 있으리, 얼어붙은 내
창문의 제 서리 꽃다발을 아침이 흔들어 놓을 즈음, 머나
먼 저편, 숲 바깥에서, 눈과 안개 속으로, 줄곧 작아져 갈,
어느 여행자와 그가 탄 말을 알아보는 즐거움도!

이런 즐거움도 있으리, 해 질 무렵, 두송(杜松) 잔가지 하

나 향기를 내며 타오르는 벽난로 아래서, 한 무리는 찬 시합을 하고, 다른 무리는 기도를 올리는 것처럼 보일 만큼 아주 정교하게 용자들과 수도사들을 묘사한 연대기를 뒤적거리는 즐거움도!

그리고 이런 즐거움도 있으리, 밤, 하루의 시작을 앞질러 오는, 희미하고 파리한 시간, 닭장에서 내 닭이 목청껏 노래하고, 그러면 어느 농가의 닭이 잠든 마을의 초소에 앉아 있는 초병처럼, 내 닭에게 가냘프게 응답하는 소리가 들려오는 즐거움도.

아! 왕께서 만약 폐하의 루브르궁에서 우리를 보고 계신다면,—오, 생의 폭풍우에 피할 곳조차 갖지 못한 나의 뮤즈여!—성채가 몇 개인지 알지 못할 만큼 수많은 봉토를 가지신 대영주님, 우리에게 작은 초가 한 채 주는 걸 아까워하지는 않으시리라!

II
장 데 티유[316]

이것은 늙은 버드나무 줄기와 늘어진 가지.
—H. 드라투슈, 『마왕』[317]

—"내 반지! 내 반지!"— 빨래하는 여인의 외침에 어느 버드나무 밑동에서 실을 잣고 있던 생쥐 한 마리가 겁을 먹었다.

이 또한 티유강(江)의 장이 치는 장난, 되풀이되는 빨랫방망이질 아래서, 졸졸 흐르고, 투덜거리고, 깔깔거리는 심술궂은 장난꾸러기 옹딘!

마치 물가의 빽빽한 덤불에서, 잘 익은 모과 열매를 따고, 흐르는 물속에서 자맥질하는 것으로는 성에 차지 않는다는 듯.

—"이 도둑놈 장! 장, 반지를 낚아 가면 낚아 올려 벌 받을 줄 알아라! 밀가루 수의(壽衣)를 하얗게 입혀, 냄비에 불붙은 기름으로 조그만 장 튀김을 만들어 주마!"

그런데 그때 백양목 푸른 가지 끝에 앉아 흔들거리던 까마귀들, 비 올 듯 축축한 하늘에서 불길하게 울었다.

그리고 빨래하는 여인들, 잉어잡이 낚시꾼들처럼 옷자락을 걷어 올리고, 자갈들로, 거품으로, 잡초와 글라디올러스로 뒤덮인 얕은 여울을 성큼성큼 건넜다.

III
10월

R 남작[318]에게

잘 가라, 아름다운 마지막 나날들아!
— 알퐁스 드 라마르틴, 「가을」[319]

굴뚝 청소부 사부아 아이들[320]이 돌아온다, 그리고 그들이
내지르는 소리가 벌써 마을 근방의 메아리를 불러내고 있
다; 제비들이 봄을 쫓듯, 그들은 겨울을 앞질러 간다.

10월, 겨울의 전령이, 우리들 거처의 문을 두드린다. 간헐
적으로 쏟아지는 빗줄기가 뿌연 유리창을 흥건하게 적신
다, 그리고 바람은 플라타너스의 낙엽들을 고적한 돌계단
에 흩뿌린다.

여기로 온다, 가족의 저녁 시간이, 밖의 모든 것이 눈으로,
빙판으로, 안개로 변해 갈 즈음, 그리고 거실의 따뜻한 공
기에, 히아신스가 벽난로 위로 꽃을 피울 만큼, 그윽한.

여기로 온다, 성마르탱 축제 그리고 그때의 횃불, 성탄제
그리고 그때의 촛불, 새해 첫날 그리고 그때의 장난감, 주

183

현절 그리고 그때의 페브,[321] 사육제 그리고 그때의 가장
행렬이.

그리고 마침내, 부활제, 즐거운 아침 찬송가의 부활제, 젊은
여인들이 하얀 제병(祭餠)과 빨간색 달걀을 받는 부활제!

그러면 얼마 안 되는 재가 겨울 반년의 권태를 우리 이마
에서 닦아 내리라,[322] 그리고 사부아 아이들, 언덕 저 높은
곳 고향 마을에 작별을 고하리라.

IV
셰브르모르트[323]의 바위 위에서

그리고 나 역시도, 이 사막의 가시들에 몸을 찢겼다,
그리고 나는 매일 내 유해의 파편들을 조금씩 그곳에 남긴다.
—『순교자들』제10권[324]

여기가 아니다, 떡갈나무의 이끼, 그리고 포플러 새싹의
향기를 맡을 곳은, 여기가 아니다, 미풍과 해수가 어우러
져 사랑을 속삭일 곳은.

향내가 조금도 나지 않는다, 아침에도, 비 온 뒤에도, 저녁
에도, 안개가 내릴 시각에도; 그리고 아무것도 없다, 귀를
즐겁게 해 줄 만한 것은, 풀싹 하나 찾고 있는 작은 새의
울음소리 말고는.

세례자 요한[325]의 목소리가 더는 들려오지 않는 사막, 은
둔자도 비둘기도 더는 살지 않는 사막!

이렇게 나의 영혼은 고독해진다, 거기, 심연의 가장자리에
서, 한 손은 생(生)에 그리고 다른 손은 사(死)에 놓고, 나
는 비탄에 빠져 흐느끼고 있다.

시인은 가냘프게 화강암에 매달려 향기를 피우는 꽃무와 같다, 그리고 흙보다 햇볕을 더 소원한다.

그러나 슬프구나! 나의 재능을 덥혀 줄 만큼 매력적인 두 눈이 감긴 이래로, 나에게 이제 태양은 없다!

1832년 6월 22일

V
다시 또 어느 봄

죽음을 면할 수 없는 심장을 흔들어 대는
모든 생각, 모든 열정은 사랑의 노예다.
— 콜리지[326]

다시 또 어느 봄,—다시 또 한 방울의 이슬, 한순간 나의
쓰디쓴 잔[327]에 담겨 흔들리리라, 그리고 한 방울 눈물처
럼 달아나 버리리라!

오, 나의 젊은 시절이여, 너의 기쁨은 시간의 입맞춤으로
얼어붙었다, 그러나 너의 고통은 제 가슴에 파묻어 질식
시킨 시간에 살아남았구나.

그리고 내 생명의 명주실을 한 올 한 올 풀어헤쳤던 그대
들, 오, 여인들이여! 나의 연애담에서 누군가 속인 자가 있
다면, 그것은 내가 아니다, 누군가 속은 자가 있다면, 그것
은 그대들이 아니다!

오, 봄이여! 작은 철새여, 시인의 마음에서 그리고 떡갈나
무 가지에서, 울적하게 노래하는 우리 한철의 손님이여!

다시 또 어느 봄,—다시 또 한 줄기 5월의 햇살이, 사람들 사이, 젊은 시인의 이마에, 나무들 사이, 늙은 떡갈나무의 이마에!

1836년 5월 11일, 파리

VI
제2의 인간[328]

A. 드라투르[329] 씨에게

여호와여, 바라건대, 이제 내 생명을 취하소서,
사는 것보다 죽는 것이 내게 나음입니다.
　　　　　　　　　　　　　　—「요나서」4장 3절

죽음을 걸고 나는 맹세한다, 이런 세상에서,
아니, 나는 하루라도 젊어지길 원치 않는다.
　　　　　　　—알퐁스 드라마르틴,『명상 시집』[330]

지옥!—지옥과 천국!—절망의 울부짖음! 환희의 울부짖
음!—신에게 버림받은 자들의 저주! 신에게 선택받은 자
들의 합창!—악마들에게 뿌리 뽑힌 산의 떡갈나무들을
닮은 사자(死者)들의 영혼! 천사들에게 따인 계곡의 꽃들
을 닮은 사자들의 영혼!

*

태양, 하늘, 대지 그리고 인간, 모든 것은 시작되었었고,
모든 것은 끝나 있었다. 하나의 목소리가 무(無)를 뒤흔들
었다.—"태양!" 이 목소리가, 찬란한 예루살렘의 문턱에

서 불렀다.—"태양!" 비탄에 젖은 여호사밧[331]의 메아리가 반복했다.—그러자 태양이 세계의 혼돈 위로 제 황금 눈썹을 떴다.

그러나 하늘은 깃발 조각처럼 매달려 있었다.—"하늘!" 이 목소리가, 찬란한 예루살렘의 문턱에서 불렀다.—"하늘!" 비탄에 젖은 여호사밧의 메아리가 반복했다.—그러자 하늘이 바람에게 제 자줏빛과 푸른빛 주름을 날려 보냈다.

그러나 대지는 제 양 옆구리로 오로지 재와 뼈만 나르는 벼락 맞은 배처럼 물결치는 대로 떠다니고 있었다.—"대지!" 이 목소리가, 찬란한 예루살렘의 문턱에서 불렀다.—"대지!" 비탄에 젖은 여호사밧의 메아리가 반복했다.—그러자 대지가 닻을 내렸고, 자연은 화관을 둘러쓰고, 십만 개의 기둥이 늘어선, 산마루에 걸터앉았다.

그러나 창조에는 인간이 빠져 있었다, 그리고 대지와 자연은 슬퍼하고 있었다, 하나는 제 왕의 부재를, 다른 하나는 제 지아비의 부재를.—"인간!" 이 목소리가, 찬란한 예루살렘의 문턱에서 불렀다.—"인간!" 비탄에 젖은 여호사밧의 메아리가 반복했다.—그러자 해방과 은총의 찬가는 무덤의 침대에 영원히 잠들어 있는 인간의 입술에 죽음이 납으로 찍어 놓은 봉인을 떼어 내지는 않았다.

—"그리되어라,"[332] 이 목소리가 말했다, 그러자 찬란한 예루살렘의 문턱이 어두운 두 날개로 뒤덮였다. "그리되어라!" 메아리가 반복했다, 그러자 비탄에 젖은 여호사밧은 다시 눈물에 잠기기 시작했다.— 그러자 대천사의 나팔이 어둠에서 어둠으로 울려 퍼졌다, 거대한 충돌과 파멸로 모든 것이 무너져 내리고 있었다:[333] 하늘, 대지와 태양, 인간을 결여한, 이 창조의 초석이.

「밤의 가스파르의
환상곡」
제6서(書)이자 마지막 서,
여기서 끝나다

샤를 노디에 씨에게[334]

내 책의 독자들이 내가 거기에 적어 놓은 모든 것을
좋게 받아들이기를 간청한다.
— 주앵빌 경, 『회상록』[335]

인간은 동전에 자신의 검인(檢印)을 새겨 넣는 화폐 제조기입니다. 에스파냐 금화에는 황제의, 훈장에는 교황의, 위화(僞貨)[336]에는 미치광이의 각인이 있습니다.

내 위화에다 나는 연거푸 우리가 지기만 하는, 그리고 악마가, 종국에는, 노름꾼들, 주사위와 초록색 노름판까지 가져가 버리고 마는, 이 인생이라는 도박을 새겨 넣으려 합니다.

황제는 대장들에게 명령을 받아 적게 합니다, 교황은 신도에게 교서를 내립니다, 그리고 미치광이는 한 권의 책을 씁니다.

나의 책이 여기 있습니다, 주석자들이 저마다 주해로 흐릿하게 만들어 버리기 전에, 내가 만든 그대로, 그리고 있는 그대로 읽어야만 하는 책입니다.

그러나 이 책은 지나간 날들의 시적 명성에 그 빛을 더해 줄, 지금의 나날에는 아무도 알지 못할 보잘것없는 작업, 고통으로 가득 찬 한 장 한 장이 아닙니다.

그리고 봄이 돌아올 때마다, 꽃무는, 성채들과 수도원들의 고딕식 창가에서, 여전히 피어날 테지만, 음유시인의 들장미는 시들어 갈 것입니다.

1836년 9월 20일, 파리

끝

부록

알로이시위스 베르트랑의 초고에서 발췌한 작품[337]

I
고결한 알칼데[338]

고결하신 알칼데 님, 내게 말씀하셨다:
"가지 무성한 저 버드나무가
폭포 위에 드리워 있는 한,
상냥한 처녀야, 너는
나의 별이자 길잡이이리라."
버드나무는 아직 드리워 있건만
어째서 그대는 더는 나를 사랑해 주시지 않나이까?
—「에스파냐 로망스」[339]

그대를 뒤따르기 위함이요, 오, 고결하신 알칼데여, 향기로운 고향을 제가 떠나온 것은, 그곳에 제가 없기에 저의 벗들은 목장에서, 저의 비둘기들은 종려나무 잎 우거진 그늘에서 구슬피 울고 있습니다.[340]

저의 어머니께서, 오, 고결하신 알칼데여, 병상에서 저를 향해 손을 뻗으셨습니다; 그 손은 차갑게 식어 다시 떨어졌습니다, 그리고 저는 더는 계시지 않은 어머니를 애도하려고 문지방에 붙잡혀 있지는 않았습니다.

저는 절대로 울지 않았습니다, 오, 고결하신 알칼데여, 저녁에, 그대와 단둘이 강기슭 저 멀리 떠돌며 작은 우리 배가, 제 고향의 향기를 품은 미풍이, 파도를 넘어 저를 만나러 왔을 때도.

제가 그랬다고, 그때 그대 황홀해하며 말씀하셨습니다, 오, 고결하신 알칼데여, 수천 개의 은 램프로 장식한 술탄 궁전의 왕비, 저 달보다도 제가 더 매혹적이었다고.

그대 저를 사랑하고 있었습니다, 오, 고결하신 알칼데여, 그리고 저는 자랑스러웠고 또 행복했습니다: 그대가 저를 버린 뒤로, 저는 울면서 자기가 저지른 잘못을 고해하는 비천하고 죄지은 여자일 뿐입니다.

대체 언제, 오, 고결하신 알칼데여, 고통스러운 제 눈물의 샘이 마르려는 걸까요? 알폰소 왕의 샘물이 사자의 입에서 더는 게워 나오지 않게 되었을 때.[341]

II
천사와 요정[342]

> 요정은 네가 보는 모든 것에 숨어 있다.
>
> —빅토르 위고[343]

밤에 한 요정이 더할 나위 없이 시원한, 더할 나위 없이 부드러운 7월의 숨결로, 내 상상의 잠을 향기롭게 해 준다,—길 잃은 눈먼 노인의 지팡이를 그 길 위에 다시 꽂아 주고, 가시 찔린 맨발로 이삭 줍는 소녀의 눈물을 닦아 주고, 아픔을 달래 주는 저 선량한 요정.

요정이 여기 있어, 검술과 하프의 계승자라도 된 듯 나를 흔들어 잠재워 주고, 공작 깃털 하나를 들어, 내 영혼을 내게서 훔쳐 달빛이나 이슬방울에 담그려는 악령 무리를 내 침실에서 쫓아 버린다.

요정이 여기 있어, 묘지에 핀 꽃들의 침울한 사랑이라거나, 노트르담데코르누예로 가는 새들의 유쾌한 순례라거나, 제 계곡과 산 이야기 중 어떤 것을 내게 들려준다.

*

그런데 요정이 잠든 나를 지켜보고 있는 동안, 천사 하나,

날개를 떨며 별이 총총한 시간에서 내려와, 고딕식 발코니 난간 위로 한쪽 발을 내려놓는다, 그리고 높은 창 채색 유리에 제 종려나무 잎 무늬 은 날개를 부딪쳤다.

대천사 하나, 요정 하나, 죽어 가는 젊은 여인의 베갯머리에서 예전에 서로 사랑에 열중했었던, 요정은 젊은 여인이 태어났을 때 처녀들의 모든 아름다움을 그녀에게 선물했고, 대천사는 죽은 여인을 천국의 열락으로 데려갔다!

나의 꿈을 달래 주던 손길은 꿈이 사라지자 함께 물러났다. 나는 눈을 떴다. 바닥 깊고 또한 인기척 없는 나의 방은 흐린 달빛에 조용히 빛나고 있었다; 그리고 아침, 선한 요정의 다정한 모습에서 방추(紡錘)[344] 하나만 나에게 남겨진다; 이 방추가 내 조모(祖母)의 것은 아니었는지 내게는 여전히 확실하지 않다.

III
비[345]

불쌍한 새여 하늘이 축복하리!
새는 바람의 울림을 듣고,
노래하고, 본다 둥지 속 진주와 같은
빗방울의 광채를!
— 빅토르 위고[346]

그리고 비가 흐르는 동안, **검은 숲의** 조그만 숯쟁이 아이들[347]은, 양치식물 내음 풍기는 저들의 침상에서, 저 밖 북풍이 늑대처럼 울부짖는 소리를 듣고 있다.

아이들은 불쌍히 여긴다, 폭풍이 휘몰고 오는 뿔피리 소리에 도망치는 암사슴을, 그리고 탄광 채굴꾼의 등불 같은 번개에 겁먹어, 떡갈나무 구멍에 웅크리고 있는 다람쥐를.

아이들은 불쌍히 여긴다, 새들의 가족을, 제 새끼를 지킬 것이라곤 제 날개밖에 없는 할미새를, 그리고 제 사랑, 장미가 바람에 잎을 떨구고 있는 울새를.[348]

아이들은 불쌍히 여긴다, 한 방울 비가 이끼 낀 작은 가지

위에서 망망대해로 떨어뜨린 야광충 한 마리까지도.

아이들은 불쌍히 여긴다, 피아뤼스 왕과 빌베르타 왕비[349]를 맞닥뜨린 순례자를, 물을 먹이려 왕이 안개 속에 자기 의장마를 라인강으로 끌고 온 시각이었기에.

그러나 아이들은 불쌍히 여긴다, 유독 길을 잃은 아이들을, 그들은 도적 무리가 다니는 좁은 샛길로 들어서 버린 것일까, 아니면 멀리 식인귀 마녀[350]가 빛을 내고 있는 쪽으로 향하는 것일까.

그리고 다음 날, 날이 밝아 올 무렵, 조그만 숯쟁이 아이들은, 잔가지로 만든 오두막을 찾아내었다, 거기서 아이들은 미끼로 개똥지빠귀를 잡곤 했다, 오두막은 풀밭 위에 누워 있고, 그들의 끈끈이 칠한 막대[351]는 샘에 빠져 있었다.

IV
두 천사

여기 두 존재, 밤, 성스러운 신비….
— 빅토르 위고[352]

―"장미 향기 피어나는 숲 위를 날아갑시다." 내가 그녀에게 말했다. "그렇게 하늘의 빛과 저 쪽빛 속에서, 하늘을 나는 새가 되어 놀아 보아요, 그리고 여행을 떠나는 봄을 함께 배웅합시다."

죽음이 머리칼 헝클어지고 실신하듯 잠에 빠진 그녀를 내게서 앗아가 버렸다, 다시 생에 떨어진 내가, 날아가는 천사를 향해 헛되이 두 팔을 뻗었건만.

오! 만약 죽음이, 우리 침소 위로 파멸의 혼례에 종을 울려 주었더라면, 이 천사들의 자매가 나를 그녀와 함께 하늘로 올라가게 해 주었을 텐데, 그게 아니라면, 내가 그녀를 나와 함께 지옥으로 이끌었으리!

두 영혼의 형언할 수 없는 행복을 향한 출발에서 오는 저 미칠 듯한 환희, 어디서나 둘이 더는 함께하지 못하리라는 것도 잊고, 돌아올 생각조차 더는 하지 못하고 행복해하는.

날이 밝아 올 무렵, 공간을 가로지르고, 제 하얀 날개에 서늘한 아침 이슬을 받는 걸 보았을, 두 천사의 신비로운 여행!

그리고 우리가 사라져 서글픈, 계곡에는, 우리의 침소, 나뭇잎 그늘 아래 버려진 둥지가, 꽃 필 무렵에도 빈 채로 남아 있으리라.

V
물 위의 저녁

베네치아가 바다의 여왕인 해변
—앙드레 셰니에[353]

검은 곤돌라가 대리석 궁전을 따라 미끄러지고 있다, 망토 속에 단검과 각등을 감추고, 밤일을 위해 달려가는 어느 자객처럼,

어느 기사와 부인이 거기서 사랑을 이야기하고 있었다:—"오렌지 나무는 이렇게 향기롭고, 당신은 이리도 냉담하고! 아! 세뇨라, 당신은 정원의 석상이오!

—나의 조르지오, 이 입술이 석상의 것이라고요? 당신은 왜 토라지셨나요?—그대는 나를 사랑하고 있기는 한 건가요?—그걸 모르는 별은 하늘에 하나도 없는데, 그 사실을 당신이 모른다니요?

—이 소리는 뭐지요?—아무것도 아니오, 아마도 주데카[354]의 계단으로 밀려왔다 밀려가는 파도가 찰랑거리는 소리일 거요.

— 살려 주세요! 살려 주세요! — 아! 구세주의 모후시여,
누군가가 물에 빠졌소! [355] — 모두 물러서시오; 저 남자는
참회를 마쳤소", 노대 위로 나타난 어느 수도승이 말한다.

그리고 검은 곤돌라는 노질을 서둘렀다, 대리석 궁전을
따라 미끄러지면서, 망토 속에 단검과 각등을 감추고, 밤
일을 마치고 돌아가는 어느 자객처럼.

VI
몽바종 부인[356]

대단히 아름다웠던 몽바종 부인은, 다른 세기, 자신을 조금도
사랑해 주지 않았던 라 뤼(la Rüe)의 기사를 향한 마음에,
문자 그대로, 사랑으로 죽었다.
— 생시몽, 『회상록』[357]

시녀는 탁자 위에 꽃 꽂은 화병과 밀랍 촛대를 두었는데,
그 반사광이 병자의 침대 머리맡 푸른 비단 커튼을, 붉게
그리고 노랗게, 물결 모양으로 물들이고 있었다.

"마리에트, 그 사람이 오리라 생각하니?—오! 주무세요,
조금이라도 주무세요, 마님!—그래, 나는 영원히 그 사람
꿈을 꾸려 이제 곧 잠들 거야."

누군가 계단을 올라오는 소리가 들렸다. "아, 그 사람이라
면!" 죽어 가는 여자는, 미소를 지으며, 중얼거렸다, 그녀
의 입술 위에는 벌써 무덤가 나비.[358]

어린 시동이었다, 여왕이 공작 부인에게 보낸, 당절임 과
일, 과자, 영약을 은쟁반에 담아 가져왔다.

"아! 그 사람은 오지 않는구나," 그녀가 쇠약한 목소리로 말한다, "그 사람은 이제 오지 않으리라! 마리에트, 거기 꽃 중에서 내게 한 송이를 건네주렴, 그 사람의 사랑 대신 향기를 맡고 입맞춤을 하고 싶구나!"

그러자 몽바종 부인, 눈을 감으며, 미동도 않게 되었다. 그녀는 사랑으로 죽었다, 히아신스 향기에 제 영혼을 돌려주면서.

VII
장 드비토의 마법 선율[359]

분명 에브뢰 마을의 떠돌이 어릿광대 중 하나든지, 아니면
파리 거리의 레 장팡 상수시[360] 형제단 사람, 그게 아니라면
오크어로 노래하는 음유시인이겠죠.
— 페르디낭 랑글레, 『아름답고 지혜로운 부인의 이야기』[361]

울창한 초록의 나뭇잎 그늘: 표주박과 삼현호궁을 들고 여행 중인 트루바두르 시[362] 전문가 한 명, 그리고 몽레리[363] 탑도 둘로 가를 만한 대검 한 자루를 찬 기사 한 명.

기사:—"거기 멈춰라! 천한 것, 네 술병을 넘겨라; 내 목이 모래로 멘 것 같구나."

악사:—"뜻대로 하지요, 다만 올해 술이 비싸니, 아주 조금만 드시지요."

기사: (전부 마신 다음 얼굴을 찌푸리며)—"네 술은 시었다; 천한 것, 내 이 표주박을 네 머리에 부딪쳐 쪼개 버리겠다."

트루바두르 전문가, 아무 말 없이, 제 삼현호궁의 활을 잡고 장 드비토의 마법 선율을 켜기 시작했다.

이 선율은 중풍 환자의 다리도 풀어지게 할 모양이었다. 그러자 기사는 전쟁터에 나가는 미늘창병처럼 어깨에 제 대검을 둘러메고, 잔디밭 위에서 춤추기 시작하는 것이었다.

"강신술사, 그만하자!" 숨이 넘어갈 듯, 곧 그가 소리쳤다. 그리고 그는 계속해서 지그춤을 추고 있었다.

"알겠소! 그럼 먼저 술값부터 받아 볼까요," 악사가 비웃었다. "어린 양이 새겨진 금화[364]로 부탁합니다, 그게 아니면, 이대로 춤추게 하면서, 계곡 너머 마을 너머, 마르사네[365] 부대 앞까지 내 당신을 데려가겠소!"

—"받아라."—자기 돈주머니를 뒤진 다음, 또 떡갈나무 어느 가지에 매어 둔 제 말의 고삐를 풀며, 기사가 말한다.—"이걸 받아라! 비천한 놈의 표주박으로는 악마가 내 목을 조른다 해도 마시지 않겠노라!"

VIII

전투가 끝난 밤

이제 까마귀들이 몰려들겠구나.
— 빅토르 위고[366]

i

팔에는 무스케[367] 한 자루, 외투로 몸을 감싼, 어느 보초,
성벽을 따라 걷고 있다. 이따금 그는 어두운 총안 사이로
제 몸을 숙인다, 그리고 진영에서 경계하는 눈으로 적을
감시한다.

ii

그는 물이 가득 찬 해자(垓字) 가장자리에서 불을 피운다;
하늘은 검다; 숲은 술렁거림으로 가득하다; 바람은 연기를
강 쪽으로 몰아내고 부대 깃발들의 너울거림에 중얼거리
듯 한탄하고 있다.

iii

단 하나의 나팔도 메아리를 흩트리지 않는다; 단 하나의
군가도 화로 돌가에서 반복되지 않았다; 부대 막사 안에서
손에 검을 쥐고 죽은 대장들의 머리맡에 등불이 켜져 있다.

iv

그런데 막사들 위로 빗물이 흐르기 시작한다; 추위로 보초를 얼려 버리는 저 바람, 전장을 엄습하는 늑대들의 울부짖음, 모든 것이 지상과 하늘에서 일어나고 있는 기괴한 일을 예고한다.

v

막사의 침상에서 평화롭게 쉬고 있는 너, 만약 오늘 칼날이 한 치만 어긋났어도, 네 심장이 꿰뚫렸을 거라는 걸 항상 기억하라.

vi

전열에서 용감히 싸우다 쓰러진, 너의 전우들은, 자기들 생명을 바쳐 얼마 가지 않아 자신들을 잊어버리고 말 자들의 영광과 구원을 얻어 낸 것이다.

vii

피로 물든 전투가 벌어졌다; 패자도 승자도, 지금은 모두 잠들어 있다; 그러나 얼마나 많은 용자들이 더 이상 잠에서 깨어나지 않을 것인가, 아니면 내일 오로지 하늘에서만 눈을 뜰 것인가!

IX
볼가스트 요새[368]

—어디로 가는 것이냐? 너는 누구냐?
—나는 장군님께 편지를 전하러 가는 자이다.
— 월터 스콧,『우드스톡』[369]

오데르강[370] 위로, 하얀 요새가 고요하고 장엄하게 서 있는 반면, 모든 포안(砲眼)에선 대포들이 도시와 적진을 향해 짖어 대고 있었다, 그리고 장포(長砲)들이 휙휙 소리를 내며 구리색 수면 위로 자기들의 혀를 날렸다.

프로이센 왕의 병사들이, 볼가스트와 그 변두리 일대, 그리고 강의 양안을 차지하고 있다; 그러나 독일 황제의 쌍두독수리는 너울거리는 요새 깃발들 사이로 여전히 제 날개를 흔들고 있다.

밤이 오자, 돌연, 요새가 육십 개 포문의 불을 끈다. 횃불이 참호마다 켜지고, 성벽 위를 내달려, 탑들과 수로들을 환히 비춘다, 그리고 나팔 하나 총안에서 나와 마치 심판의 나팔처럼 구슬피 운다.

그사이 철창 친 비밀 문[371]이 열린다, 한 병사가 작은 배에 뛰어올라 적진을 향해 노를 저어 나아간다; 그가 물가에 닿는다: 그가 말한다, "보두앵 대장께서 전사하셨다; 우리는 국경의 오데르베르크에 계신 부인께 유해를 보내 드릴 수 있도록 허가해 주기를 요청한다; 유해가 강물 위로 나아가고 사흘 뒤, 우리는 항복 서명을 할 것이다."

이튿날, 정오, 우뚝 선 요새를 삼중으로 둘러싼 말뚝들 사이로, 관처럼 길쭉한 작은 배 한 척이 나타났고, 도시와 요새는 일곱 발의 조포로 경의를 표했다.

도시의 종들이 울리기 시작했고, 이 슬픈 광경을 보고자 모든 이웃 마을에서 사람들이 모여들었다, 그리고 오데르 강을 낀 언덕 위 풍차들의 날개는 멈춰 있었다.

X
죽은 말[372]

무덤 파는 자. ─ 단추를 만들기 위해 나는 그대에게 뼈를 팔겠소.
가죽 벗기는 자. ─ 당신 단검의 손잡이를 장식하기 위해
나는 그대에게 뼈를 팔겠소.
─ 『무기 상인의 상점』[373]

낙골(落骨)터! 그리고 왼편으로, 토끼풀과 자주개자리 초
지 아래, 어느 묘지의 분묘들; 오른편으로, 외팔이처럼 행
인들에게 동냥하고 있는 매달린 교수대 하나.

*

어제 도살당한, 이 말, 늑대들이 길디긴 견장을 단 목 주
변 살점을 갈기갈기 물어뜯어서, 붉은 리본 술 장식을 달
고 기마행렬에 나서게 하려고 치장했다 할 정도였다.

매일 밤, 달이 하늘을 창백하게 물들이자마자, 이 사체는
날아오르리라, 마녀가 거기 올라타 발꿈치에 붙은 뾰족한
뼈로 박차를 가하리라, 북풍이 깊이 팬 옆구리에서 오르
간처럼 숨을 내쉬리라.

그리고 이 인기척 없는 시간, 휴식의 기지 어느 묘혈에서

잠자지 않는 눈알 하나 뜬 채 있다면, 별하늘에서 이 광경을 보고 겁에 질려, 도로 눈을 감으리라.

이미 달 자신도, 한쪽 눈을 반쯤 감고, 떨리는 양초처럼 이제 오로지 다른 눈으로만, 어느 연못의 물을 핥고 있는, 이 야윈 떠돌이 개를 비출 뿐이다.

XI
교수대

아! 내 귀에 들려오는 것, 이것은 날카롭게 짖어 대는 밤의 북풍인가, 아니면 교수대 위에서 한숨을 내쉬는 목매달린 자인가?

이것은 자비심으로 교수대 나무를 신발처럼 덮은 이끼와 메마른 담쟁이덩굴에 숨어 노래하고 있는 어느 귀뚜라미인가?

이것은 들리지 않는 귀 주위에서 뿔피리를 불며 마지막 순간에 사냥감을 몰아넣는 어느 파리인가?

이것은 변덕스레 날아다니며 벗겨진 머리에서 피범벅이 된 머리칼을 뽑아 내는 어느 황금충**375**인가?

아니면 이것은 졸린 목에 걸 교수형 밧줄로 모슬린 반(半) 온**376**을 짜고 있는 어느 거미인가?

이것은 지평선 저편, 어느 도시 성벽에 울려 퍼지는 종소리, 그리고 저무는 해가 붉게 물들이고 있는 어느 목매달린 자의 해골이다.

XII
스카르보

그는 침대 밑, 난로 속, 궤 안을 들여다보았다; — 아무도 없었다.
놈이 어디에서 들어와, 어디로 빠져나갔는지 그는 알 수가 없었다.
— 호프만, 『야화집』[377]

오! 스카르보, 몇 번이나 나는 놈의 소리를 듣고 또 놈을
보았던가, 황금 벌 무늬 새겨진 쪽빛 깃발 위로 은 방패[378]
처럼 달이 빛을 내는 자정 무렵에!

몇 번이나 나는 들었던가, 어두운 내 규방에서 놈이 붕붕
거리며 웃는 소리를, 그리고 내 침대 비단 커튼을 제 손톱
으로 긁어 대는 소리를!

몇 번이나 나는 놈을 보았던가, 천장에서 내려와, 한 발로
제자리를 돌고 어느 마녀의 방추에서 떨어져 나온 가락바
퀴[379]처럼 방 안을 구르는 모습을!

그래서 나는 놈이 까무러쳤다고 믿었던 걸까? 난쟁이는
달과 나 사이에서 쭉쭉 자라나고 있었다, 마치 고딕 성당
의 종탑처럼, 뾰족한 모자 끝에 달린 금방울을 울리면서!

그러나 이내 놈의 몸은 새파래지더니, 양초의 밀랍처럼 투명해지고, 그 얼굴은 심지의 밀랍처럼 창백해졌다, — 그리고 놈은 돌연 불이 꺼지듯 사라져 버렸다.

XIII
조각가 다비드 씨에게[380]

> 천재는 황금 날개가 없으면 비굴해지고 죽어 버린다.
> — 질베르[381]

아니다, 신은, 상징의 삼각형[382] 속에 타오르는 빛은, 인간의 지혜를 담은 책 위에 그려진 숫자가 결코 아니다!

아니다, 사랑은, 마음의 성소(聖所)에서 수줍음과 긍지로 감추어진 순진하고 순결한 감정은, 무구(無垢)의 가면을 쓴 눈으로 교태의 눈물을 쏟아 내는 천박한 애정이 결코 아니다.

아니다, 영광은, 문장(紋章)을 결코 팔지 않는 고결함은, 어느 신문 기자의 매대에서, 적당한 가격에 팔리는, 저열한 비누[383]가 아니다.

그리고 나는 기도했다, 그리고 나는 사랑했다, 그리고 나는 노래했다, 가난하고 고통받은 시인! 그리고 신앙으로, 사랑과 재능으로 가득한 내 마음 덧없구나!

내가 미숙아로 태어난 새끼 독수리[384]였기 때문이니! 따뜻한 행운의 날개가 결코 품어 준 적 없었던, 내 운명의 알은, 이집트인의 황금빛 호두만큼이나 공허했고, 초라했다.

아! 인간이여, 그대 알고 있다면 내게 말해 다오, 인간, 저 허약한 장난감은, 정념의 실에 매달려 이리저리 뛰어다니며, 생이 소진하고 사(死)가 망가뜨리는 꼭두각시에 지나지 않는 것이냐?

『밤의 가스파르』에 관한 문헌

원칙 일반.— 텍스트를 시(詩)로 간주하여 여백을 부여할 것.

작품집은 여섯 개의 서(書)로 나뉜다. 그리고 각각의 서에는 한 편 이상의 작품이 포함되어 있다.

조판자는 각각의 작품이 네 개, 다섯 개, 그리고 여섯 개의 줄 바꿈 혹은 시절(詩節)로 나뉜다는 사실을 눈여겨보게 될 것이다. 운문의 연(聯)처럼 여겨, 이 시절들 사이에 커다란 여백을 부여할 것.

그러나 작품집의 후반부 절반, 다시 말해 제4서 전부를 포함하여 시작되는 부분은 규칙적으로 시절로 나뉜 앞부분과 같지 않으며, 분산된 문장, 대화 등을 포함한 여러 작품이 있다는 사실을 조판자가 눈여겨봐야 한다고 일러두는 바이다. 조판자는 수고본의 지침에 따라서 합당함의 여부를 판단하되, 늘 그 내용[386]을 늘리거나 팽창시키는 방식으로 작품들에 여백을 부여할 것.— 조판자에게 주의 깊게 일러두는바, 이 작품들을 수고본 가장자리에 ×로 표시해 둘 것. 작품들 상당수는 미발표 작품이다.

내가 수고본에서 몇몇 작품의 시절들 사이에 두 배의 여백이 있어야 한다고 표시해 놓은 별표들의 위치를 쪽수를 매길 때 잊지 말 것.

각 작품의 제사와 쪽의 하단 메모의 경우, 아주 작은 글자로 조판해 줄 것. 이 메모들에 표시된 숫자는 별표로 바꾸어 줄 것.

나머지는 수고본에 적혀 있는 지시 사항들을 따른다.

다음의 주소로 교정쇄를 보내 주기 바란다: 루이 베르트랑, 포세뒤탕플가 22번지(탕플 대로 근처)[387]

『밤의 가스파르』그림의 배치에 관한 노트

그림은 되도록 최대한, 그리고 가장 크게 들어가야 한다. 그림 일반의 성격은 중세와 환상일 것이다.

예술가는 그림에서 쪽의 가운데 혹은 쪽 상단 띠 한 구석에, 2년 차『르 마가쟁 피토레스크』지에 실린 「디종의 자크마르」를 위치시킬 것. 이게 중요하다.

나는 예술가가 구현하기에 가장 쉬워 보이는 주제들을 표시해 놓을 것이다.—이를 잘 이용하거나 전체를 조합하는 것은 예술가의 재능에 달렸다.

제1서. 옛 유파, 플랑드르파 기획. 고딕식 괘종시계(표시해 놓은 디종의 괘종시계) 주위를 날고 있는 긴 목의 황새들 창가에서 죽은 가금 한 마리를 붙잡고 있는 플랑드르 지방 여인숙 하녀(이 두 가지 주제에 관해서는 '하를럼'[수고본 33쪽]이라는 제목이 달린 작품을 볼 것).

빗자루, 부집게, 프라이팬 등에 올라타고 굴뚝 위를 날아 마연에 참석하러 떠나는 마법사들과 마녀들(65쪽, 「마연을 향한 출발」을 볼 것).

제2서. 늙은 여인의 종이로 만든 각등이 불타오르다가 불

231

어닥친 바람에 불이 꺼지고, 폭풍우를 피해 거기에 숨어 들었던 망령은 반절 정도 불에 타, 뱀처럼 구불구불한 불화살을 불처럼 토해 낸다(83쪽, 「각등」을 볼 것).

제3서. 중세의 환상. 제3서를 구성하는 작품들에는 몇몇 주제가 흩어져 있다. 작가가 선택할 것.

암술과 수술 대신, 달과 별이 가득한 꽃받침을 가진 꽃 형태의 대지(117쪽, 「고딕식 방」).

등잔의 기름을 마시고 있는 그놈(같은 작품).

갑옷 안에서 죽은 아이를 흔들어 달래고 있는 요정(같은 작품).

성수반에 철 장갑을 담그고 있는 기사(같은 작품).

나무 벽에 갇힌 독일 보병의 해골(같은 작품).

마녀의 토리개에 떨어진 방추 형태의 꼬마 악마(121쪽, 「스카르보」).[388]

곧 꺼져 버릴 촛불 형태의 정령(같은 작품).

악몽의 난쟁이, 스카르보가 뱀 가죽으로 둘둘 말고 있는 잠든 젊은 남자(125쪽,「수의(壽衣)」).**389**

달빛 비치는 지붕 위에서 금화를 체로 골라내고 있는 기형의 그놈(129쪽,「미치광이」).

제 머리카락을 빗어 내리는 달, 거기서 떨어지는 반딧불들(같은 작품).

도망치는 하얀 암말의 갈기를 한 악몽의 난쟁이, 스카르보(133쪽,「난쟁이」).

목매달린 자처럼 혀를 빼물고 있는 달(137쪽,「달빛」).

달의 궤도 위로 검게 모습을 드러낸 종 아래에서 원무를 추고 있는 마법사들(141쪽,「종 아래 원무」).

책상 위로 펼쳐진 책의 낱장들을 넘기고 있는 정령(같은 작품).

빽빽한 숲속에서 어느 떡갈나무 가지들에 목매달려 발버둥 치고 있는, 머리가 헝클어진 젊은 여자(146쪽,「꿈」).

고딕식 기도대 앞에서, 자신의 사제복 위로 두 팔을 엇갈리고서 무릎을 꿇고 있는 증조부의 그림자(149쪽,「나의 증조부」).

달빛 아래, 유리창 너머 하얀 증기로 모습을 드러내는 호수의 요정(153쪽,「옹딘」).

자신의 재와 그을음의 방에 환상적으로 숨어 있는 화롯가의 귀뚜라미(157쪽,「불도마뱀」).

밤에 밤이슬과 야광충으로 반들거리는 가시덤불을 절벽에 매달아 놓은, 흩어져 있는 바위들(161쪽,「마연의 시간」).

등등…. 등등…. 등등….

제4, 5, 6서, 연대기. 이 네 편은 작가의 눈에는 덜 중요해 보일지도 모르니, 다음의 주제들을 예술가에게 일러주는 것으로 만족하기로 한다.

샤를 6세와 파리의 어떤 부르주아가 옛 루브르궁의 작은 창문에서, 궁전 안뜰 포도밭의 포도를 훔쳐 먹는 새들을 보고 있다. 포도나무 가지들이 창문과 벽에 꽃술을 장식하고 있다. 왕이 자기 목에 걸고 있는 은 호루라기를 분다. 오지에 경은 민머리이다.

중세풍의 사냥: 사냥꾼, 미래의 기사, 사냥개, 말, 사냥 나팔, 매 등등.

책의 여러 다양한 부분에서 취해 온 추가 주제들:

바이올린 안에 오줌을 싸고 있는 고양이. — 교수대와 목매달린 자. — 5월의 기념수 끝에 매달린 나무 새에 화승총으로 구멍을 내는 용병들. — 거대하고 바짝 마르고 뼈만 남은 식인귀 마녀의 허리띠에 매달린 어린아이. — 고딕식 유리창 위로 제 껍질을 끌고 가고 있는 달팽이. — 말 엉덩이에 귀여운 소녀들을 매단 독일 기병 배에 타고 있는 젊은 부인과 기사. — 살라만드라를 숨기고 있는 연금술사(플랑드르파)의 화덕.

부차적인 그림들

망루, 성채, 성당, 포탑, 종탑, 화살, 홍예, 삼엽(三葉) 장식, 발코니, 유리창 등등의 고딕 양식 — 낡은 태피스트리처럼 무성한 잎사귀 — 튤립 화분 — 자물쇠가 달린 펼쳐진 성경책 — 교회의 촛대들, 파이프오르간, 고딕풍의 풍향계 등등

이 메모에 언급된 모든 주제가 예술가의 선택 사항이다. 그림이 많이 배치될수록, 더 큰 효과를 얻을 수 있을 것이다.

『밤의 가스파르』를 위한 빅토르 파비의 안내문[390]

앙제, 빅토르 파비 인쇄소-서점

루이 베르트랑의
『밤의 가스파르: 렘브란트와 칼로 풍의 환상곡』

11년 혹은 12년 전, 성탄절 전날, 각자 자신의 발라드를 암송했던 빅토르 위고의 집 난롯가에서 신비한 운문「모팽 경(卿) 임종의 순간과 죽음」[391]을 담담하게 낭송하는 목소리가 울려 나왔다. 그것은 가슴에서 우러나온 목소리였다, 아아! 자크마르와 그의 아내가 울리는 종소리에 맞추어, 새벽부터, 제 첨탑에서 솟아오른, 지방의 한 꼬마, 디종의 한 아이의 벌써 쩡쩡했던 그 목소리는 "말뚝 위의 학처럼"[392] 한 발을 올려놓고, 목을 쭉 뻗고, 두 어깨를 뒤로 뺀, 시인이 밟고 있는 난로 철판 위로 당도했다.

자신의 애가(哀歌)를 마치고, 그는 떠나갔다.

우리는 하루하루 자신의 뮤즈를 만족시켰던, 매일 아침 새로운 시인이 둥지의 가장자리에서 노래했던, 풍요로운 이 부화의 시간에 중요하게 남겨진 것에 관해 사흘 동안 이야기를 나누었다. ― 1년 후, 생트뵈브는 모든 것이 잘 정돈된 자기 집에서 이에 관해 다시 이야기를 꺼냈다. 생트뵈브는 그의 시를 독피지 한 장에 새겨진 이미지들과

237

비교했고, 어찌나 그를 잘 흉내 냈던지, 우리는 서투른 몸짓과 날카로운 음성으로 다시 말하는 그를 보았노라 단언할 정도였다.

> "그때 멀리서 고딕식 생피에르드로슈
> 수도원 종이 울리는 소리가 들려왔다."[393]

그것을 거론하던 끝에 마침내 그는 그것을 보여 주었고, 위로의 의미로 그의 손에서 여섯 권의 서(書)로 나뉜, 산문으로 된 작은 노트를 건네받았는데, 거기에는 제사가 딸린 꾸밈없고 기이한 작품들이 각각의 서 곳곳에 드리워 있었다. 그것은 옛 파리, 오래된 디종, 에스파냐, 이탈리아, 플랑드르에서 끌어온 수천 개의 환상곡이었다. 이 환상곡 곳곳에는 금빛 스팽글들이 흩뿌려지고, 태양과 밤을 따라 납빛 구름이 스며들어 있었고, 고야의 다갈색에 거무죽죽한 미광이, 등촉이 뿜어내는 광채처럼 행인들을 꿰뚫는가 하면, 끈덕진 붓질로 브뤼헐의 푸르스름하고 섬세한 무한 속에서 나뭇잎을 하나씩 헤아리고 있었다; — 또한 어느 독일 석공이, 흙손을 손에 쥐고, 교회의 쌓아 올린 비계 위에서 공중을 밟아 다지는 자기 발을 본다; 밤의 걸인들이 타오르는 불가에서 주고받는 말; 벌거벗은 숲의 서리 내린 오솔길에서 여행자의 눈에 비친 나무꾼을 어떻게 믿지 않을 수 있겠는가; — 교육자 무리를 저주하는 데 필요한 것들; 가장 공정하고 양심적인 공개 장부 위로 회계원들을 질식하게 만드는 데 필요한 것들;—그런데 증권거래소에서 공장까지, 클럽에서 살롱까지 끈덕지게 찾아다니며, 어느 벌레 먹은 교수대 들보 아래에서 망령을, 침묵과 신비를 구걸하러 갈 사람들을 유쾌하게 만드는 데 필요한 것들도 있었다.

원고는 그 이후 다시는 모습을 보이지 않았던 이상한 제 주인에게로 돌아갔다. 1836년 출판사가 원고를 샀고, 주제의 취향에 맞는 일련의 웅장한 삽화들로 인쇄를 돋보이게 할 작정이었다: 날개가 뒤엉킨 학과 황새 들은 요정들이 마녀들의 머리카락에 휘감겨 있을 가장자리에 쪽빛을 수놓을 참이었다; 그러면 달에는 암술을 달고 별에는 수술을 달아, 거기서, 대지가 화관으로 만개하는 것을 볼 터였다; 또한 배경에는 저 멀리, 자크마르의 꺼지지 않는 실루엣이 안개 위로 윤곽을 드러낼 참이었다.

그런데 환상을 잉태하며 노력을 기울이는 동안, 우리의 작가는 어떻게 되었는가? 파리에서 디종까지, 다락방에서 다락방으로, 그는 폐병을 앓으며 극과 극을 오가고 있었다. 가난은 여러분도 알다시피, 의사 중 최악이다. 이따금 머릿속이 눈부신 환상으로 가득 찬 그는 팔짱을 끼고서, 어제 부화한 가련한 아이보다 더 수동적이고 더 무기력한 천재 인간을 만들어 내는 저 숭고한 불능(不能)으로, 꿈을 꾸면서, 기다렸다.

이런 상태는 1841년 5월까지 계속되었고, 마차에서 내려서 가장 먼저 조각가 다비드의 집 문을 두드렸을 때,

나는 그가 낙담하여 상념에 잠긴 채 저 멀리서 돌아오는 모습을 보았다. "발드그라스 병원과 몽마르트르 묘지에서 오는 참입니다. 베르트랑이 어젯밤 사망했습니다." 그러더니 그는 주머니에서 베르트랑의 어머니에게 가져다줄 작은 꾸러미를 꺼냈다. 갈색 머리카락 타래, 낡은 묵주 하나, 그리고 병원의 사제가 그의 목에 걸어 주었던 메달이 들어 있었다.

그는 이중의 희망을 기다리면서 잠들어 있었다. 저세상과 마찬가지로 이세상에서도 씨앗을 고랑에 맡기지 않는 한, 그의 이삭은 싹을 틔울 수 없을 것이었다.

둘 중에서 가장 작은 이 수확의 백합(큰 것은 신이 보증하는)은 시인의 저 어둡고 구불구불한 미로 속에서 시인의 자취를 홀로 따라갔던, 그를 위로해 주었던, 그를 지지해 주었던, 꿈보다 더 덧없는 삶의 저 가늘고 끊어지기 쉬운 실을 그의 손에 다시 쥐여 주었던 사람의 보호 아래, 결코 시들지 않았다. 그의 병석 머리맡 아래까지, 그의 침대 구석구석까지, 피티에, 생탕투안, 발드그라스 병원에 연이어 남겨진 질베르의 고통은 마음속에서 세 배가 되었다 — 저 죽음의 모습들을 여기저기서 전부 거둬들이는 것이야말로 기억의 신성한 의무가 우리 동료에게 부과한 과제였다.

그러나 그것은 본질적인 결핍을 메우지는 못했다. 소중한 노트가 없어졌던 것이다. 우리는 편집자를 찾았다; — 그는 사업을 그만두고, 파리에서 25리외 떨어진 곳에 살고 있었다. 우리는 그에게 편지를 썼다; 마침내 처음 평가받았던 액수의 최저 가격으로 다시 사들인 원고는 대략… 6년 전 시인의 가방에서 나왔던 상태로 예술가의 손에 넘겨졌다. 이 원고를 베르트랑의 수의를 입고 있는 인물처럼 여기며, 다비드 씨는 원고를 싸고 있는 봉투를 들어 올렸다.

그가 말했다. "제가 이것을 출판해 볼까 합니다, 아무쪼록 그가 삶보다 죽음에서 더 성공하기를."

생트뵈브가 말했다. "그러면 저는 독창적인 서문을 앞에 붙여 볼까 합니다."

내가 말했다. "그럼 저는 이걸 인쇄하겠습니다. 있는 그대로, 순전한 날것으로, 장식 없이, 아라베스크 문양이나 가두리 장식 없이, 저는 이걸 인쇄하겠습니다. 그는 크기와 길이 문제로 중단되는 등, 늑장을 부린 저 삽화들의 온갖 허영심으로 너무나 많은 고통을 겪었습니다. 게다가 그는 밤에 스스로 반짝일 만큼 찬란히 빛나는 보석을 이 작품 안에 충분하다 할 만큼 가지고 있습니다.

저는 이걸 저희 집에서 인쇄하겠습니다. 거기서 죽은 자들의 달, 그러니까 11월에, 구덩이의 꽃, 제비꽃 향기와 함께 그의 이름이 피어오를 것입니다. 루이 베르트랑의 사건은 여러 지방들의 사건이기도 합니다. 더구나 앙제는 그와 잘 어울립니다. 그는 자크마르를 위해 우리 괘종시계의 종을 울리는 신성함을 가지고 있지 않았었나요? 그리고 생모리스 성당의 풍향계 위, 높은 곳에 매달려 있는 석공들이 옛날 석공 크뉘페르가 만하임에서 알아보았던 신기한 것들을 부러워할 이유가 없지 않습니까?[394]

오, 그대, 조각가여, 어느 날 그의 무덤에 세울 돌을 깎는다면, 그대 이 비명(碑銘)을 새겨 주시오:

디종에서 태어났다!
파리에서 죽었다!
그러나 앙제에서 부활했다."

1841년 10월 1일, 앙제

빅토르 파비

『밤의 가스파르』의 출간에 대한 베르트랑의 알림

왕성한 호기심을 자극하고자 만든 책이 곧 출간될 예정임을 서둘러 알립니다. 우아한 낭만주의 서점, 빅토르 위고, 샤를 노디에, 호프만, 앙리 하이네, 생트뵈브, 애서가 자콥[395] 등의 작품을 출판해 온 외젠 랑뒤엘 씨가 '밤의 가스파르'라는 새롭고 짜릿한 제목으로, 산문 문학작품을 막 출간했습니다. 이 작품에 담긴 여러 상황에 대한 지역적 관심과 우리의 젊은 동향(同鄕), 루이 베르트랑의 이름으로 부르고뉴의 독자들에게 추천합니다. 새로운 구성으로 빅토르 위고의 작품들을 풍성하게 했던, 새로운 유파 중 가장 저명한 화가의 한 사람인 루이 불랑제 씨는 열 점의 훌륭한 동판화 삽화로 이 책을 장식하여, 이 책의 성공에 기여하고자 했습니다. 『라 코트도르(La Côte-d'Or)』지는 기사도 시대 디종의 역사를 주제로 한 역사소설의 선구자라 할 수 있는 이 작품의 발췌문을 판매 당일에 함께 출간할 예정입니다.

도판과 주해

「서(序)」
렘브란트 하르먼스 판레인(Rembrandt Harmensz van Rijn), 「명상하는 철학자(Le Philosophe en contemplation)」, 28×34cm, 1632년.

제1서-I「하를럼」
프란스 할스(Frans Hals), 「롬멜폿 연주자(The Rommel-Pot Player)」, 106 × 80.3cm,
1618–22년경.

제1서-I「하를럼」
다비트 테니르스(David Teniers II), 「여인숙 내부 풍경(Intérieur d'estaminet)」,
23 × 29cm, 1633–4년.

제1서-I「하를럼」
헤릿 다우(Gerrit Dou), 「창가에서 수탉 한 마리를 붙잡고 있는 여인(Femme accrochant un coq à sa fenêtre)」, 26.1×20.7cm, 1650년.

제1서-III 「라자르 대장」
렘브란트 하르먼스 판레인, 「환전상(Le Changeur de monnaie)」, 31.9 × 42.5cm,
1627년.

제1서-VI「다섯 손가락」
얀 스테인(Jan Steen), 「행복한 가족(The Merry Family)」, 110.5 × 141cm, 1668년.

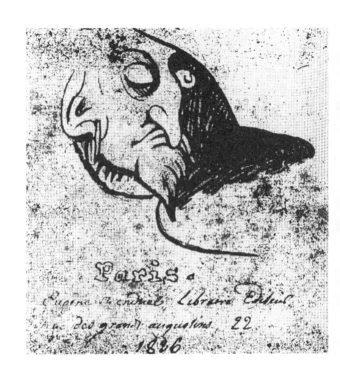

제1서-IX 「마연을 향한 출발」
알로이시위스 베르트랑, 「마리바스(Maribas)」, 13 × 12.2cm, 1836년.

제2서-Ⅱ「밤의 걸인들」
자크 칼로(Jacques Callot), 「걸인들(Les Gueux)」(25점 연작), 각 13.8×8.8cm,
1622–3년경.

제2서-III 「각등」
자크 칼로, 「스페사니아의 춤(Balli di Sfessania)」, 7.5 × 9.6cm, 1622년.

제2서-IV「넬 탑」
자크 칼로, 「루브르가 보이는 전경(Vue du Louvre)」, 16.5 × 33.2cm, 1630년경.

RAFFINÉ DU TEMS DE LOUIS XIII.

제2서-V 「세련된 남자」

아실 드베리아(Achille Devéria), 「옷차림 연작: 루이 13세 시대의 세련된 남자(로제
드보부아르라 불린 로제 드불리)(Suite de déguisements: Raffiné du temps de Louis
XIII [Roger de Bully dit Roger de Beauvoir])」, 53.6×37.1cm, 1830년.

제3서-I「고딕식 방」
알로이시위스 베르트랑,「달 앞의 목매단 자(Pendu devant la lune)」, 6.8×6.7cm, 연도
미상.

제3서-II「스카르보」
알로이시위스 베르트랑, 「달 앞의 방추형 스카르보(Scarbo en fuseau devant la lune)」,
9.4×8.4cm, 연도 미상.

제3서-II「스카르보」
자크 칼로,「고비(Les Gobbi)」(19점 연작), 각 6.4 × 8.8cm, 1621–5년.

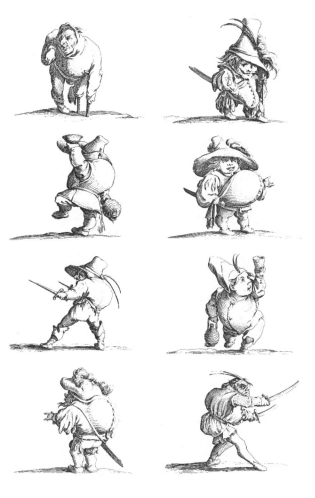

제3서-II「스카르보」

자크 칼로, 「성앙투안의 유혹(La Tentation de Saint Antoine)」, 37.9 × 50.5cm, 1635년.

제3서-Ⅵ「종 아래 원무」
루이 불랑제(Louis Boulanger), 「마연의 원무(La Ronde du Sabbat)」, 석판화,
67.5×45cm, 1828년.

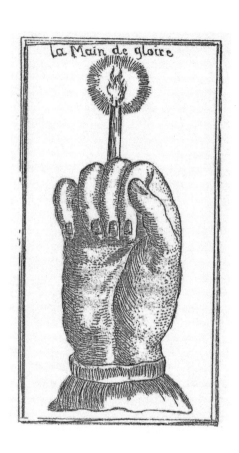

제3서-XI「마연의 시간」
작가 미상,「영광의 손과 양초(La Main de gloire et sa chandelle)」,『소(小)알베르(Le Petit Albert)』, 1782년 판본.

제4서-I「오지에 경」
알로이시위스 베르트랑, 「창문의 두 인물(Deux personnages à une fenêtre)」, 7 × 10cm,
연도 미상.

부록-X「죽은 말」
렘브란트 하르먼스 판레인, 「가죽 벗긴 소(Le Bœuf écorché)」, 94×69cm, 1655년.

1. 생트뵈브(Sainte-Beuve)의 시집 『위안(Consolations)』(1830)에 실린 「디종의 골동품(Antiquités de Dijon)」의 첫 연이다. 생트뵈브는 이 작품을 화가 루이 불랑제(Louis Boulanger)에게 헌정했다. 생트뵈브와 불랑제는 1829년 디종을 여행했는데, 생트뵈브는 이 작품을 이후 베르트랑에게 주었다.

2. 디종 공작관(館)의 망루와 대성당 첨탑은 몇십 '리외' 떨어진 평원에서도 여행자들의 눈에 띄었다. — 원주 [리외(lieue)는 프랑스의 옛 거리 단위로 1리외는 약 4킬로미터이다.]

3. optique. 거울에 반사된 알록달록한 그림 조각들을 들여다보게 만든 원통형 장난감. 18세기 중반부터 크게 유행했다.

4. "나를 오래 기다렸다!(Moult me tarde!)"는 디종의 옛 명구(銘句). — 원주 [디종의 명물은 '무타르드(moutarde)', 즉 겨자다. 'Moult me tarde'('물트 므 타르드')는 '무타르드'를 이용한 말놀이다. 이 명구는 대담왕 필리프(Phillipe le Hardi)가 전쟁터에서 내지르던 고함이었다.]

5. Jacquemart. 자동 시계 인형으로, 30분이나 15분마다 망치로 종을 울린다. 디종 노트르담 성당의 자크마르는 대담왕 필리프 재위 1383년에 설치한 것으로 프랑스에서 가장 오래되었고, 오늘날에도 볼 수 있다. 16세기 초엽 아내 자클린(Jacqueline) 형상의

인형이 자크마르를 마주 보는 자리에 설치되었으며, 18세기에 이르러 자식 둘 형상의 인형이 이들과 함께 설치되었다. 자크마르는 시계를 만든 장인의 이름, 자크 마르크(Jacques Marc)에서 유래했다고 전한다. 베르트랑은 작가 미상의 판화 「디종의 노트르담 성당 탑 위의 자크마르 가족」이 『밤의 가스파르』의 페이지마다 장식 컷으로 실리기를 바랐다.

6. 5음절 발라드 형식인 이 작품은 베르트랑의 운문시집 『시집: 관능과 다양한 시들(Œuvres poétiques. La Volupté et pièces diverses)』(카르길 스프리에스마[Cargill Sprietsma]의 서문과 소개, 노트와 함께 수고본에 따라 출간된 판본, 오노레 샹피옹[Honoré Champion], 1926)에 실렸다.

7. 이 글 「밤의 가스파르」는 흔히 시집 전체의 '서문'으로 불린다. 베르트랑은 이 글을 '역사소설'의 초안으로 간주하기도 했으며(이 책 말미의 『『밤의 가스파르』의 출간에 대한 베르트랑의 알림」 참고) 1834년까지 집필했다. 이 글은 최초의 산문시이자 권두에 실린 자서전이며, 베르트랑이 미치광이 천재이자 자신을 악마로 여기는 환각에 사로잡힌 자와 나눈 대화이다.

8. Arquebuse. 디종에 위치한 공원의 이름으로, 16–7세기에 발명된 사냥용 '화승총'을 의미한다.

275

9. 앵무새 모양의 표적을 만들어 나무에 걸어 놓고 중세의 화승총으로 사냥 연습을 했던 디종의 기사들 무리를 가리킨다. '앵무새 기사'는 제1서-II 「석공」에 다시 등장한다.

10. 당시 '바지르(Bazire)'라는 이름의 요새는 존재하지 않았다. 1826년 전에 이 요새는 완전히 폐허가 된 상태였으며, 베르트랑은 디종의 옛 성채들의 요새 중 하나를 암시할 뿐이다. 현재 디종의 윌슨 광장으로 이전한 이 요새를 디종 연극의 창시자 중 한 명인 니콜라 기욤 바지르(Nicolas Guillaume Bazire, 1759–1823)가 1810년에 공원으로 변형시켰다.

11. Clément-Louis Sévallée (1777–?). 이탈리아 태생의 조각가. 디종의 포르주가(街)에 작업실이 있었으며, 1802년 디종을 떠났다.

12. Guillot (?–?). 디종 라세가(rue du Lacet, 현 프랑수아뤼드[François-Rude] 광장)에 작업실이 있던 화가.

13. 이 조각상은 "몹시 가련한 사내"와 도플갱어로 곧이어 등장하게 될 가스파르-베르트랑의 자화상이다. 『밤의 가스파르』의 초입에서부터 베르트랑은 자연의 현실과 예술 창작 현실 사이의 대립을 강조한다. 오늘날 아르크뷔즈 공원에는 베르트랑의 조각상이 있다.

14. redingote. 1725년 등장한 '승마복'을

뜻하는 'riding coat'에서 유래했으며, 발목까지 내려오고 허리를 조이는 남성용 외투이다. 기사들이 착용하던 복장으로, 군복으로도 채택되었다. 19세기 중반부터 유럽에서 크게 유행했다.

15. "머리 가를 둥글게 깎지 말며 수염 끝을 손상치 말며"(「레위기」 19장 27절). 나사렛의 유대인들은 신에게 헌신하며 머리나 수염을 자르지 않았다.

16. '공원에서 이어지는 대화'라는 주제는 1842년 이후에 베르트랑의 시집을 읽은 보들레르에게서도 다음과 같이 나타난다. "보브나르그의 말인즉, 공원에는 주로 좌절된 야심이, 불행을 발명하는 재능이, 유산된 영광이, 상처 입은 마음이, 그 모든 소란스럽고도 닫힌 혼들이 출몰하는 오솔길이 몇 개 있다 하니, 폭풍우의 마지막 탄식이 아직도 그 내부에서 울부짖고 있는 저들이 희희낙락하는 자들과 한가로운 자들의 무례한 시선으로부터 멀리 물러나는 자리이다. 이들 그늘진 은신처야말로 인생 전선 부상자들의 집회소이다. 시인과 철학자가 그 허기진 추측들을 이끌고 가기 좋은 데가 특히 이런 곳이다." 샤를 보들레르, 「과부들」, 『파리의 우울』, 황현산 옮김, 문학동네, 2015년, 35쪽.

17. 베르트랑은 자신의 환상곡을 '산문시'라고 표현하지는 않았으나 '심지어 산문으로도' 시인이 되어야 한다는 의도를 표현하고 있다. 이와 같은

의도는 알퐁스 라브(Alphonse Rabbe),
그자비에 포르느레(Xavier Forneret),
모리스 드 게랭(Maurice de Guérin)
등 초기 '소수 낭만파(les Romantiques
mineurs)'에 속했던 시인들이 시도했던,
주로 규칙적인 음절의 운문을 배열해
산문의 형태로 표현한 '시적 산문(prose
poétique)'과 베르트랑의 '산문시(poème
en prose)'를 구별하게 해 준다.

18. 낭만주의 작가들은 연금술에 관심을
갖고 있었으며, 베르트랑은 프랑스에서
최초로 예술가-시인-연금술사를
동일시했다. 장미십자회는 중세에는
존재하지 않았고 중세 후기 독일에서
결성되었으며, 고대에 존재했다가 사라진
비교(祕敎)의 가르침은 물론, 자연에 대한
식견과 물질적·영적 분야에 대한 학식을
비밀리에 보유했다고 알려진 신비주의적
비밀결사로 묘사된다. 프랑스에서는
장미십자회가 1615년 이후 결성되었다가
1622년 이후 차츰 자취를 감추었다.

19. 독일어로 '신(神) — 사랑'을 뜻한다.

20. 우울에 젖은 이 젊은 여자 음악가는
E. T. A. 호프만의 단편소설 「크레모나의
바이올린」의 주인공을 떠올리게 한다.

21. "안할트쾨텐 가문의 어느 공작"은
안할트쾨텐 공국의 왕자(Anhalt-Köthen,
1579–1650)를 암시한다.

22. 『신약성서』에 등장하는
성모마리아의 사촌이자 세례요한의

어머니로 나이 많은 여인으로 묘사되며,
아이를 낳지 못하다가 가까스로 임신한
여인들의 수호 성녀이다. '엘리사벳'은
히브리어로 '하느님이 심판한다' 또는
'하느님은 완전하다'라는 의미이다.

23. 천국으로 안내하는 신성한 영감을
시인에게 주는, 단테의 『신곡』에
등장하는 '베아트리체'를 의미한다.

24. 대담공(大膽公) 샤를이 사망하자,
디종을 장악한 루이 11세는 정통
계승자 마리 드 부르고뉴(Marie de
Bourgogne)를 배척하고, 디종을
압박하기 위해 이 성을 지어 수차례
마을에 포격을 가했으나 마을 측에서는
오히려 살갑게 그에게 답례했다. 이
낡은 탑은 오늘날 헌병 대기소로
사용된다. — 원주
[샤를 1세 테메레르(Charles Ier le
Téméraire, 1433–77)는 실질적으로
부르고뉴를 통치한 마지막 공작(재위
1467–77)이다. '용담공' 혹은 '대담공'
샤를이라는 별칭으로 불린다.]

25. 라퐁텐(La Fontaine)의 『우화』
5장을 가리킨다.

26. pialey. 죽은 말의 가죽을 벗기는
일에 종사하는 사람. — 원주

27. 옛날 디종을 가로지르던 노천
급류로, 오늘날에는 성벽 아래 지하
수로에 잠겨 있다. 쉬종 계곡의 송어
요리는 부르고뉴의 명물이다. — 원주

28. rouillot. '빨랫방망이'의 부르고뉴 지방 사투리. 제6서-II「장 데 티유」의 초안이 여기서 발견되었다.

29. La Fontaine Jouvence. 주방스는 오늘날 쉬종강 건너편, 디종 북부의 마을이다. 주방스 연못은 디종 북동부에 위치한 로주아르(Rosoir) 샘이다.

30. 지금은 폐쇄된 노트르담대탕의 예배당에는 1630년 사제 한 명과 은둔자 한 명이 살고 있었다. 그런데 은둔자가 사제를 살해했고, 이 은둔자를 체포한 디종 법정은 모리몽 광장에서 그를 산 채로 거열형에 처했다. ― 원주

31. Saint-Josephe. 오늘날에도 존재한다. 디종 동쪽 끝에 있다.

32. 디종과 손강(江) 사이, 평원 일대에 물을 공급하는 다수의 작은 강들을 총칭하는 이름. ― 원주

33. Saulons. 디종 남부에 위치한 강, 솔롱라샤펠(Saulons-la-Chapelle)과 솔롱라뤼(Saulon-la-Rue)를 의미한다.

34. Asnières. 디종 북부의 도시. 이곳에 종유석 동굴은 존재하지 않으며, 채석장이었다. 베르트랑은 디종 주위의 평범한 장소들에 신비감을 부여한다.

35. Chèvre-Morte. '죽은 염소'를 뜻하며, 당시 우슈(Ouche) 강가의 제분소였다. 베르트랑은 "디종에서 반 리외 정도

떨어진 곳"에 위치한다고 제6서-IV「셰브르모르트의 바위 위에서」원주에서 언급한다. 오늘날 디종의 대로가 되었다.

36. pied. 옛날 길이의 단위로 약 0.3248미터.

37. lycanthrope. 늑대 망상 환자. 의학 용어로, 당시 이 단어는 늑대로 변한다고 상상해 남성들의 사회를 벗어나 시골로 돌아다닐 수 있다고 여기던 정신병 환자를 의미했다.

38. 17-8세기에 유행했던 빠르고 경쾌한 춤의 일종.

39. Limbes. '가장자리' '경계'를 뜻하는 라틴어 'limbus'에서 연원했다. 지옥의 가장자리에 위치한 저승의 상태나 장소를 가리키며, '고성소(古聖所)'로 번역된다. '선조들의 고성소, 조상들의 고성소(limbus patrum)'는 예수의 부활 이전에 죽어 예수를 미처 알지 못하고 예수를 통해 구원받지 못한 사람들의 영혼이 잠시 머물렀던 곳을, '유아들의 고성소(limbus infantium 또는 limbus puerorum)'는 세례를 받지 못하고 일찍 죽은 유아들의 영혼이 머무는 장소나 상태를 가리킨다.

40. 1832년 5월 19일 '디종 음악단'은 첫 연주회를 연다. 따라서 이 글은 이날 이후에 집필되었다.

41. 중세의 전장에서 사용하던 무기들.

42. rebec. 중세의 음유시인이 사용하던 세 줄의 바이올린.

43. branle. 서로 손을 잡고 추는 16–7세기의 민속춤.

44. 베르트랑은 이 글을 파리에서 집필했으며, 14세기와 15세기 디종에 대한 이 묘사는 보다 광범위하고 복잡한 어떤 그림을 스케치한 일종의 초벌일 뿐이라고 말한 바 있다.

45. 베르트랑은 여기서 부르고뉴 공국에서 권력과 권위를 가졌던 공작들의 계보를 그린다. 용담공 필리프라 불린 필리프 2세(1245–85), 그의 아들이자 부르고뉴의 공작인 용맹공 장(1371–1419), 그의 아들이자 선량공이라 불린 필리프 3세(1396–1467)는 부르고뉴의 여러 지역, 나아가 피카르디 지방, 네덜란드를 하나로 통일해 발루아부르고뉴가(家)를 세운다. 선량공 필리프의 아들인 대담공 샤를(1433–77)은 루이 11세와 대척했으며, 낭시 전투에서 패배해 사망한다.

46. 모자 쓴 광대의 이미지는 이 '시인'을 사로잡았다. 제3서-III「미치광이」에도 나타난다.

47. Saint-André. 가톨릭의 성인. 전설에 따르면 X 자 형태의 십자가에 매달려 순교했으며, 이러한 이유로 이 십자가를 '성앙드레의 십자가'라고 부르며, 중세의

집에는 흔히 이 십자가가 표시되었다.

48. 숱한 분쟁으로 고등법원의 골치를 썩였던 생테티엔과 생베니뉴, 두 수도원은 아주 오래전부터 각자의 세력이 강했으며, 공국들과 여러 교황으로부터 자주 특권을 받았기에, 이 두 수도원의 세력에서 벗어난 종교 기관이 디종에는 단 한 곳도 없었다. 일곱 개의 마을 교회는 둘 중 어느 하나에는 소속되어 있었으며, 이 두 수도원은 각각 전속 교회당을 하나씩 가지고 있었다. 생테티엔 수도원에서는 화폐를 주조하기도 했다. — 원주

49. dindelle. '작은 종'을 지칭하는 부르고뉴 지방 사투리.

50. Albrecht Dürer (1471–1528). 독일의 화가, 판화가, 조각가. 프랑스 낭만주의 시인들에게 높이 평가받았으며, 빅토르 위고의 헌정 시「알브레히트 뒤러에게」(『내면의 목소리들[Les Voix intérieures]』, 1837)가 있다.

51. 나무망치로 구슬을 쳐서 기둥 문에 넣는 크리켓의 일종.

52. varlet. 영주 곁에서 기사 수업을 받는 젊은 귀족.

53. 롬바르디아, 좀 더 넓게는 이탈리아 출신의 상인이나 은행가들. 'lombard'는 '고리대금업자'를 의미했다. 제1서-III 「라자르 대장」참조.

54. La Haquenée de Saint François. '성프란치스코의 말[馬]'이라는 뜻. 속세와 결별하고 수도자의 길을 선택한 프란치스코는 1208년 미사를 보던 중 성경의 한 구절, "전대에 금도 은도 구리도 돈도 지니지 마라. 여행 보따리도 여벌 옷도 신발도 지팡이도 지니지 마라."(「마태복음」 10장 9~10절)를 듣게 된다. 이후 프란치스코는 신발과 옷, 지팡이를 모두 버리고 양치기들이 입던, 허리를 노끈으로 묶는 모자 달린 옷으로 바꿔 입었다. 이 양치기의 옷이 훗날 카푸친 프란치스코 수도회의 복장이 되었는데, '카푸친'이란 외투에 달린 모자를 가리킨다. 프란치스코는 낡고 해진 옷에 지팡이도 없이 맨발로 돌아다니며, 복음의 가르침에 귀를 기울이며 회개하라고 사람들에게 설교하기 시작했다. "성프란치스코의 말"이라는 표현은 프란치스코가 말을 타지 않고 걸어서 다녔다는 사실에서 유래했다.

55. 문장학에서 gueule은 '붉은빛'을, sinople은 '녹색빛'을 의미한다.

56. 피에르 파요(Pierre Paillot)에 따르면, 이것이 디종 마을들의 옛 문장이었다고 한다. 그러나 수도원장 불미에(Boullemier)(『디종 아카데미 회보』, 1771)는 이 문양들이 단순한 붉은빛으로 채워져 있던 것으로 추정한다. 위의 두 사람 모두 어쩌면 시대를 잘못 이해한 것으로 보이는데, 본래 디종의 문장은 처음에는 "붉은색 무지(無地)"였으나 이후에 "녹색 잎의 금빛 포도 덩굴 무늬"가 추가되었을 것이다. 이에 대해 고찰해 볼 여유가 내게 있는 것은 아니지만. — 원주

57. Rouvre. 디종의 동쪽에서 40킬로미터 정도 떨어져 있는 루브르수메이(Rouvre-sous-Meilly)를 의미한다. 베르트랑은 부르고뉴 공국 전성기를 환기하기 위해 도시와 지역을 선택한다.

58. 용맹공 필리프는 사적으로 '근위대'를 고용했으며, 1396년에는 200리브르를 지급했다(쿠르테페[Courtépée]에 따르면). — 원주
[베르트랑은 이 근위대 대장으로부터 '미치광이'의 모습을 만들어 낸다.]

59. chapelain. 대영주가 개인적으로 고용한 사제를 의미한다.

60. Noël. '환호하는 외침'을 의미한다.

61. 유디트는 『구약성서』에 등장하는 인물로, 아시리아의 장수 홀로페르네스의 목을 벤 여인이다. 여러 화가의 그림 속 주인공으로 대중에게도 널리 알려진 인물이며, 특히 잔인하고 생생한 표정 묘사가 살아 있는 아르테미시아 젠틸레스키의 「홀로페르네스의 목을 베는 유디트」와, 황홀한 표정으로 적장의 목을 들고 있는 구스타프 클림트의 「유디트」가 유명하다. 셀레우코스 왕조 치하의 헬레니즘 제국에 맞서 마카베오

전쟁을 이끈 유대 민족의 독립 영웅인 마카베오는 하스몬 왕조의 제2대 왕으로 일컬어진다. 『구약성서』의 마지막 역사서인 「마카베오기」의 주인공이기도 하다. 이 둘의 전설은 억압된 민중을 해방하는 전형적인 인물로 뮈세부터 네르발에 이르기까지 낭만주의 작가들에 의해 광범위하게 인용되었다.

62. Talant. 13세기 초반에 지어진 요새. 디종에서 1킬로미터 정도 떨어진 곳에 있다. 디종을 방어하는 요새였으며, 1609년 무너졌다.

63. Vantoux. 쉬종 계곡의 성이며 주방스 연못 근처에 있다.

64. Fontaine. 방투성과 같은 방향에 위치하며 디종 초입에 있다.

65. Saint-Maur. 프랑스 총사령관 솔타반(Saulx-Tavannes, 1509–73)의 요새였다가 18세기에 귀족의 집이 되었다.

66. 이 나환자 수용소는 실제로 존재한 적이 없다.

67. 순례자들은 모자나 옷, 전대 등에 조개껍데기를 달았다. 순교한 야고보의 시신을 배에 실어 바다로 흘려보냈는데, 이베리아 해변에 도착한 배 안을 보니 야고보의 시신을 수많은 조개껍데기가 보호하고 있었다. 조개껍데기는 순례자의 증표이자, 순롓길의 이정표 역할을 한다.

68. La Chapelle Saint-Jacques de Trimolois. 이 예배당은 1172년부터 존재했으며, 라레(Larrey)의 작은 촌락들과 수도원들에서 디종으로 향하는 길에 있었다.

69. L'Abbaye de Saint-Benigne. 프랑스혁명으로 파괴되었으며, 디종의 북동쪽에 위치한다. 13세기에 지어진 교회가 남아 있었으며, 오늘날 대성당이 되었다.

70. La Chartreuse. 샹포몰의 샤르트뢰즈 수도원(La Chartreuse de Champomol).

71. 내가 디종의 샤르트뢰즈 수도원을 생드니 수도원과 비교하는 것은 오로지 그 묘지들의 웅장함과 풍부함 때문이다. 용담공 필리프, 용맹공 장, 선량공 필리프, 이렇게 세 명의 공작만이 이곳에 매장되었다. 외드 1세 이래로 프랑스 제1, 제2 왕가 공작들의 유해를 일관되게 시토회 교회에서 거두었다는 사실을 내가 모르는 것은 아니다.—1383년 샤르트뢰즈를 세운 이는 용담공 필리프이다. 사용된 재료는 오로지 아일랜드산 나무 벽판, 금실로 짠 제의와 융단, 키프로스와 다마스쿠스산 직물로 만든 제단 뒤의 두터운 장막들, 은제 성수반과 샹들리에, 진홍색 각등, 상아로 여러 인물을 새긴 이동식 제단들, 당대의 일류 예술가들이 제작한 그림과 조각뿐이었다. 미사에 쓰인 은쟁반의 무게는 55마르였다.— 대혁명의 철퇴는 샤르트뢰즈를 허물어 버렸고, 용담공

필리프의 무덤, 용맹공 장과 그의 아내 마르그리트 드 바비에르의 무덤 잔해를 몇몇 골동품 수집가들의 사무실로 흩어 놓았다.(대담공 샤를은 그의 부친 선량공 필리프의 기념물을 세우라는 지시를 별도로 하지는 않았다.) 이 15세기 예술의 걸작품들은 복원되어 디종 미술관의 한 전시실에 안치되었다. — 원주

['마르'는 옛 중량 단위로 244.5그램이다.]

72. tabernacle. 성당 내부에 고정된 상자 형태의 용기로, 성찬례를 위해 축성한 제병인 성체를 넣어 모셔 둔다. 대부분의 감실은 금속이나 돌, 나무 등 튼튼한 재료로 만들며, 성당의 중앙 혹은 양옆에 단단히 고정되어 있다.

73. 샤르트뢰즈 수도원에는 '모세의 샘'('예언자들'이라 불리는)이 있다. 이곳을 둘러싼 예언자들의 조각상은 네덜란드의 조각가 클라우스 슬뤼테르(Claus Sluter, 1355–1406)의 작품이다. 그는 네덜란드의 하를렘에서 태어나 디종에서 사망했다.

74. 모세, 다윗, 예레미야, 스가랴, 다니엘, 이사야.

75. 이 성당 또한 샤르트뢰즈와 여러 다른 예술 작품처럼 반발 세력의 분노를 피해 가지 못했다. 성당에는 돌맹이 하나 남겨 놓지 않았다. 1171년 무렵, 십자군 전쟁에서 돌아온 위그 3세 공이 세운 생트샤펠 대성당은 수많은 미술품과 성물로 풍성했다. 가령

성당의 스테인드글라스와 역사적인 조각상들은 어떻게 되었을까? 선량공 필리프가 창설한 황금 양털 기사단 첫 31인의 문장이 걸려 있었던 성당 성가대 뒤의 판벽들은? 1505년 위독한 병환에서 다시 일어난 왕 루이 12세가 전령 두 명을 보내 성당에 옮겨 놓았던, 축일을 맞아 그 위로 황금관이 찬란히 빛나곤 했던, 기적의 제병들이 담겨 있던 성합은? — 시대가 한 발 나아가면, 대지도 새로워지는 법이라고, 샤토브리앙 씨는 어딘가에서 말했다. — 원주

[제병(祭餅, Hostia)은 기독교 교회에서 성직자가 신자들에게 떼어 나누어 주는 빵으로, 면병(麵餅)이라고도 한다. 성찬례 의식 때 포도주와 같이 사용되며, 주례 사제가 사용하는 대제병과 신자들에게 주는 소제병이 있다. 대제병은 성반 위에, 소제병은 성합 안에 넣는다.]

76. 부르고뉴의 마지막 공작, 호담공 샤를은 1476년 1월 5일 일요일 낭시 전투에서 전사했다. — 원주

77. castrum. '성, 요새, 주둔지'를 뜻하는 라틴어.

78. 프랑수아 라블레의 『가르강튀아』 제17장의 제목 '가르강튀아는 어떻게 파리 시민들의 환영에 응대했는가, 그리고 노트르담 사원의 커다란 종을 어떻게 가져갔는가'에서 차용했다. 프랑수아 라블레, 『가르강튀아 | 팡타그뤼엘』, 유석호 옮김, 문학과지성사, 2004년, 92쪽.

79. 퀼른 대성당은 13세기(1248년)에 짓기 시작해 1880년에야 완성되었다. 베르트랑의 시대에는 성당의 두 탑이 미완성으로 남겨져 있었으며, 베르트랑이 호기심을 가지고 성당을 관찰한 이유가 여기 있다. 주 재단 뒤로 동방박사 삼인, 가스파르(Gaspar), 멜키오르(Melchior), 발타사르(Balthasar)의 유골을 안치한 예배당이 있었다. 가스파르는 신성과 사제를 상징하는 청년 모습의 현자(유약을 바침), 멜키오르는 왕권을 상징하는 노인 모습의 현자(황금을 바침), 발타사르는 미래의 수난과 죽음, 부활을 상징하는 중년 모습의 현자(몰약을 바침)이다.

80. Henri Cornelius Agrippa (1486–1535). 독일 철학자, 연금술사, 『신비주의 철학(De occulta philosophia)』의 저자.

81. "Dœmones sunt genere animalia, ingenio rationabilia, animo passiva, corpore aerea tempore œterna." 아우구스티누스의 『신국론』 제8권 16장에 등장하는 구절(추인해 옮김, 동서문화사, 2013년, 388–9쪽).

82. 이 구절은 보들레르의 산문시집 『파리의 우울』의 「너그러운 노름꾼」에 등장하는 설교자의 다음 구절을 떠올리게 한다. "친애하는 형제들이여, 여러분에게 지식의 진보를 자랑하는 소리가 들릴 때면, 악마의 가장 교묘한 술책은 그 자신이 존재하지 않는다고 여러분에게 믿게 하는 것이라는 점을 결코 잊지 마시오!" "우리들을 이런저런 아카데미에 관한 화제로 자연스럽게 이끌어 갔"던 이 설교자는 "나와 식탁에 마주 앉은 이 괴한은 많은 경우, 교육자의 붓과 말과 양심에 영감을 불어넣어 주기를 소홀히 하지 않으며, 거의 언제나 아카데미의 모든 회의에, 사람 눈에는 띄지 않지만, 몸소 출석한다."(샤를 보들레르, 같은 책, 84쪽)고 단언한다.

83. 주 104번 참조.

84. 파라켈수스(Paracelsus, 1493–1541). 본명은 테오프라스투스 필리푸스 아우레올루스 봄바스투스 폰 호엔하임(Theophrastus Philippus Aureolus Bombastus von Hohenheim). 문예부흥 시대에 활동한 독일계 스위스 의사, 본초학자, 연금술사, 점성술사로, 자연철학과 의학을 접목한 신비 의학의 창시자이다.

85. allumoir. 중크롬산염 전지를 사용한 옛 라이터.

86. caule. 부르고뉴 사투리로 '작은 모자'를 뜻하며, 전통적으로 자크마르의 머리 장식에 사용되었다.

87. 브라반트주 또는 브라방주는 1815년부터 1830년까지 네덜란드연방공화국에, 1830년부터 1995년까지 벨기에에 존재했다.

88. Brugge. 벨기에 플랑드르 지방의 도시.

89. Maritornes. 마리토르네스는 세르반테스의 소설 『돈키호테』에 등장하는 여인숙의 딸로, 불결하고 못생긴 여인을 가리킨다. 제5서-V 「경보」 참조.

90. 이 흑성모상은 12세기에 이미 엄청나게 숭배되었다. 단단하고 무거운 흑목(黑木)으로 만들었는데, 이 검은 목조는 밤나무로 추정된다. — 원주

91. 디종의 노트르담 성당의 흑성모상은 1125년경 디종 지역의 예술가가 제작했으며, 제작 당시 보존을 염려해 검은 유약으로 칠해 놓았기 때문에 이렇게 불렸다. 1513년부터 '희망의 성모마리아(La Vierge Notre-Dame de Bon-Espoir)'라 불렸고 길이 85센티미터, 폭 26센티미터로 왕좌에 앉아 무릎 위에 어린 예수를 안고 있는 모습이며, 어린 예수는 소실되었다.

92. 「시편」 전후로 번갈아 부르는 찬송가.

93. 베르트랑은 아르센 우세(Arsène Houssaye, 1815-96)에게 보낸 편지(『파리의 우울』의 서문)에서 보들레르가 보였던 것과 비슷한 '모호함'과 '겸손함'("형에게 잠시 고백해야 할 것이 있소, 알로이시위스 베르트랑의 저 유명한 『밤의 가스파르』[형이 알고, 제가 알고, 우리의

몇몇 친구들이 알고 있는 책이라면, 유명하다고 호명될 모든 권리를 지닌 것이 아니겠소?]를 적어도 스무 번은 뒤적이던 끝에, 그와 비슷한 어떤 것을 시도해 보려는, 그가 옛 생활의 묘사에 적용했던, 그토록 비상하리만큼 회화적인 방법을 현대 생활의 기술(記述)에, 아니 차라리 현대적이면서 한결 더 추상적인 한 생활의 기술에 적용해 보려는 생각이 제게 떠올랐던 것입니다." 샤를 보들레르, 같은 책, 9쪽)으로 자신이 창조한 산문시를 묘사하고 있으며, 여기서 베르트랑이 자신의 산문시가 지닌 독창성을 부분적으로만 정의한다.

94. '예술가의 마지막 작품'을 의미한다.

95. sain-felebar. 생필리베르(Saint-Philibert)의 부르고뉴 사투리.

96. 렘브란트 하르먼스 판 레인 (Rembrandt Harmensz van Rijn, 1606-69). 바로크 시대의 네덜란드 화가. 렘브란트는 성이 아니라 이름이며, 베르트랑은 렘브란트를 성으로, 그의 이름을 '파울(Paul)'로 착각했다.

97. Jacques Callot (1592-1635). 프랑스 판화가, 조각가. 유럽의 30년전쟁(1618-48)의 불행을 그린 18편 연작 「전쟁의 비참함(Les Grandes Misères de la guerre)」으로 유럽에 알려졌다. 술주정뱅이, 거지, 집시, 꼽추, 군인 등의 모습을 담은 작품을 1,400점 이상 선보였으며, 에칭의 대가로 평가받는다.

98. encolimaçonner. '달팽이 집 속의 달팽이처럼 둥글게 웅크리다'라는 의미의 신조어. 렘브란트의 그림「명상하는 철학자」(1632)를 암시한다.

99. 베르트랑은 1828년 11월부터 1830년 4월까지 파리에 머무르면서 호프만의 프랑스어 번역 작품을 읽은 바 있다. 『밤의 가스파르』를 구상할 당시 베르트랑이 염두에 두었던 제목은 '낭만적 방보샤드(Bambochades romantiques)'와 '환상 킵세크(Keepsake fantastique)'('킵세크'는 낭만주의 시대, 연말 증정용으로 만든 '호화판 화보집'을 뜻한다.)였는데, 이는 호프만의 작품 제목이었다. 앞의 글「밤의 가스파르」에서 이미 고안되었던 예술의 이중성과 그림이나 조각이 재현하는 것으로 에크리튀르에 고유한 기법들을 제안하려는 그의 욕망은 호프만 예술의 새로운 측면에 해당하는 것이었다. 베르트랑은 렘브란트 작품의 어두운 신비를 빈번히 풍자적인 칼로의 섬세한 미세화와 대립시키려고 했으며, 특히 칼로의 작품에서 환상적인 요소와 아이러니와 결합된 음산함을 높이 평가했다.

100. fantaisie. 『리트레(Littré)』 사전에서는 "규칙을 넘나드는 변주를 추구하는 작품"이라고 정의한다. '환상곡'은 마찬가지로 음악의 즉흥곡을 가리킬 수 있다. 작곡가 호프만에게 음악의 가장 중요한 역할은 바로 즉흥곡이었다.

101. 베르트랑은 작품에서 먼저 플랑드르파의 화가들을 열거한다. 반에이크(Van Eyck, 1390–1441): 플랑드르의 화가, 유화의 기술 혁신과 리얼리즘에 의한 현대화의 고안자. 뤼카스 판레이던(Lucas van Leyde, 1494–1533): 네덜란드의 화가, 조각가. 피터르 네이프스(Pieter Neefs, 1578–1660), 얀 브뤼헐(Jan Bruegel, '빌로드의 브뤼헐', 1568–1625), 피터르 브뤼헐(Pieter Brueghel, '지옥의 브뤼헐', 1527–69): 풍경화와 내면화의 장인, 네덜란드 화가들. 판오스타더(Van Ostade, 1610–85), 헤릿 다우(Gerrit Dou, 1613–75): 내면화의 거장, 네덜란드 화가들. 살바토르 로사(Salvator Rosa, 1615–73), 무리요(Bartolomé Murillo, 1618–82), 퓌슬리(Johann Heinrich Füssli, 1741–1825): 각각 이탈리아, 에스파냐, 스위스를 대표하는 화가.

102. parangonner. '눈에 띄는 활자로 새겨 넣다'를 의미한다. 베르트랑은 자신의 산문시를 '무언가 그럴듯한 문학론(belle théorie)에 입각하지 않은 작품'으로 정의하는 한편, '활자로 새기지 않은 작품'이라고 부연하면서, 운문으로 대표되어 온 전통시(형식과 규칙)에 구애받지 않는 새로운 장르의 시도로 산문시를 정의한다.

103. Dominique Séraphin (1747–1800). '중국영등(中國影燈)'에서 착안해 '그림자인형극'을 창시했다. 1772년 무렵 베르사유에서 처음 공연한 이후

그의 '그림자인형극'은 대대적인 인기를 끌었다. '그림자인형극'은 조명과 그림자를 만드는 물체, 그리고 막의 성질을 이용한 연극을 말한다. 조명에 비친 그림자를 통해 공연하며, 간혹 배우가 직접 개입하기도 한다.

104. Polichinelle / Pulcinella. 17세기 이탈리아의 희극 코메디아 델라르테(Commedia dell'arte)에서 등장하기 시작해 나폴리 인형극의 대표적인 인물이 된 어릿광대 인형이다.

105. 산문시는 그 어떤 문학 이론을 필요로 하지 않으며, 그 어떤 형식적 특성으로 정의되지도 않는다며 "작품에 서명하는 것으로 충분하다"라고 베르트랑은 말한다. 'signer(서명하기)'는 산문시가 운문의 제약이나 구속을 벗어난 'singularité(특이성)'의 고안이 핵심이라고 말한다. 보들레르 역시, 산문시라는 새로운 장르의 글쓰기에서 가장 중요한 것은 "신비롭고 빛나는 모델과 동떨어져 있을 뿐만 아니라, 특이하게 전혀 다른 어떤 것"을 시도하는 데 있다고 피력한다. 여기서 "특이하게 전혀 다른 어떤 것(quelque chose singulièrement différente)"(샤를 보들레르, 같은 책, 10쪽)은 바로 이 '서명하기(signer)'를 통한 '특이성(singularité)'의 고안을 의미한다.

106. Charles Brunot (1798–1831). 시인, 저널리스트. 베르트랑의 친구이며 『프로뱅시알(Provincial)』지를 창간했다.

베르트랑은 『밤의 가스파르』에 수록될 산문시 20편가량을 이 잡지에 발표했다. 제3서-IX「옹딘」에도 제사로 인용되었다.

107. Walter Scott (1771–1832). 스코틀랜드의 시인, 소설가, 역사가. 제사는 그의 『수도원장(The Abbot)』 (1820)에서 가져왔다. 제2서-VIII「장경」에도 제사로 인용된 스콧의 이 소설은 베르트랑에게 프랑스 역사소설에 대한 중요한 영감을 주었다.

108. le petit livre. '작은'을 의미하는 'petit'는 여기서 크기나 양이 아니라 특질이나 특성을 나타낸다. 보들레르도 자신의 산문시집을 '소산문시집(Petits poèmes en prose)'이라고 불렀으며, "내가 당신에게 이 보잘것없는 작품을 보냅니다(je vous envoie un petit ouvrage)."(샤를 보들레르, 같은 책, 9쪽)라며 아르센 우세에게 헌정한 바 있다.

109. 베르트랑은 인쇄술이 발명되기 이전의 고대 작품 애호가를 자처한다. "일각수"는 1497년 파리로 이주해 '유니콘' 모양의 철제 간판을 내건 서점을 운영하면서 다수의 책을 발간한 독일 코블렌츠 출신의 틸만 케르버(Thielman Kerver, ?–1522)를, "두 마리 황새"는 파리의 생자크가(rue Saint-Jacques)에 '황새들에게'라는 간판을 걸었던 출판가 세바스티앙 니벨(Sébastien Nivelle, 1525–1603)을 의미한다.

110. Harlem. 네덜란드의 도시. 이 작품은 1829년 혹은 1830년 빅토르 파브(Victor Pave)와 다비드 당제(David d'Angers) 앞에서 생트뵈브가 낭독한 바 있다. 베르트랑의 작품 중 회화의 영향을 받은 예로 가장 많이 언급되었다.

111. 1555년 출판되었으며 운을 맞춘 4행시를 '100편(Centuries)' 단위로 모아 놓았다. 제사는 베르트랑이 고안한 문장이다.

112. bambochade. 전원이나 도시의 일상생활(시장, 거리, 강도질, 술잔치 등) 풍경을 만화에 가깝게 우스꽝스럽게 그린 그림이나 동판화, 데셍 등을 가리킨다. '방보샤드'는 하를럼에서 태어난 화가 피터르 판라르(Pieter van Laer, 1599–1648)가 이탈리아 체류 당시 얻은 별명이다. 'Il Bamboccio'에서 유래한 것으로, 이탈리아어 'bamboccio'는 '토실토실한 아이', '좀 모자라는 사람', '우스꽝스러운 몸짓' 등을 뜻한다. 판라르가 이 별명을 얻은 것은 외모 때문이기도 하지만 그가 네덜란드 전통에 따라 생생한 시골 생활을 주제로 그림을 그렸기 때문이기도 하다. 대표적인 작가로 자크 칼로, 다비트 테니르스, 아드리안 판오스타더(Adriaen van Ostade), 아드리안 브라우어르(Adriaen Brouwer), 얀 미엘(Jan Miel), 요하네스 링겔바흐(Johannes Lingelbach) 등을 꼽는다.

113. David Teniers (1610–90). 피터르 판라르의 제자이며,「여인숙 내부 풍경」으로 유명하다. 이외 다른 화가들은 주 96번, 101번 참조.

114. stoël. 돌로 만든 노대(露臺). — 원주

115. rommelpot. 플랑드르 악기의 일종. — 원주

116. 다비트 테니르스는 특히 선술집 실내 장면을 즐겨 그렸다.

117. 베르트랑이 열중하던 주제 중 하나는 회화를 시로 '번역'하는 것이었다. 베르트랑은 네덜란드 화가 헤릿 다우의 「창가에서 수탉 한 마리를 붙잡고 있는 여인」을 '번역'한다.

118. Friedrich von Schiller (1759–1805). 독일 고전주의 극작가, 시인. 제사는 실러의『빌헬름 텔』(1804) 제1막 3장이다.

119. Abraham Knupfer. 이 작품에서 두 차례 언급된 이 이름은 석공들에게는 '부적'과도 같았다. 제사에서 강조된 석공의 자질을 상징하는 아브라함 크뉘페르는 중세 석공술의 신비로운 비밀을 알고 있는 자이다.

120. 교회의 대종에는 기부한 자의 이름과 라틴 시구 몇 줄이 새겨진다.

121. tarasque. 괴물 같은 뱀이나 용의

형상을 한 석루조(石漏槽). 타라스크는 전설적인 괴물이었으며, 성녀 마르타가 물리쳤다. 그 위업을 기리는 뜻에서 넬루크 마을을 '타라스콩'이라 부르게 되었다.

122. 닭이 깻묵을 쪼아 먹은 다음 목을 쭉 빼고 머리를 뒤로 젖힌 모습.

123. 존경을 나타내거나 행운을 빌고자 하는 사람의 집 앞에 5월에 나무를 심는 전통이 있었다.

124. nef. 신자석이 있는 중앙 홀. 본당은 민간 성당의 직사각형 홀 또는 입구에서부터 반원형까지의 교회이며, 두 개의 벽과 지붕으로 닫혀 있다.

125. Bergen op Zoom. 네덜란드 남부 노르트브라반트주의 도시. 근세 초기에 네덜란드연방공화국에서 가장 강력한 요새였으며 무기고가 설치되어 있었다. 천연 요새였던 이 도시는 포위군이 항구를 봉쇄하지 않는 한 바다에서 구호품과 물자 보급이 가능했다. 오스트리아왕위계승전쟁 중이던 1746년 프랑스군이 도시를 점령했고, 군부대 안에서 대학살이 벌어졌다. 1746년과 1795년 사이 프랑스 영토가 되었다.

126. Utrecht. 17세기부터 비로드 생산으로 유명한 네덜란드의 도시.

127. Johan Blazius. 렘브란트의 「환전상」(1627)을 떠올리게 한다.

128. Saint-Paul. 예수회에 의해 지어졌으며, 자크마르가 있다. 파리의 생탕투안가에 위치한다.

129. lombard. 이탈리아 북부의 롬바르디아 지방에 거주하던 사람을 뜻하는 단어로, '환전 상인'을 의미한다. 중세에는 고리대금업자를 의미했는데, 상당수의 상인과 은행가들이 이 지방 출신이었기 때문이다.

130. ringrave. 17세기 중기의 남성용 바지. 좁은 치마와 풍성한 바지, 또는 치마만 속에 받쳐 입는 형태, 넓은 반바지 형태가 있었다.

131. vidrecome. 독일과 네덜란드에서 사용되었던 화려한 장식의 커다란 술잔. 돌려 가며 술을 마시다가 자신의 차례가 되면 단숨에 비워야 했다.

132. 1648년 신성로마제국령 베스트팔렌 지방의 오스나브뤼크와 뮌스터에서 체결된 평화조약. 역사상 최초의 근대적 국제협약으로 평가되며, 이 조약의 영향으로 민족과 종교, 문화를 구별하는 전근대적 국가관이 허물어지고 외교 주권을 가진 '국민국가(nation state)'에 대한 인식이 확산되었다. 이 조약으로 신성로마제국에서 일어난 30년전쟁과 네덜란드독립전쟁이 종결되었다.

133. 유대인은 뾰족한 수염을 달고 지냈다. 주 15번 참조.

134. Charles Coypeau d'Assoucy (1605–78). 음악가. 몰리에르의 친구. 뷔를레스크(고상하고 웅장한 주제를 속화해 희극적 효과를 자아내는 시, 17세기 전반기 문학 양식) 시인으로 유명하다.

135. 독일의 종교개혁가 마르틴 루터(Matin Luther, 1483–1546)와 이단으로 간주되었던 개혁파를 암시한다.

136. philistin. 불레셋(공동번역성서, 히브리어: תשלפ) 또는 블레셋(개신교), 필리스티아(가톨릭, 고대그리스어: Φυλιστιμ) 사람. 고대 가나안 지방의 지중해 연안 지역에 5도시 연맹체를 구성하고 있던 인도·유럽인 계열 민족 집단의 총칭. 이스라엘 민족의 강력한 적으로 『구약성서』에 자주 등장한다. 이들을 가리키는 '불레셋'에서 '팔레스타인'이라는 명칭이 유래했다.

137. 삼손과 불레셋 전투의 일화로 『구약성서』의 「판관기」 15–7장에 등장한다. 삼손을 처단하기 위해 필리스티아 왕이 무장병력 1천 명을 동원한 전투이다. 필리스티아는 창, 칼, 도끼 등으로 무장하고 이스라엘을 침공해 삼손에게 싸움을 걸었고, 삼손은 길에 버려진 당나귀의 유골에서 턱뼈를 집어 들고 맞섰다. 필리스티아의 병력은 야훼가 내린 괴력과 무예를 지녔던 삼손의 몸에 상처 하나 내지 못하고 몰살당했다.

138. 주 79번 참조.

139. hallebardier. 도끼 겸용 흰색 미늘창을 사용한 14–7세기의 창병.

140. 에스파냐 작가 안토니오 데 토르케마다(Antonio de Torquemada, 1507–69)의 『신기한 꽃들의 정원(Jardín de flores curiosas)』에서 취했을 것으로 추정된다.

141. 송아지 가죽으로 만든 용지.

142. Philipp Melanchthon (1497–1560). 독일 신학자, 종교개혁가. 루터의 종교개혁운동 동료로서 종교개혁을 통한 복음주의의 확립을 위해 투쟁했다.

143. '꽃시계 덩굴'로 생김새가 예수의 가시면류관을 닮아서 예수의 수난을 상징한다.

144. 목말라 하는 예수에게 준 쓸개와 신포도주를 적신 해면.

145. Hans Holbein (1498–1543). 독일 화가. 헨리 8세나 에라스뮈스처럼 유명한 인물의 초상화로 명성을 얻었다.

146. Fernando Álvarez de Toledo (1508–82). 에스파냐의 귀족, 군인, 외교관. 통칭 '알바 대공작'으로 불린다. 1567–73년간 플랑드르의 총독이었으며, 1572년 하를럼의 신교도들을 학살했다.

147. 이 작품은 얀 스테인(Jan Steen, 1626–79)의 「행복한 가족」(1668)을 떠올리게 한다.

148. Jean de Nivelle (1422–77). 부르고뉴의 왕족이었으나 왕정주의의 배신자였다. 그는 부르고뉴 공작을 공격하라는 아버지 장 2세 드몽모랑시(Jean II de Montmorency)의 명령을 거부하고 도망쳤다. 필요할 때 도망치는 사람이나 비겁자를 빗댄 속담 "호명할 때 도망치는 장 드니벨의 개를 닮았다"가 여기서 유래했다. 베르트랑이 인용한 장 드니벨의 작품은 존재하지 않는다. 따라서 인용은 이 속담을 상기하려는 반어적 표현으로 볼 수 있다.

149. '3월의 맥주' 혹은 '봄의 맥주'는 봄에 파종해 여름에 수확한 보리를 겨울에 양조해서 상대적으로 고온인 15–24℃에서 발효시킨 맥주다. 발효 시 효모가 맥주 표면에 뜨게 되므로 '상면발효맥주'라 부른다. 향이 매우 강하며, 3월 1일부터 3월 31일까지 한 달간 한정 판매하는 것으로 유명했다.

150. Zerbine. 이탈리아 작곡가이자 바이올린 연주자인 조반니 바티스타 페르골레시(Giovanni Battista Pergolesi, 1710–36)가 1733년 발표한 오페라 막간극 「마님이 된 하녀(La serva padrona)」에 등장하는 쾌활한 하녀 세르피나이다.

151. Benjamin. 야곱의 막내를 뜻하며,

일반적으로 '막내, 막둥이'를 의미한다.

152. '다섯 잎의 꽃무'는 구어로는 '따귀'를 의미한다.

153. 15세기 후반 에스파냐의 발렌시아 지방에서 처음 출현한 칠현악기. '비올(Viol)'족의 대표적인 악기이다. '감바(Gamba)'는 이탈리아어로 '다리'를 의미한다. '다리의 비올라'라는 뜻을 지닌 비올라다감바는 무릎 사이에 끼거나 무릎에 올려 두고 연주한다.

154. Théophile Gautier (1811–72). 원제는 '오누프리우스 혹은 어느 호프만 추종자의 환상적인 학대(Onuphrius ou les Vexations fantastiques d'un admirateur d'Hoffmann)'(1832)이다. 고티에는 이 작품을 "환상과 풍자 동화(conte fantastique et satirique)"라고 명명한다. 제사에 인용된 대목에 나타나듯, 작품에는 무언극 배우 장가스파르 드뷔로(Jean-Gaspard Debureau, 1796–1846)가 등장한다. 드뷔로는 1820년대부터 사망할 때까지 외줄타기 곡마단에서 연기했으며, 코메디아델라르테의 피에로 얼굴에 하얀 분장을 한 천진하면서도 슬픈 웃음을 자아내는 현대적 광대를 만들어 냈다. 이 전설적인 광대 '장가스파르 드뷔로'를 통해 '가스파르'라는 이름을 새겨 넣는 베르트랑이 선택한 『오누프리우스』의 구절은 매우 아이러니하다.

155. 베르트랑은 외줄타기 곡예사

피에로를 시에서 전개되는 이탈리아 희극과 연관시키려고 나중에 이 제사를 덧붙였다.

156. 피에로, 콜롱빈 , 카상드르, 아를캥은 이탈리아 코메디아델라르테의 등장인물들이다. 순진하고 익살맞은 광대 피에로는 콜롱빈에 대한 사랑을 고집하며, 콜롱빈은 피에로의 마음을 아프게 하려고 아를캥에게로 떠난다. 카상드르는 멍청하고 욕심 많은 구두쇠 노인으로, 아를캥과 피에로의 속임수에 넘어간다. 카상드르는 콜롱빈의 아버지 혹은 후견인이다. 달빛을 받고 있는 이 피에로는 장가스파르 드뷔로와 밀접히 연관되어 있다.

157. Pierre Vicot / Pierre de Vittecoq. 16세기의 사제, 연금술사. 라틴어를 프랑스어로 번역했다. 인용된 텍스트의 출처는 불분명하다. 그러나 베르트랑은 연금술과 관련된 서적을 다수 보유했고, 이 텍스트는 17세기의 연금술 수고본에서 가져온 것으로 추정된다. 베르트랑은 예술에 대한 탐구를 연금술과 비슷한 무엇으로 간주했다. 제사의 이 대목은 "예술은 언제나 상반되는 양면을 지"닌다며 예술의 이중적 측면을 강조한 「서(序)」의 첫 문장에 다시 동기를 부여한다. 제사는 예술이 '영감'이 아니라 '가르침'과 '책'의 계승과 연관된다고 말한다. 이러한 관점에서 볼 때, 제사는 오로지 '모방'에서만 창조가 가능하며, 모든 예술가는 "보잘것없는 위조물"을

만들도록 운명 지어진 "모방하는 자"이자 "온전한 독창성이란 숭고하고 벼락이 내리치는 시나이산의 둥지에서만 제 알의 껍질을 깰 뿐인 새끼 독수리와 같은 것"(「밤의 가스파르」, 37쪽)일 뿐이라고 말하는 『밤의 가스파르』의 핵심적인 문장을 다시 강조한다.

158. Ramon Llull (1232–1315). 에스파냐의 신학자, 철학자, 시인, 선교사. 철학, 신비학, 연금술에 관한 다수의 저서를 집필했다.

159. salamandre. 불도마뱀. 불이 있는 곳에서만 살 수 있으며, 불에 저항할 뿐만 아니라 불꽃을 마음대로 끌 수 있는 능력이 있다. 연금술에서 불의 정령을 나타내는 상징이다. 제3서-X 「살라만드라」참조.

160. Saint Éloy. 금은세공사, 야금술사. 7세기 누아용(Noyon)의 주교. 금은세공소와 대장간의 주인이었다.

161. Jean Bodin (1530–96). 프랑스 종교개혁기의 법학자, 사상가. 제사는 그의 작품 『빙의망상 환자 혹은 사탄과 마법사들의 도리깨(La Démonomanie ou Le Fléau des démons et des sorciers)』(1580) 제4장의 구절이며, 말씀과 계시의 마술적 힘을 진지하게 강조한다. 시는 이와 같은 주제를 우스꽝스러운 어조로 다시 취해 온다. 마녀는 이상적인 여성, 선한 요정과 대립된다.

162. Maribas. 베르트랑의 1826년작 그림에 따르면, 악마와 결부된 마리바스는 거칠고 더러운 애꾸눈 용병이다. 마법을 배운 용병일지도 모르는 마리바스는 시인의 알레고리이기도 하다. 작품에서 주술서의 마법의 힘을 불러와 실행하는 것이 바로 이 마리바스이다. '마리바스'라는 이름은 1630년 디종에서 농민, 천민, 군인 등이 일으킨 대규모 봉기 '랑뛰를뤼의 반란(La Révolté de Lanturlu)' 당시, 대장 아나투아르 샹주네(Anatoire Changenet)의 별명 '마샤르 왕(le Roy Machart)'에서 유래했다.

163. 제2서에서 묘사된 파리의 옛 모습은 중세의 파리 풍경이 아니라 오히려 16–7세기의 모습이다.

164. 히브리어 '랍비(rabbi)'는 유대교에서 성서 연구에 능통한 율법학자를 일컫는 말로, 존경하는 '스승'의 호칭으로도 쓰인다.

165. bouge. 사람들이 거의 드나들지 않는 불결하고 평판이 좋지 않은 카페, 카바레, 선술집 등을 의미한다.

166. turlupin. 13–4세기의 이단자들을 가리키는 용어였다가, 17세기 초에 이르러 어느 유명한 익살꾼의 이름에서 '불쾌한 농담'이라는 뜻으로 변화했다.

167. 베르트랑이 살았던 파리의 블루아가와 생퇴스타슈(Saint-Eustache) 성당에서 멀지 않은 곳에 위치한 이

시장은 오늘날 시장이 군집한 '레 알(Les Halles)' 지역의 중심이 되었다.

168. Lanturlu. 17세기 노래의 후렴구였다가 경멸조의 거부를 나타내는 용어가 되었다. 1630년 루이 8세에 저항해 디종에서 일어난 '랑뛰를뤼의 반란' 당시, 봉기의 동참을 표시하는 외침으로 사용되었다. 주 162번 참조.

169. 이 작품 속 걸인들은 자크 칼로의 「걸인들」(1622) 연작을 떠올리게 한다.

170. Louis Boulanger (1806–67). 프랑스 낭만주의 시대의 화가, 조각가, 석판화가, 삽화가. 빅토르 위고와 생트뵈브의 친구였으며, 아르스날(Arsnal) 살롱에서 샤를 노디에게 베르트랑을 소개해 주었다.

171. falot. 천을 입힌 등으로, 손에 들고 다녔다. 베르트랑은 이 단어를 '장난꾸러기 요정'을 뜻하는 'follet'와 유사한 음성을 연관 지어 변주한다. 'follet'는 시인과 동일시되어 나타난다.

172. 베르트랑은 셰익스피어의 『로미오와 줄리엣』 1막 4장의 다음 부분을 자유롭게 차용했다. 머큐리오가 로미오('가면 쓴 남자')와 대화를 나눈다(베르트랑은 '머큐쇼[Mercutio]' 대신 '머큐리오[Mercurio]'라고 적었다).

　　"로미오. 내게 횃불을 주게, 마음이 가벼운 한량들은 간질이시게. 그

무정한 골풀 명석 마루를, 각자의
발뒤꿈치로. 난 먼 옛날 속담 짝이
났으니. 촛불 들고 방관하는 자
잃을 게 없다던가. 놀이가 한창일
때, 떠나야 한다던가.
(로미오가 횃불을 든다.)
머큐쇼. 쯧, 숨죽이고 꼭꼭 숨어라.
그건 도둑 잡는 순경 나리 입에
붙은 말씀이지. 자네가 허우적대는
말 신세라면 우리가 빼내 줌세.
그 사랑의 진창에서 이런 표현
미안하네만 자네가 빠져 있잖은가.
귀까지 차오르도록 말야. 가세,
우리가 대낮에 횃불을 든 건
아니잖나. 호!"(셰익스피어,
『로미오와 줄리엣』, 김정환 옮김,
아침이슬, 2010년, 36쪽)

제사는 자크 칼로의 「스페사니아의
춤」(1622)을 환기하면서 '뷔를레스크'가
이탈리아에서 기원했다는 사실을
강조하고, 나아가 '카니발 변장'이라는
주제를 변주한다.

173. gourgouran. 비단을 직조한
천으로, 18세기 인도에서 수입되어 왕실
가구의 천이나 귀부인들의 치맛감으로
사용되었다.

174. 베긴 교단의 수녀는 서원 없이
벨기에와 네덜란드 등지에서 수도원
생활을 하던 여자 신도를 뜻한다.

175. Luynes. 프랑스 중부
앵드르에루아르(Indre-et-Loire) 지방에

위치한 코뮌. 중세에는 마이에(Maillé)라
불렸으며, 작품의 배경인 18세기 루이
13세 시대에 '뤼'으로 이름이 바뀌었다.

176. Tour de Nesle. 센강 좌안에
위치하며, 강을 사이에 두고 루브르 탑을
마주 본다. 베르트랑이 자크 칼로의
「루브르가 보이는 전경」(1630)을
참조했으리라 여겨진다.

177. Pierre de Bourdeille (1537-1614).
브랑톰(Brantôme) 수도원의 원장으로
'브랑톰'이라 불렸으며, 군인이자
작가였다. 제사는 넬 탑을 묘사하고
있으나, 브랑톰의 글에서는 확인되지
않는다.

178. 이 대목은 센강 위 배에 탄
군인들을 포함한 수많은 사람들로
둘러싸이고 그 일부가 부서진 넬 탑을
묘사한 자크 칼로의 「루브르가 보이는
전경」을 베르트랑이 '옮겨' 놓은 것이다.

179. escopette. 어깨에 비스듬히
둘러메는 화승총 형태의 소총으로,
15세기 중반부터 17세기 중반(샤를
8세-루이 13세)까지 프랑스 기병들이
사용했다. 이후 보다 성능이 강화된
'무스케(mousquet)'가 등장한다. 주
367번 참조.

180. Paul Scarron (1610-60). 루이 13세
시대의 시인, 작가. 뷔를레스크와 패러디
시의 저자이며, 『희극적 소설(Le Roman
comique)』(1651-7)이 대표작이다.

181. 주 121번 참조.

182. La Place Royale. 루이 13세 치하 사교계의 중심이었다. 오늘날 파리 마레 지역의 보주 광장(Place des Vosges)이다.

183. poisson d'avril. '4월의 물고기'. 프랑스어로 만우절을 뜻하며, '농담 같다', '장난하다'라는 의미를 지닌다.

184. duc de Longueville. 오를레앙의 앙리 2세(Henri II d'Orléans, 1595–1663)를 가리킨다.

185. Marion De l'Orme (1612–1706). 프랑스의 쿠르티잔으로 자유사상가이자 시인인 자크 발레(Jacques Vallée)의 연인이었다가 생크마르스 후작(Marquis de Cinq-Mars) 때문에 그를 떠났다. 그녀가 파리의 루아얄 광장에 설립한 살롱에는 수많은 문인들과 정치인들이 드나들었다. 빅토르 위고의 희극 「마리옹 드로름」이 1831년에 공연되었다.

186. courtisan. '군주의 궁전에 머무는 사람'이라는 어원을 지녔다. 이 낱말의 남성형 'courtisan(쿠르티장)'과 여성형 'courtisane(쿠르티잔)'은 각기 다른 의미로 진화했다. 남성을 뜻하는 '쿠르티장'은 왕에 복종하고 아첨하는 궁정의 신하, 즉 '조신(朝臣)'의 의미를 지닌 반면, 여성을 뜻하는 '쿠르티잔'은 사회의 최상위 계층만을 상대하는 고급 창녀 혹은 화류계 여성을 지칭하게 되었다.

187. 얼굴에 나타나는 노인성 반점 또는 피부 돌기를 뜻한다.

188. 빅토르 위고의 시집 『황혼의 노래(Chants du crépuscule)』(1835)에 실린 마지막 작품 「다트 릴리아(Date Lilia)」에 등장하는 대목이다.

189. "Dixit Dominus Domino meo:sede a dextris mets." 「시편」 110장의 도입부. "여호와께서 내 주에게 말씀하시기를, 내가 네 원수들로 네 발판이 되게 하기까지 너는 내 오른쪽에 앉아 있으라 하셨도다." '석도(夕禱)' 혹은 '만과(晩課) 기도문'으로 번역되었다. 'mets'는 'meis'의 잘못된 표기이다.

190. L'Imitation de Jésus-Christ. 로마 가톨릭교회의 대표적인 신앙 서적으로, 토마스 아 켐피스(Thomas à Kempis)가 집필했으며 1418–27년경 라틴어로 간행되었다.

191. 중세를 환기하고 이방인을 암시하는 낱말.

192. 베르트랑은 제2서-III 「각등」의 제사에 등장하는 머큐리오의 대사 "고양이는 제 두 눈을 등불로 삼는 법"을 민담으로 변주했다. "밤에 고양이는 죄다 회색이다"는 15세기부터 쓰이기 시작한 프랑스 속담이며, '모든 것이 서로 엇비슷해 구별할 수 없다'라는 의미로 확장해 '혼란스러운 상황'을 표현한다.

193. 베르트랑의 어머니 로르 다비코(Laure Davico)를 암시하며, 잔인하고 교활한 여인으로 묘사된다.

194. '단순한 사실을 어렵게 만든다'라는 속담으로, 16세기부터 쓰이기 시작했다. 정오는 중요하면서도 손쉽게 알아볼 수 있는 시각인데, 이 정오를 오후 두 시에 찾으려 한다는 것은 단순한 사안을 매우 복잡하게 만든다는 것을 의미한다. 보들레르의 산문시 「위조화폐」에는 "그러나 언제나 열네 시에 정오를 찾겠다고 몰두하고 있는 내 두뇌 속에, (자연은 얼마나 고달픈 재능을 나에게 선사하였는가!) 문득 이런 생각이 들었다."(샤를 보들레르, 같은 책, 80쪽)라는 대목이 등장한다.

195. louis. 프랑스 국왕의 초상이 새겨진 옛 금화.

196. heiduques. 18–9세기 유럽에 널리 퍼진, 헝가리 전통 의복을 착용한 하인. 헝가리 출신이 대부분이었다.

197. 월터 스콧의 소설 『수도원장』은 「빅토르 위고 씨에게」에서 인용된 바 있다. 여기서 스콧이 "근엄한 인물"로 묘사한 자는 『수도원장』의 3부 이후 등장하는, 경험이 매우 풍부한 노신사, 풍랑 속에서도 보트를 몰 줄 알며, 대가족을 이끌어 본 경험이 있는 '재스퍼 윙게이트' 경이다.

198. sénéchal. 궁정이나 대귀족의 법률과 행정, 재정 일 등을 담당했다.

199. Malines. 벨기에 북부 도시 '말린'은 프랑스어 명칭이며, 공식 이름은 '메헬렌'이다. 레이스로 유명하다.

200. guimpe. 중세 서유럽에서 개발된 의상. 마른 천으로 목과 어깨, 때로 가슴 전체를 가렸다. 사회적 지위를 보여 주고 여성의 겸손함을 나타내는 데 쓰였다.

201. la part-à-Dieu. 처음 만나는 거지에게 주려고 따로 남겨 놓은 음식이나 과자.

202. 이 두 제사는 "신께 바치신 공물"이라는 표현으로 대립된 두 영역, '종교'(성스러움)와 '민요'(세속)를 나타낸다.

203. gaufre. 벌집 모양 무늬가 박힌 철판에 끼워 구운 얇은 과자. 12세기에 등장했으며, 교회 문 앞에서 팔기 시작했다.

204. Elzevir. 네덜란드 루뱅 출신의 유명한 인쇄업자 가문. 엘제비르 활자를 개발했으며 16–7세기에 출판사와 서점을 운영했다.

205. Henri Etienne. 베르트랑은 앙리 1세 에티엔(Henri I Etienne, 1470–1520, 인문주의자, 인쇄업 가문의 창시자)과 그의 손자 앙리 2세 에티엔(Henri II Etienne, 1528–31,

인쇄업자, 문헌학자, 인문주의자)을
동시에 암시한다.

206. Martin Spickler. 베르트랑이
지어낸 작가 이름으로, 전기나 사전에
등장하지 않는다.

207. Louis XII (1462–1515).
1498년부터 프랑스의 왕이었다. — 원주

208. 『귀족명감』 중 가장 유명한 것은
오지에(Hozier, 1736–68)의 『가문
총람(Armorial Général)』이다.

209. 제3서의 주제는 '밤의 환영'이며,
주인공은 베르트랑 자신이다. 베르트랑의
분신인 가스파르는 밤에 거주한다.
이 꿈 같은 시는 베르트랑 후대의
시인들에게도 중요했다. 보들레르는
자신의 산문시집 제목을 '밤의 시집
(Poèmes nocturnes)'으로 붙이려 했다.

210. Les Pères de l'Eglise. 2세기 이후
기독교 신학의 주춧돌을 놓은 이들을
일컫는 '교부(敎父)'들은 2세기부터
8세기에 걸쳐 기독교의 이론을 확립하고
이단과 열띤 논쟁을 벌여 사도전승을
바탕으로 한 보편 교회 신학과 교리를
수호하는 데 앞장섰다.

211. 첫 번째 제사는 "Nox et solitudo
plenre sunt diabolo(밤과 고독은
악마로 가득하다)"의 프랑스어 번역이며,
베르트랑은 이를 약간 변형시켰다.

212. 시계판의 열두 시각은 문장(紋章)에
따라 환상적인 형상들로 장식되었다.

213. Gnome. 자연의 4대 원소 중
대지를 관장하는 정령으로, 주로
땅속에서 생활하고 노인 같은 외모의
꼬마나 뾰족한 모자를 쓴 난쟁이의
모습이며, 손재주와 지력이 뛰어나다.

214. Scarbo. '에스카르보(escarbot)'
(풍뎅잇과 곤충, 황금충)와 '에스카르부클
(escarboucle)'(고대인들이 높이 평가했던
붉은색 돌)에서 유래했으며, '난쟁이
정령'을 의미한다.

215. 스카르보의 문학적이고 예술적인
원천은 자크 칼로의 「고비」와
「성앙투안의 유혹」, 혹은 호프만의
『야화집(夜話集, Nachtstücke)』에서
찾을 수 있다. 난쟁이 정령 '스카르보'는
베르트랑의 상상력의 결과물로,
다양한 형태로 나타나는 사탄이자
연금술 탐구를 매개하기도 한다.
베르트랑은 스카르보를 "괴물 같고
흉측한 유충"(「난쟁이」), "목을
깨무는" 흡혈귀(「고딕식 방」), "보물로
둘러싸인 그놈"(「미치광이」), "악몽의
난쟁이"(「『밤의 가스파르』 그림의
배치에 관한 노트」) 등 항상 "빈정대길
좋아하는 난쟁이"(「스카르보」)로
묘사한다.

216. 주 214번 참조.

217. 주 48번 참조.

218. '유아들의 고성소'를 의미한다. 주 39번 참조.

219. carolus. 15세기에 샤를 8세가 발행한 화폐. 샤를 7세의 초상화가 새겨져 있다.

220. Agneau d'or. 13세기에 루이 9세가 발행한 금화.

221. 대지의 정령 '그놈'은 전통적으로 보물을 지키는 간수였다. 주 213번 참조.

222. 두카트는 베네치아의, 플로린은 피렌체의 화폐였다.

223. 월터 스콧의 문장이 직접 인용되지는 않았으나, 스코틀랜드의 작은 마을 린리스고(Linlithgow)가 등장하는 등, 스콧의 소설뿐만 아니라 그의 스코틀랜드 발라드 분위기를 풍긴다. 베르트랑은 월터 스콧의 스코틀랜드 발라드 여러 편을 번역해 『프로뱅시알』지에 게재한 바 있다.

224. 베르트랑은 1828년 12월 『프로뱅시알』지에 이 작품을 발표하면서 '낭만적 방보샤드'라는 제목을 제안했으며, 『트릴비(Trilby)』(제3서-X「살라만드라」 참조)의 저자 샤를 노디에게 헌정했다.

225. 페르디낭 랑글레(Ferdinand Langlé, 1798–1867, 희곡작가, 저널리스트)의 「고인들의 종치기(밤의

시)(Clocheteur des trépassés [poème de la nuit])」(『트루바두르의 시 이야기, 중세의 발라드, 우화시, 전설[Contes du gay sçavoir, ballades, fabliaux et traditions du moyen âge]』[1828])에 등장하는 대목 "죽은 자들의 머리를 끌고, 하얀 예복을 입은 남자가 (⋯) 손에 작은 종을 들고 밤에 수도의 거리를 배회한다. 그리고 그는 종을 울리며 '잠자는 사람들, 깨어나시오, 고인들을 위해 기도를 올리시오.' 소리를 지른다."에서 차용했다. 랑글레에 따르면 이러한 풍습은 17세기부터 1828년까지 프랑스의 작은 마을에서 계속되었다.

226. 루이 불랑제는 빅토르 위고의 발라드의 영향을 받아 석판화 「마연의 원무」(1828)를 제작했다. 베르트랑의 「종 아래 원무」는 불랑제의 이 작품에서 착안했다. 불랑제의 작품은 『밤의 가스파르』 제3서의 「종 아래 원무」와 「마연의 시간」에서 각각 인용되며, 빅토르 위고의 「발라드 XIV」[『책 VI(Livre VI)』, 1828]에 삽화로 실린 바 있다. 베르트랑은 제2서의 「밤의 걸인들」도 불랑제에게 헌정했다. 주 170번 참조.

227. Fenimore Cooper (1789–1851). 미국 소설가. 서부 모험을 다룬 소설들과 아메리칸인디언들의 삶을 재구성한 작품 『모히칸족의 최후(The Last of the Mohicans)』(1826)를 발간했다.

228. Saint-Jean. 파괴되었다가 15세기

디종 동부에 다시 지어졌으며, 프랑스혁명 당시 마량(馬糧) 징발대로 쓰였다. 베르트랑의 시대에는 일부만 남아 있었다.

229. 가장 날카로운 음을 낸다.

230. *Le Roman de la Rose*. 알레고리적 꿈의 형태로 이루어진 중세 프랑스의 시적 소설. 총 2만 2천 행 8음절 시로 이루어져 있다. 1230년부터 1235년까지 기용 드로리스(Guillaume de Lorris)가 4,058행을, 나머지 1만 7,722행은 1275년에서 1280년 사이 장 드묑(Jean de Meung)이 집필했다. 1부는 궁정사회에서의 사랑의 기술을, 2부는 풍자적 내용을 담고 있다.

231. 생장 교회의 입상은 존재한 적이 없다. 시는 여러 차례 불타고 훼손된 생장 교회의 불행을 환기한다.

232. 이 작품은 알프레드 뮈세의 발라드 장시 「꿈(Un rêve)」(1822)과 샤를 노디에의 환상동화 『스마라, 혹은 밤의 사탄들(Smarra, ou les démons de la nuit)』(1821)을 패러디했다. 뮈세는 첫 시들을 『프로뱅시알』지에 발표했다.

233. 제사에 인용된 구절은 다음으로, 동일한 꿈에 대해 완벽하게 대립되는 해석이 등장한다.

　　　"다음 날 아침 일곱 시경에 파뉘르주는 팡타그뤼엘 앞에 나타났는데, 그 방에는 에피스테몽,

장 데 장토뫼르 수도사, 포노크라트, 외데몽, 카르팔랭, 그리고 다른 사람들이 함께 있었다. 파뉘르주가 도착하자 팡타그뤼엘이 말했다. '우리의 꿈꾸는 자가 오는구나.' '이 말이 (에피스테몽이 말했다.) 예전에 야곱의 자식들에게는 큰 대가를 치르고 호된 시련을 겪게 했지요.' 그러자 파뉘르주가 말했다. '저는 공상가 기요의 집에 가 있었지요. 저는 무척 많은 꿈을 꾸었는데, 전혀 이해할 수가 없군요. 꿈에 제게는 젊고 우아하고 완벽한 미모를 갖춘 아내가 있었는데, 그녀는 사랑하는 귀염둥이를 다루듯이 저를 애지중지했습니다.'"(프랑수아 라블레, 「14 파뉘르주의 꿈과 그것에 대한 본인의 해석」, 『팡타그뤼엘 제3서』, 유석호 옮김, 한길사, 2006년, 97쪽)

234. 까마득한 옛날, 디종에 있던 이 광장은 사형장이었다. ― 원주 [현재 디종에 있는 에밀졸라 광장(Place d'Émile Zola)을 가리킨다.]

235. 주기적으로 참회의 규칙에 순응하는 평신도 형제단 구성원들을 칭하는 용어이며, 13세기에 등장했다. 이들은 머리와 어깨를 뒤덮는 두건 달린 검은 의상을 입는다.

236. 죽어 가는 종교인들은 회개하며 재 위에 누워 있었다. 이 재를 '성회'라고

부르며, 성회는 전년도에 축성(祝聖)한 종려나무 가지를 태워 만든다.

237. Augustin Calmet, Dom Calmet (1672–1757). 생반(Saint-Vanne) 교구의 베네딕트파 수도사, 로렌 지방의 저명한 학자이자 해석학자.

238. cordelier. 세 개의 매듭이 달린 허리끈으로, 청빈과 청렴의 상징이다. 성프란체스코수도회원이 세 개의 매듭이 달린 끈을 허리에 차고 다닌 데서 유래했다.

239. 사자(死者)의 곁에 불을 밝힌 촛불들을 비유한다.

240. 괴테의 『파우스트』에 등장하는 마르가레테. 젊어진 파우스트는 아름다운 시골 여인 마르가레테와 사랑에 빠진다.

241. 월터 스콧의 『우드스톡 혹은 기사, 1651년의 역사(Woodstock ou le Cavalier, Histoire de l'année 1651)』. 베르트랑은 이 책의 12장을 직접 인용하지 않고 제사에서 요약했다.

242. 타락한 천사, 어둠의 천사, 고통의 천사. 「이사야서」 14장에 등장한다. 이 낱말은 라틴어 'lux'(빛)와 'terre'(발산하는)에서 유래했으며 '샛별', '금성'을 뜻한다. 새벽별이 비치면 사탄도 함께 나타나는데, 그것은 타락한 천사가 빛을 발하는 자이기 때문이다.

243. Ondine. 게르만과 스칸디나비아 신화에 등장하는 물의 요정 '운디네'의 프랑스어 표기. 옹딘은 짓궂은 물의 요정이며, 인간을 유혹해 익사시킨다. 옹딘의 청록색 머리카락은 물과 사랑의 마법을 상징한다. 하이네와 호프만은 라 모테 푸케(Friedrich de la Motte Fouqué)의 동화 『운디네(Undine)』(1811)에서 영감을 받아 오페라를 작곡했다. 베르트랑의 『밤의 가스파르』를 토대로 클로드 드뷔시(Claude Debussy)는 피아노 「전주곡(Préludes)」(2권, 8 「옹딘」)을 작곡했으며 모리스 라벨(Maurice Ravel)은 「밤의 가스파르: 알로이시위스 베르트랑에 따른 피아노를 위한 세 편의 시(Gaspard de la Nuit: Trois poèmes pour piano d'après Aloysius Bertrand)」를 작곡했다. 라벨의 이 작품은 「옹딘(Ondine)」, 「교수대(Le Gibet)」, 「스카르보(Scarbo)」로 구성되어 있다.

244. 베르트랑이 인용한 부분은 브뤼노의 시 「두 정령(Les Deux Génies)」(『프로뱅시알』, 8호, 5월 22일, 1828년)의 제4연이다. 시에서는 시인의 영혼을 하늘로 데려가려는 정령과 땅에 붙잡아 두려는 정령이 서로 다투고 있다. 주 106번 참조.

245. 샤를 노디에의 환상동화 『트릴비 혹은 아르겔의 꼬마 악마(Trilby ou le lutin d'Argail)』(1822)의 "들어 봐요, 잠시만 (…) 저예요"의 변형으로,

트릴비가 자신이 사랑하는 자니에게 속삭이는 대목이다.

246. 불, 흙, 공기의 세모꼴은 연금술사들에 따르면 '우주적 조화', '최상의 지식'이다.

247. salamandre. '샐러맨더'로 표기하기도 한다. 이 양서류(도마뱀)는 길지지지 않고 상처에 매우 강하다는 사실에 기인해 대중적인 미신의 대상이었다. 살라만드라는 불을 견디고 심지어 불 속에서도 살 수 있으며, 불을 내뿜기도 하는 불도마뱀으로 여겨졌다. 「밤의 가스파르」에서는 자연에 순응하며 평범하게 물속에 사는 "물도마뱀"이며, 제1서-VIII 「연금술사」에서는 "장난치고 있는" 불도마뱀(주 159번 참조)이다. 신비술의 전통에 따르면 살라만드라는 불의 정령이다.

248. Jean-Charles-Emmanuel Nodier (1780–1844). 프랑스 소설가, 아카데미 회원, 프랑스 낭만주의 문학의 탄생에 중요한 역할을 했으며, 환상문학의 대가이다. 샤를 노디에의 환상동화 『트릴비 혹은 아르겔의 꼬마 악마』는 제3서-IX 「웅딘」(주 245번 참조)에서도 인용된 바 있다. 이 제사에서 "그"는 트릴비가 아니라, 자니의 집 화로의 불꽃 안에 몸을 웅크리고 있는 트릴비를 쫓아내려고 주문을 외우고 있는 늙은 사제이다.

249. 이 작품은 "풀이 우거지고 인기척 없는 계곡에서 피워 올린 불가에서, 벌목꾼이 첫 도끼질로 떡갈나무를 흔들어 댈 무렵까지", "몇 번이고 늑대 인간처럼 미친 듯이 지그춤을 추었는지 모"르는, "향기가 풍기고 반절만 투명한 여름밤"(「밤의 가스파르」, 24쪽)의 경험을 옮겨 놓았다.

250. Henri de Latouche (1785– 1851). 프랑스의 저널리스트, 시인. 헤르더(Herder)와 괴테의 작품을 프랑스어로 번역했다. 시집 『마왕(Roi des Aulnes)』(1818)은 괴테에게서 영향을 받았다. 베르트랑은 앙리 드라투슈의 『마왕』을 제6서-II 「장 데 티유」에서도 제사로 사용한다.

251. "주방스 연못과 노트르담데탕의 암자, 정령들과 요정들의 샘, 악마의 암자, 좀처럼 사람들이 찾아오지 않는 우거진 숲 어딘가"(「밤의 가스파르」, 23쪽)를 떠올리게 하는 대목이다.

252. La Main de gloire. 초를 들고 있는, 목매달려 죽은 자의 손이다. '영광의 손'은 마법사의 주술로 교수형당한 범죄자의 손에 초를 꽂아 만들었으며 영국, 프랑스, 독일 등 특정 유럽 국가에서 16세기와 18세기 사이에 유행했다. 이 용어는 성알베르 드그랑의 글에 영향을 받아 집필된 17세기 주술서 『소(小)알베르(Le Petit Albert)』에 처음 등장했다. 『소알베르』는 1668년 처음으로

인쇄되었으며, 단조술(鍛造術)에 대한 역사가들의 견해를 기록한 책이다. 『소알베르』에 따르면, '영광의 손'은 소금물에 담근 자른 손에 초를 꽂고 죽은 자의 머리카락을 촛불 심지로 만들었다고 한다. 이 책에 따르면 '영광의 손'은 마술적 힘을 지녔고 그 음험한 빛은 사람들을 마비시키며, '영광의 손'의 불빛은 모든 문을 열 수 있고, 도둑들은 촛불이 꺼지는 것을 걱정할 필요가 없었다. '영광의 손'은 소유자에게 부와 행복을 가져다주고 질병을 막아 주는 부적이었다. 제라르 드네르발(Gérard de Nerval, 1808–55)은 1831년 『영광의 손(La Main de gloire)』을 출간했다.

253. 프랑스의 왕 샤를 6세(재위 1380–1422)는 '친애왕(le Bien-Aimé)' 혹은 '광인왕(le Fou)'으로 불렸다. 1392년 정신병에 걸려 정적인 부르고뉴파와 아르마냐크파에게 왕위를 넘겨주었다. 자크마르가 디종에 옮겨 오게 된 것은 플랑드르 지방을 점령한 로즈베크(Rosebecque) 전투(1382년) 이후 샤를 6세 치하에서였다.

254. Nicole Gilles (?–1503). 루이 11세의 법무관이자 비서였으며, 프랑스 역사서를 집필했다. 제사의 제목 '트로이전쟁부터 루이 11세까지 프랑스 연보와 연대기'는 제3서의 제목을 다시 취해 발전시킨 것이다. 제3서의 중심에는 역사가 자리하며, 연보와 연대기가 중복되고, 역사적 장면과 일화의 저장고처럼 제시된다.

255. 월터 스콧의 『마지막 음유시인의 노래(Lay of The Last Minstrel)』(1805)에 등장하는 운문 "He was waspish, arch, and litherlie, / But well Lord Carnstoun served he: / And he of his service was full fain." 구절을 프랑스어로 번역한 것이다. 변형을 가하는 동시에 운문을 산문으로 번역했다는 특징이 있다. 월터 스콧 정형시의 영어 운문을 프랑스어 산문의 형태로 번역한 것이 산문시라는 장르의 탄생에 기여했다.

256. 프랑스 왕실에는 왕의 경비를 위해 스위스 용병을 고용하는 전통이 있었다.

257. Nacbuc. '나크부크'는 발음의 유사성으로 마연의 의식을 치를 때 바치는 사탄의 '염소(bouc, 부크)'를 환기한다. 이 기괴한 낱말은 난쟁이들이 발음하는 것으로, 사탄의 말에 속한다.

258. ioup. 의성어의 일종. 난쟁이가 구사하는 이해할 수 없는 악마의 말이다.

259. 사탄의 말을 물리치기 위해 용병이 말하는 사이사이 주술을 외운다.

260. Anne de Bretagne (1477–1514). 브르타뉴의 공작 부인이자 몽포르(Montfort)와 에탕프(Étampes)의 백작 부인. 결혼을 통해 로마인들의 왕비(1490–1)가 되고, 이후 샤를 7세와 결혼하여 프랑스의 왕비(1491–8)가 된다. 그 이후에는 나폴리의 왕비(1501–3)와

밀라노의 공작 부인(1499–1500, 1501–12)이 되었다.

261. Saint-Aubin-du-Cormier. 브르타뉴 지방의 코뮌. 1488년 샤를 7세가 점령했다.

262. Olivier de Lamarche (1426–1502). 부르고뉴 지방의 연대기 작가이자 시인, 용담공 샤를의 근위대장이었다. 그의 사후인 1562년, 15세기 부르고뉴 공작의 역사와 플랑드르의 지배에 맞선 프랑스 왕국과 합스부르크 왕가 사이의 투쟁을 다룬 그의 『회고록』이 출간되었다.

263. none. 중세 시대 하루의 아홉 번째 시간. 대략 오후 3시경이다.

264. 프랑스의 왕 샤를 6세의 치하에 있던 브루게는 수차례 반란을 시도했다. 1382년 11월 프랑스군의 지원을 받은 루이 드말(Louis de Male) 백작이 반란을 일으킨 플랑드르인들을 진압했다.

265. Ganelon. 11세기 무훈시 『롤랑의 노래(Chanson de Roland)』의 등장인물. 롤랑에게 복수하려고 배반의 음모와 간계를 꾸민다.

266. 미셸앙주 마랭(Michel-Ange Marin) 신부의 『동양 사막의 교부전(Vies des Pères du désert de l'Orient)』으로, 1761년부터 1764년 사이에 출간되었다. 이 책에는 『황금 전설』의 일라리옹에 관한 언급이

등장한다. '일라리옹'은 귀스타브 플로베르의 『성앙투안의 유혹』에서 앙투안의 옛 제자로 등장하며, 악마로 변신해 지식의 욕구를 증진시키는 질문을 건네며 앙투안을 지식의 욕구에 굴복하게 만든다. 플로베르의 『성앙투안의 유혹』은 몇 가지 이유로 『밤의 가스파르』와 연관된다. 성앙투안은 시인이 "포도 농부, 꼽추 난쟁이"에게 다가가 '밤의 가스파르'가 누구며, 또한 시인이 집에 들어가는 것을 목격한 "큰 키의 갈색 머리 여인"이 누구냐고 물었을 때, "밤의 가스파르 씨는 독실한 사람들을 유혹하려고 가끔씩 젊고 아름다운 여인으로 변장한다는 겁니다, — 내 수호성인 성앙투안의 이름을 걸고 맹세할 수 있소."(40쪽)라고 대답하는 도입부의 이야기에도 등장한다. 제3서-II 「스카르보」 참조.

267. schisme. 교리상의 차이로 분열한 '이단'이 아니라, 기독교에서 하나였던 종교 단체에서 이탈한 단체나 운동을 뜻한다.

268. chérubin. 기독교나 유대교에서 구품천사 가운데 두 번째로 높은 품계에 속하는 천사. 아기 천사의 모습으로 묘사된다.

269. Aliénor d'Aquitaine (1122–1204). 서유럽의 중세 전성기에 가장 부유하고, 가장 큰 권력을 지녔던 공작. 프랑스 왕 루이 7세의 왕비였으며, 잉글랜드 왕

헨리 2세의 왕비이자 헨리 2세의 아들인
리처드 1세와 존을 낳은 모후이기도 하다.

270. 베르트랑은 이 작품의 초고에
해당되는 작품을 1828년 5월
『프로뱅시알』지에 발표했으며, 이때
'대부대(les Grandes Compagnies)'에
관해 설명한 바 있다. 베르트랑에
따르면 '대부대'는 백년전쟁 당시
브레티니조약(1360년)을 체결한 이후
해고된 병사들로 구성된 부대이다.
이들은 이 평화조약을 거부하고 로렌과
부르고뉴 지방을 약탈했으며, 샤를 5세는
1365년 총사령관 베르트랑 뒤게클랭에게
이 부대를 없애 버리라고 지시한다.
게클랭은 무력을 사용하지 않고 자신을
따라 에스파냐로 가도록 이들을 설득하는
데 성공한다. 이 작품은 바로 이 순간을
기술한다. 대부대는 고용주가 없는 평화
시에는 주민들을 약탈하며 살아갔으며,
그 때문에 이들은 '거리의 약탈자'라는
의미의 '루티에(routier)'라고 불렸다.

271. 요엘이 예고하는 것은 대지를
습격하는 재난이다. 베르트랑은
이 재난을 '대부대'와 동일시한다.
「요엘서」 2장 9절에 해당하는
부분으로, 라틴어로 적혀 있는 제사를
번역한 것이다. 베르트랑은 2장, 5절,
9줄이라고 표기하고 있으나 오기로
추정된다. "드디어 성 안으로 들어간다.
성벽을 뛰어넘고, 건물을 기어오르고,
도둑처럼 창문을 넘어 집 안으로
쳐들어간다."(대한성서공회 개역 성경,
「요엘」, 2장 9절)

272. Charles V (1338–80). '현명왕'이라
불렸으며 1364년에 프랑스 왕이 되었다.

273. Bertrand du Guesclin (1320–80).
백년전쟁 당시 프랑스의 총사령관.

274. merle à la pipée. '먹이 소리를 내는
미끼 새로 사냥하다'라는 의미를 지닌
관용어구.

275. David d'Angers (1788–1856).
프랑스의 조각가. 빅토르 위고는 『가을
낙엽(Feuilles d'automne)』(1831)에 실린
시 「조각가, 다비드 씨에게」를 다비드
당제에게 헌정했다. 다락방 생활에
익숙한 그는 베르트랑의 친구였으며,
베르트랑에게 정신적이고 물질적인
지원을 아끼지 않았다.

276. 베르트랑이 중세 시를 패러디한 것.

277. 나병환자가 접근하는 사람들에게
경고하기 위해 들고 다니던 종.

278. 샤를 노디에를 가리킨다.

279. 이 제사는 시인에게 영감을 준
동화, 이야기, 연대기, 회상, 종교적 예언,
중세의 단시나 발라드 등의 역사적
장르를 시와 대중문학과 연결 짓고
있음을 드러낸다. 「어느 애서가에게」는
이러한 여러 장르와 '경이로운 전설들'을
결합한다. 책은 하나의 기억이자 이
기억의 모음이며, 역사 속에서 증언하고,
불멸의 기억으로 남겨져 영원히

존재하는 기사는 오로지 픽션과 시로 이루어진 공간인 책 속에서만 존재한다.

280. 1545년부터 1563년까지 이탈리아의 트렌토와 볼로냐에 소집된 로마가톨릭교회의 공의회. 종교개혁이라고 불리는 사건으로 인한 프로테스탄티즘의 출현에 자극받은 반종교개혁의 전형으로 묘사된다.

281. 『신약성서』에 따르면, 골고다 언덕을 오르는 동안 그리스도를 돕지 않았다는 이유로 온 세상을 쉬지 않고 방황해야 하는 벌을 선고받은 전설의 인물. — 원주

282. Geneviève de Brabant. 자크 드보라진(Jacques de Voragine, 1228–98)의 『황금 전설(La Légende dorée)』에 처음 등장한 중세의 대중적인 전설의 여자 주인공. 간통으로 남편에게 고발당해 억울한 누명을 쓰고 아이들을 데리고 숲으로 피신한다.

283. 첫 번째 제사는 1830년대 낭만주의와 낭만주의 유형의 이야기, 예를 들어 1830년 출간된 뮈세의 『에스파냐와 이탈리아 이야기』(제5서의 제목이 뮈세의 작품을 환기하는 것은 우연이 아니다.) 등을 반대하는 데 몰두한 글의 문체를 조롱한다. 베르트랑은 이러한 패러디를 제5서의 내용으로 삼으며, 풍자와 아이러니의 재능을 발산한다. 두 번째 제사는 알프레드 드비니(Alfred de Vigny, 1797–

1863)의 「감옥(La Prison)」에서 발췌한 것이며, 『고금시집(Poèmes antiques et modernes)』(1823)에 실렸다. 「감옥」은 '사제'와 철 가면을 쓴 '죽어 가는 사람' 사이의 대화로 이루어진 장시이다. 늙은 사제는 "영원한 은둔자"에게 역설적인 자유, 즉 그가 생각하고 꿈을 꿀 자유를 제공하면서, 더 이상 "빗장"이 채워지는 소리를 듣지 않게 해 준다.

284. 죽은 자의 머리는 화가들이 수도원 독방을 그릴 때 반드시 포함되는 부속물이었다.

285. 이 제사는 샤토브리앙의 기사도풍 중편소설 「마지막 아방세라주의 모험(Les Aventures du dernier Abencerage)」(1826)에서 가져왔다.

286. arrièros. 에스파냐어로 '노새 부리는 자'를 뜻한다.

287. 중세 말기부터 순례자의 노래 중 가장 유명한 곡이 되었으며, 하나 이상의 형제단이 작곡해 14–7세기에 발전했다.

288. Notre-Dame d'Atocha. 마드리드의 수호성인. '노트르담 다토차'는 17세기에 아토차 거리에 지어진 마드리드 대성당의 이름이기도 하다.

289. hidalgo. 에스파냐와 포르투갈에서 귀족 신분을 지칭하는 말로, 주로 작위가 없는 귀족을 뜻한다.

290. Cienfugos. 현재 쿠바 남부의 해안 도시. 키로스(Quirós)의 아스투리아스(Asturias) 평의회 교구 중 하나이다.

291. Pedro Calderón de la Barca (1600–81). 에스파냐의 극 시인이자 역사적이고 종교적인 주제를 다룬 희곡작가.

292. Santillana. 에스파냐 북부에 위치한 작은 도시.

293. Salamanca. 마드리드 동쪽으로 200킬로미터 떨어진 카스티야 지방에 위치한 도시.

294. Trappistes. 성베네딕토의 규율을 따르는 가톨릭교회의 관상수도회.

295. Lope de Vega Carpio (1562–1635). 에스파냐의 극작가. 수많은 종교극과 희극을 썼으며 '국민 연극(Teatro nacional)'의 확립을 통한 연극의 대중화를 이뤄 냈다. 로페는 '운명'에 대한 새로운 명상으로 「아로카 후작」의 제사에 등장한 칼데론을 따라가나, 이번에는 '돈이 아니라 '운명'이라는 의미에서이다. 베르트랑은 에스파냐의 연극에서 빌려 온 이 두 시를 각각 「아로카 후작」과 「엔리케스」의 제사로 사용해 이 두 작품 사이의 실질적인 연관성을 강조한다. '아로카 후작'이 「엔리케스」의 세 번째 연에 다시 등장하는 것처럼, 하나의 이야기가 두 작품에서 이어지며 제5서를 일종의 '연대기'로 만든다.

296. Médina-Coeli. 마드리드 북동부 소리아(Soria) 근처에 이 이름의 대가족으로 이루어진 마을이 있다.

297. 베르트랑이 인용한 「에스파냐 가요(Chanson espagnole)」는 「경보」와 「아로카 후작」, 그리고 「엔리케스」를 "반지"의 모티프로 연결하며, 제5서의 첫 다섯 작품을 에스파냐 '연대기'의 단편적인 총체로 구현한다. "도나 이네스"는 샤를 노디에의 「이네스 드 라스 시에라(Inès de las Sierras)」(1837)를 상기한다. 살해당한 이 여성 등장인물, 이네스 드 라스 시에라는 테오필 고티에의 『칠보와 나전(Émaux et camées)』과 『이네스 드 라스 세라(Inès de Las Serras)』(1851)에서도 등장해 낭만주의 작가들을 매료시켰다.

298. Posada. 에스파냐의 작은 여인숙. — 원주

299. guérillas. 1808–18년 프랑스 군대를 공격하기 위해 결성된 유격대 병사.

300. dragons jaunes. 중세(15세기 경)에 결성된 군대 중 하나로 처음에는 기마 저격수를 지칭했으며, 17세기와 18세기 초에 이르러 전통적으로 지상에서 전투하도록 훈련받았으나 이동시에 말을 이용했기에 기병으로 불렸으며, 이 명칭은 발사 시 방출되는 연기가 '용' 모양을 닮은 짧은 머스킷 부대에서 사용했기에 붙여졌다. 평상시 경비대나 경찰의 기능을 수행하였다.

301. 주 89번 참조.

302. Padre Pugnaccio. '호전적인'을 뜻하는 'pugnace'를 변형한 이탈리아식 이름 'pugnaccio'와 '아버지'를 뜻하는 이탈리아어 'padre'를 조합해 만든 가공의 인물.

303. 두 제사가 제5서의 '이탈리아' 부분을 연다. 첫 번째 제사는 당시 유행하던 장르인 '이탈리아 여행기'를 소환해, 그 문체와 그곳 사람들을 패러디한다. 두 번째 제사는 대중 속담이다. 이 두 제사는 서로 분리할 수 없다. 첫 번째 제사의 "시민", "경관", "수도사"는 두 번째 제사에 언급된 "크게 웃는다"라는 카니발의 규칙에 따라 웃는, 시의 마지막 연에 등장하는 교부 푸냐치오("교부 푸냐치오의 넓은 소매에 숨어 있던, 악마가, 풀치넬라처럼 비웃었더라!")처럼, 모두가 카니발에서 서로 바꿔 쓸 수 있는 가면들일 뿐이다.

304. mantilla. 에스파냐 여성들이 머리에 쓰는 베일이나 스카프. 종교 행사 때는 검은색, 축제 때는 흰색을 사용한다.

305. piastre. 16세기 베네치아공화국의 상인들이 사용하던 통화. 이후 에스파냐, 터키, 인도차이나의 은화로 쓰였다.

306. 주 104번 참조.

307. 이 제사는 영국 시인 바이런 (George Gordon Byron, 1788–1824)의 장시 「차일드 해럴드의 순례(Childe Harold's Pilgrimage)」 4부 3연에 등장하는 가면의 모티프를 반복한다.

> "Nor yet forget how Venice once was dear,
> The pleasant place of all festivity,
> The revel of the earth, the masque of Italy!
> (한때 베네치아가 얼마나 사랑스러웠는지 아직 잊지 마세요,
> 모든 축제의 즐거운 장소,
> 대지의 향연, 이탈리아의 가면!)"

제사는 바이런의 시를 '번역'하면서 제5서를 베네치아로 이동시킨다. "모든 축제의 즐거운 장소"이자 "대지의 향연"이 펼쳐지는 베네치아를 베르트랑은 낭만주의의 카니발로 전환한다.

308. '탬버린'을 일컫는다.

309. polenta. 이탈리아에서 유래한 옥수수나 밤 가루 요리로, 주로 뜨거운 죽으로 제공된다.

310. Arlecchino. 광대 '아를캥 (Arlequin)'을 뜻하는 이탈리아어. 주 156번 참조.

311. 바이런의 「차일드 해럴드의 순례」 4부 3연과 4연의 "모든 시대와 모든 국가, (…) 아를캥과 광대들"의 의상과 가면을 나열하는 대목을 차용했다.

312. inquisiteur. 종교재판관. 여기서는 정부에 대항하는 음모를 발견하고 방지하는 책임이 있는 베네치아공화국의 사법관을 의미한다.

313. silves. 서로 별다른 관계가 없는 다양한 주제의 문학작품 모음집. 라틴문학에서는 개별 운문을 모은 작품집을 의미했다.

314. 베르트랑의 옛 친구였던 앙투안 마리 로드레르(Antoine Marie Roederer, 1782–1865)를 가리킨다. 수많은 역사·정치·경제 연구서뿐만 아니라 희곡도 집필했다.

315. Johann Heinrich Voss (1751–1826). 독일의 시인, 비평가, 번역가. 호메로스의 「오디세이」와 「일리아드」를 독일어로 번역했다.

316. Jean des Tilles. '티유강의 장'이라는 뜻으로, 샤를 노디에의 '트릴비'와 닮아 악의적이라기보다는 장난꾸러기에 가깝다. "쉬종 강가에서 빨래하는 여인들"(23쪽)을 놀리는 물의 요정. 초고의 제목은 '빨래하는 여인들(Les Lavandières)'이었으며, 1828년 『프로뱅시알』지에 발표되었다.

317. 「장 데 티유」는 앞선 「나의 초가」의 "마가목"과 "나무들"에 이어 "늙은 버드나무 줄기와 늘어진 가지"에 초점이 맞춰진 제사로 시작한다. 앙리 드라투슈가 번역한 괴테의 장시

「마왕」은 제3서-XI「마연의 시간」의 제사(주 250번 참조)에서 인용된 바 있다. 프랑스 작가 로드레르 남작(「나의 초가」에서 제사로 인용되고 이어지는 작품 「10월」에서 헌정된다.)과 독일 시인 보스 남작(「나의 초가」에서 제사로 인용된다.)은 앙리 드라투슈가 독일에서 받은 영감을 통해 하나로 합쳐진다. 앙리 드라투슈가 번역한 괴테의 시는 극도로 어둡고 비참하며, 따라서 제사는 위협적인 분위기를 불러일으키는 기능을 한다. 베르트랑의 시는 이 분위기를 고조시켜 나간다.

318. 앙투안 마리 로드레르. 주 314번, 317번 참조.

319. Alphonse de Lamartine (1790–1869). 시인, 소설가, 희곡작가. 이 제사는 라마르틴의 『명상 시집 (Méditation poétique)』 스물아홉 번째 작품에 등장하는 시구 "안녕! 아름다운 마지막 나날들아(Salut! derniers beaux jours)"에서 취해 왔다. 베르트랑은 "안녕"을 "잘 가라(Adieu)"로 변형하며 가을을 마지막에 대한 불안의 계절로 표현한다.

320. petit savoyard. '사부아 지방의 아이'로 '어린 굴뚝 청소부'를 의미한다. 산악지대 사부아 아이들의 귀환은 겨울이 왔음을 나타낸다. 이 표현은 사부아 아이들이 산에서 내려와 굴뚝을 청소하러 마을로 오는 전통에서 유래했다.

321. fève. 1월 6일 주현절에 내놓는 케이크 '갈레트' 안에 하나만 들어 있는 작은 인형 과자.

322. 사순절 첫째 날인 '재의 수요일'에 사제는 참회의 의미로 신자의 이마에 재로 점이나 십자가를 그렸다.

323. 디종에서 반 리외 정도 떨어진 곳. — 원주 ['죽은 염소'를 뜻한다. 주 35번 참조.]

324. 샤토브리앙의 서사시 『순교자들(Les Martyrs)』(1809)의 10권. 베르트랑은 샤토브리앙의 시 일부를 발췌해 '종말과 고뇌'라는 모티프를 강조한다. 시인의 여정은 "가시"의 길이다. "사막"이라는 단어는 점점 더 커지는 고립과 증폭되는 공허함을 강조하는 것 외에도, 제4서-V 「독일 기병」의 제사 『사막의 교부전』(주 266번 참조)을 참조하게 한다. 샤토브리앙의 『순교자들』은 「셰브르모르트의 바위 위에서」와의 상호텍스트성 속에 시를 구성하는 반복적인 요소로 자리 잡는다.

325. 요한은 성경(「요한복음」1장 23절)의 말씀에 따라 그리스도의 도래를 예고하고, 사막에서 고독한 설교를 했다.

326. Samuel Taylor Coleridge (1772-1834). 영국 시인. 1789년 윌리엄 워즈워스(William Wordsworth, 1770-1850)와 함께 영국 낭만주의 문학의 효시로 일컬어지는 『서정가요집(Lyrical Ballads)』을 출간했다.

327. 겟세마네 동산에서 예수가 하나님께 거두어 줄 것을 기도한 잔이며, 이 "쓰디쓴 잔"은 예수를 기다리는 죽음의 시련이다.

> "그때에 예수께서 제자들과 함께 겟세마네라고 하는 곳으로 가서 제자들에게 말씀하셨습니다. '내가 저기에 가서 기도하는 동안 여기 앉아 있으라.'
> 예수께서 베드로와 세베대의 두 아들을 데리고 가셨습니다. 예수께서는 슬픔에 잠겨 괴로워하셨습니다.
> 그때에 예수께서 그들에게 말씀하셨습니다. '내 마음이 너무 괴로워 죽을 지경이다. 너희는 여기 머물러 나와 함께 깨어 있도록 하라.'
> 예수께서 조금 떨어진 곳으로 가셔서 얼굴을 땅에 파묻고 엎드려 기도하셨습니다. '내 아버지, 할 수 있다면 이 잔을 내게서 거둬 주십시오. 그러나 내 뜻대로 하지 마시고 아버지의 뜻대로 하십시오.'"(「마태복음」26장 '겟세마네의 기도')

328. 이 작품은 장바티스트 그랭빌 (Jean-Baptiste Grainville, 1746-1805)의 『최후의 인간(Dernier Homme)』과 유사하다. 인류의 종말 이후 유일하게 살아남은 남자와 여자는

최초의 인간 아담의 충고로 출산을
거부한다.

329. Louis-Antoine Tenant de Latour
(1808–81). 베르트랑의 친구이자 시인,
에스파냐 문학 번역가.

330. 라마르틴의 『명상 시집』 스물한
번째 시 「믿음(La Foi)」의 시구. 「제2의
인간」은 성경과 라마르틴의 시를
인용하며 '믿음'과 죽음에 머물려는
어떤 의지에 대한 '명상'으로 시작한다.
베르트랑은 라마르틴의 시를 통해
세상에 대한 깊은 환멸을 고백하며
시작해, 시집 전체를 비관적인 메모로
마무리한다. 이 제사에서 부활의
가능성을 일절 부정한다는 점에서 '제2의
인간'은 최후의 인간이다. 시집의 끝은
따라서 인류, 인간 세상의 끝이기도
하다. 이 산문시에서 후렴구로 반복되는
"비탄에 젖은 여호사밧"은 최후의
심판이 있을 골짜기를 의미하며, 「제2의
인간」의 예루살렘은 「요한계시록」의
예루살렘이다. 그러나 시집은 '창조'로
끝맺는다.

331. 여호사밧은 분열된 유다왕국의
4대 왕으로, 신을 숭배하고 옳은 일을
해 히스기야 다음으로 유다에서 위대한
왕으로 꼽힌다. 여호사밧 골짜기는
「요엘서」에 따르면 하나님이 마지막
날에 인간을 심판할 장소이다("민족들은
일어나서 여호사밧 골짜기로
올라올지어다. 내가 거기에 앉아서
사면의 민족들을 다 심판하리로다."

「요엘서」 3장).

332. '아멘'을 뜻한다.

333. 「요엘서」 3장, "해와 달이 캄캄하며
별들이 그 빛을 거두도다", "여호와께서
시온에서 부르짖고 예루살렘에서
목소리를 내시리니 하늘과 땅이
진동하리로다".

334. 이 시집을 여는 「빅토르 위고
씨에게」와 마지막 시 「샤를 노디에
씨에게」는 모두 1836년 9월 20일
파리에서 쓰였다.

335. Jean de Joinville (1224–1317).
중세 프랑스의 역사가. 루이 9세의 전기
『성자 루이(Saint Louis)』와 『회상록』
등을 집필했다.

336. jeton. 노름판에서 쓰이는 가짜 동전.

337. 베르트랑이 사망하자, 다비드
당제(David d'Angers)가 병원에서 받아
놓았던 원고를 빅토르 파비(Victor
Pavie)가 건네받아 『밤의 가스파르』
초판에 함께 실었다.

338. alcalde. '재판관 겸 시장'을
의미하는 에스파냐어.

339. 제5서 「에스파냐와 이탈리아」의
시편들과 이 작품을 연관 짓는 제목이다.
이 프랑스어 운문 「에스파냐 로망스」는
베르트랑이 지어낸 것으로 보이며,

알프레드 뮈세의 시집『에스파냐와 이탈리아 이야기』의 시들에 어울린다.

340. 터키나 알제리 같은 이슬람 국가가 배경이다. 베르트랑은 위고의『동방 시집(Les Orientales)』(1829)을 참고했을 것으로 보인다.

341. 그라나다 알람브라궁전의 '사자의 정원(Patio de Los Leones)'에 있는 샘. 알폰소 8세(Alfonso VIII, 1155–1214)는 카스티야의 왕이자 톨레도의 왕(재위 1158–1214)이다. 1212년 라스나바스 데 톨로사 전투에서 알모하드(무와히드) 군대를 물리쳤으며, 이 사건은 이베리아반도에 기독교 패권의 물결이 도래했음을 알렸다.

342. 시는 1820년대에 유행했던 전설 이야기, 예를 들어 노디에의 콩트나 위고의 몇몇 발라드(1824년 출간되어 1828년 '발라드' 연작의 출발점이 된 『새로운 오드[Nouvelles Odes]』의 「한 요정[Une fée]」)에서 영향을 받았다. 베르트랑 자신도 1827년 운문시 「천사(L'Ange)」를 쓴 바 있다. 대천사는 시인을 가엾이 여긴 요정에게 자신의 사랑을 확인하러 내려온다.

343. 위고의『동방 시집』서른여덟 번째 시「칼리프의 시인(Le Poète au Calife)」의 구절. 이 작품에 등장하는 술탄 누르딘은 신의 은총으로 가득하나 이따금 침울에 빠진다.

344. quenouille. 일반적으로 나무나 고리버들로 만든 막대. 머리 부분이 부풀어 오르거나 갈라진 모양으로 장식되어 있으며, 과거에는 방적할 직물을 고정하는 데 사용되었다. 제3서-IV「난쟁이」참조.

345. 이 작품의 주제는 베르트랑의 희곡집『다니엘: 3막극 드라마-발라드(Daniel: drame-ballade en trois actes)』와 연관된다. 3막으로 된 이 연극은 '다니엘'이라고 불리며, 베르트랑의 유일한 희곡 작품이다. 2017년 레로(Lérot) 출판사에서 출간되었다. 연보 참조.

346. 빅토르 위고의『오드와 발라드(Odes et balldes)』(1828)에 실린 스물네 번째 작품「여름비(Pluie d'été)」의 첫 연.

347. 제6서-III「10월」에 등장하는 "굴뚝 청소부 사부아 아이들"과 비교할 수 있다.

348. 숲속의 동물들을 환기하는 2연과 3연은 위고의 같은 작품의 2연과 3연을 상기한다.

349. 독일 전설에 등장하는 환상적 인물.

350. "식인귀 마녀"는 제1서-VI「다섯 손가락」에도 등장한다.

351. 끈끈이를 칠한 작은 새잡이용 막대로, 사냥에서 쓰였다고 한다.

352. 빅토르 위고의 「리라와 하프(La Lyre et la Harpe)」(『오드와 여러 시편들 [Odes et poésies diverses]』, 1822)에서 인용. 위고는 이 시에서 세속적인 리라(앙드레 셰니에)와 신비로운 하프(라마르틴)가 대화하게 만든다. 이 제사의 정확한 구절은 "성스러운 신비로 맺어진 어둠 속 두 존재가 / 대지 위로 사랑을 나누며 지나간다 / 마치 하늘에서 추방당한 두 사람처럼."이다.

353. 앙드레 셰니에(André Chénier, 1762–94)의 『목가시(Bucolique)』(1824) 스물두 번째 시에서 취했다. 완전한 구절은 "베네치아가 바다의 여왕인 해변 근처에"이다.

354. 베네치아의 대운하.

355. 기사가 자객에게 살해되었다고 생각할 수는 있다.

356. 마리 드브르타뉴(Marie de Bretagne), 몽바종 공작 부인(1612–57)은 숱한 연애의 주인공이었다. 그중 제2서-V 「세련된 남자」에서 베르트랑이 마리옹 드로름에 팔에 매달린 자로 묘사한 롱그빌 공작에게 사랑받았다. 베르트랑은 이 작품을 제2서 「옛 파리」에 넣을 것을 고려한 바 있다. 또한 이 여인은 샤토브리앙의 『랑세의 삶(Vie de Rancé)』에서도 언급되었다.

357. 생시몽의 『회상록(Mémoires)』 (1829)에서 발견되지는 않는다.

358. 고통으로 몸이 떨리는 것에 대한 은유.

359. 1828년 9월 12일 『프로뱅시알』지에 발표할 당시 제목은 '표주박과 플라졸렛 (La Gourde et le flageolet)'이었다.

360. Les Enfants Sans-Souci. 15세기 말 소극(笑劇) 공연을 위해 결성된 파리의 형제단. 단원들은 분노한 주교들에게 교회 밖으로 쫓겨나도 광장에 모여 놀이를 계속했다. 절반은 노란색, 절반은 초록색으로 궁정의 광대처럼 옷을 입었고, 머리에 당나귀 귀가 달린 방울 모자를 썼으며, 손에는 망토를 들고 있었다.

361. 제3서-V 「달빛」(제사 및 주 225번 참조)에도 등장하는 페르디낭 랑글레의 우화집 『트루바두르의 시 이야기, 중세의 발라드, 우화시, 전설』(1828)에서 취했다.

362. gai savoir. 트루바두르(음유시인)의 시, 시작 술을 의미한다.

363. Montlhéry. 파리 남부 에손(Essonne)주에 위치한 도시 위르푸아(Hurpoix)의 옛 성으로, 루이 6세가 파괴했다.

364. 중세에는 유월절 어린 양이 새겨진 금화를 만들었다.

365. Marsannay. 디종 근처의 도시로, 기사단 부대가 있었다. "보프르몽의 호인

311

남작님들"(「밤의 가스파르」, 28쪽) 중 한 명인 피에르 보프르몽이 여기서 1441년 창 시합을 열었다.

366. 위고의 『동방 시집』 열여섯 번째 시 「패배한 전투(La Bataille perdue)」.

367. mousquet. 구식 화승총, 조총. 16세기에 이르러 화승총(arquebuse)로 바뀌었다. 1611년 네덜란드에서 처음 등장했으며, 17세기 중반 에스파냐와의 전쟁에서 루이 14세가 그 위력을 보고 프랑스에서도 널리 사용하게 되었다.

368. Wolgast. 독일 메클렌부르크-포어포메른주(州)의 도시 이름이자 전략적 진지로, '우제돔섬으로 가는 관문'으로 불린다. 베르트랑은 17세기 독일군과 스웨덴군에 포위되었던 연대기 속 전쟁을 기술한다.

369. 제3서-VIII 「나의 증조부」의 제사로도 인용된 저서. 주 241번 참조.

370. Older. 총 길이 854킬로미터에 이르는 중부 유럽의 강. 체코가 발원지로 폴란드 남서쪽으로 흐르며, 독일과 폴란드 사이의 자연 경계를 만든다.

371. 요새 벽을 뚫어 해자를 내려다보게 만들어 놓은 숨겨진 문.

372. 이 작품은 렘브란트의 「가죽 벗긴 소」(1655)와 동시대 프랑스 작가이자 드라마 비평가인 가브리엘쥘 자냉(Gabriel-Jules Janin, 1804–74)의 괴기소설 『죽은 당나귀와 기요틴에 처형된 여인(L'Âne mort et la femme guillotinée)』(1829), 빅토르 위고의 『노트르담 드 파리』의 마지막 장, 몽포콩에서 벌어진 전쟁 이야기 사이에서 반향한다.

373. 이 블랙 유머 이야기는 베르트랑이 지어낸 것이며, "무덤 파는 자"(셰익스피어의 『햄릿』에 등장하는 인물)와 "가죽 벗기는 자"(「밤의 가스파르」에 등장하는 'pialey', 즉 '죽은 말의 가죽을 벗기는 일에 종사하는 사람', 주 26번 참조)로 무대를 꾸민다.

374. 베르트랑은 제라르 드네르발이 번역한 괴테의 『파우스트』를 인용하지는 않는다. 파우스트와 메피스토펠레스가 검은 말에 올라타 한밤중에 달리면서, 파우스트가 "형벌의 장소 주위를 돌아다니고 있는 자는 누구냐?"고 말하는 대목이다.

375. 주 214번, 215번 참조.

376. aune. 옛 길이의 단위, 1,188미터. 1837년에 폐지됐다.

377. 베르트랑은 동일한 제목의 작품을 쓴 바 있다. 호프만의 『야화집』에 관해서는 제3서-II 「스카르보」(주 215번)를, 스카르보에 관해서는 제3서-I 「고딕식 방」, II 「스카르보」, III 「미치광이」를 참조할 것.

378. 제3서-V「달빛」에 등장하는 "카롤루스 금화처럼 생긴 코를 가진 달을 바라본다"라는 표현과 비교해 볼 수 있다.

379. 실을 뽑을 때 사용하는 도구로 가운데에 구멍이 뚫려 있으며, 이 구멍에 긴 둥근 막대를 끼워 축을 만들고 섬유를 축에 이어 회전시켜 꼬인 실을 만든다.

380. 이 헌사 제목은 빅토르 위고에게 바친 『밤의 가스파르』의 첫 시와 샤를 노디에에게 바친 마지막 시와 호응한다. 베르트랑의 마지막 순간을 함께했던 조각가 다비드에게 바친 이 시는 유언과 같은 형태를 띠며, 베르트랑이 마지막으로 집필한 작품이다.

381. 이 제사는 시인 질베르(Nicolas-Joseph-Laurent Gilbert, 1750–80)의 유명한 작품「불행한 시인, 혹은 돈에 사로잡힌 재능(Le Poète malheureux, ou le génie aux prises avec la fortune)」에 등장하는 구절이다.

382. 도상학이나 종교 조각품에서 상징의 삼각형은 삼위일체를 표현한다.

383. savonnette à vilain. '수상한 방법으로 귀족의 작위를 사들이다'라는 뜻의 속담.

384. 시인에 대한 이 비유는 "온전한 독창성이란 숭고하고 벼락이 내리치는 시나이산의 둥지에서만 제 알의 껍질을 깰 뿐인 새끼 독수리와 같은 것"(「밤의

가스파르」, 37쪽)에도 등장한다.

385. 삽화의 메모들과 마찬가지로 베르트랑은 편집자에게 이러한 지침을 당부했다. 베르트랑 게강(Bertrand Guégan)이 1925년『밤의 가스파르』를 출간하면서 이 텍스트를 삽입했다.

386. 수고본은 270쪽에 불과하다. 수고본을 완성하려는 목적으로 작품의 마지막에 지나치게 많은 양의 주석을 덧붙이는 걸 바라지는 않는다. ― 원주

387. 현재의 파리 11구 아믈로가(rue Amelot).

388. 제3서의「난쟁이」.

389. 제3서의「스카르보」.

390. 알로이시위스 베르트랑,「밤의 가스파르를 위한 빅토르 파비의 안내문 (Prospectus de Victor Pavie pour Gaspard de la Nuit)」,『밤의 가스파르: 렘브란트와 칼로 풍의 환상곡』,『전집』, 헬렌 하트 포컨버그 편집, 오노레 샹피옹, 2000년, 380–3쪽.

391. 1928년 베르트랑이 빅토르 위고의 집에서 정기적으로 열리던 모임에 참석했을 때 낭독했던 작품. 원제는 '모팽 경의 임종의 순간과 죽음, 마법의 성직자(L'Agonie et la mort du sire de Maupin, clerc en magie)'이다.『죽음의 동화들―낭만적 시체, 선집(Contes de

la mort—Le Cadavre romantique,
Anthologie)』(그랑빌[Grandville],
토니 조아노[Tony Johannot]·앙리
모니에[Henri Monnier] 삽화, 오트르
출판사[Editions des Autres], 1979) 참조.

392. 「라자르 대장」의 초고 격인 시,
「레이드의 꼬마(L'Écolier de Leyde)」의
2연에 등장하는 구절. "그가 자신의 돈
상자에 앉아 있다, 반(半) 플로린화(貨)를
세기 위해, 레이드의 가엾은 꼬마,
나는, 모자를 쓰고 구멍 난 속바지를
입고, 말뚝 위의 학처럼 한 발로 서
있다."(알로이시위스 베르트랑, 같은 책,
299쪽) 베르트랑은 이 작품도 1928년
빅토르 위고의 집에서 낭송한 바 있다.

393. 「모팽 경의 임종의 순간과 죽음,
마법의 성직자」의 4연에 등장하는 구절.
같은 책, 480쪽.

394. 제1서-II 「석공」에 등장하는 석공
'크뉘페르'는 '만하임'과는 아무런 관련이
없다. 파비가 여기서 언급한 '만하임'은
베르트랑의 글 어디에서도 찾아볼 수
없다.

395. 폴 라크루아(Paul Lacroix, 1806–
41). '애서가 자콥'으로 더 알려진 그는
중세와 고전의 명작들을 출간했으며,
박식한 자유 기고가였다.

『밤의 가스파르』, 최초의 산문시[*]

> 베르트랑을 취할 것, 거기서 우린 모든 걸 발견한다!
> ─스테판 말라르메[**]

> 베르트랑은, 매우 의식적인, 장르의 창조자이다.
> ─ 장마리 샤페[***]

자크 루이 나폴레옹 베르트랑(Jacques Louis Napoléon Bertrand)이 알로이시위스 베르트랑(Aloysius Bertrand)이라는 가명으로 발표한 산문시집 『밤의 가스파르』는 1841년 4월 29일 저자가 사망한 이후 한 해가량이 지난 1842년 10월 1일에 빅토르 파비가 출간을 알리며 작성한

---

[*] 이 글은 조재룡(Jae-Ryong Cho), 「산문시의 이론적 관건들: 역사적 계보(알퐁스 라브, 알로이시위스 베르트랑에서 샤를 보들레르까지)와 이론적 계보(알로이시위스 베르트랑, 샤를 보들레르에서 스테판 말라르메까지)(Les enjeux théoriques du poème en prose : filiation historique [d'Alphonse Rabbe, Aloysius Bertrand à Charles Baudelaire] et théorique [Aloysius Bertrand, Charles Baudelaire et Stéphane Mallarmé]」, 박사학위 논문, 파리8대학(2002년 2월 2일)을 상당 부분 차용했다.
[**] 스테판 말라르메(Stéphane Mallarmé), 「1865년 12월 30일 편지」, 『서한집(Correspondances)』, 파리, 갈리마르(Gallimard), 1959년, 196쪽.
[***] 장마리 샤페(Jean-Marie Schaeffer), 『문학 장르란 무엇인가(Qu'est-ce qu'un genre littéraire)』, 파리, 쇠유(Seuil), 1989년, 169쪽.

안내문과 11월에 생트뵈브가 집필한 서문*과 함께 출간되었다.『밤의 가스파르』의 출간 현황은 다음과 같다.

1. 『밤의 가스파르: 렘브란트와 칼로 풍의 환상곡』, 앙제, 빅토르 파비 출판사, 1842년; 생트뵈브의 서문과 빅토르 파비의 알림문이 함께 출간된 초판본이다. 작가의 수고본을 충실하게 반영했다고 보기 어려우며(특히 베르트랑이 중점을 둔 문장부호를 상당 부분 반영하지 않음), 작품도 베르트랑이 남긴 전작에서 일부를 추려 발간했다.

2. 『밤의 가스파르: 렘브란트와 칼로 풍의 환상곡』, 파리-브뤼셀, 팽스부르드(Pincebourde), 1868년; 샤를 아슬리노(Charles Asselineau)가 초판본에 실리지 않

---

* 생트뵈브의 「초판에 붙인 생트뵈브의 해제(Notice de Sainte-Beuve pour l'édition originale)」는 베르트랑의『밤의 가스파르』에 관한 최초의 비평문으로, 1842년 7월『르뷔 드 파리(Revue de Paris)』지에 발표되었으며, 『밤의 가스파르』 출간에 맞추어 작품과 함께 실렸다. 자크 보니(Jacques Bony)의 판본(2005년)에 실린 글을 쪽수와 함께 표시한다. 한편 'Aloysius'의 발음은 [alojsjys] 즉 '알로이시위스'다. 생트뵈브는 「초판에 붙인 생트뵈브의 해제」 348쪽에서 트레마를 붙여 'Aloïsius'로 표기했는데, 이는 베르트랑이 가명을 사용할 당시의 표기에 따른 것이다. 트레마가 두 모음을 분리해서 읽으라는 표시이듯, 'oy'는 ([wa]가 아니라) 'o'와 'y'를 분리하여 [oj]로 읽는다. Aloysius라는 이름의 정확한 어원은 밝혀진 바 없으나, 일반적으로 Louis(프랑스어), Lewis(영어), Ludwig, Ludovic(독일어), Luigi(이탈리아어) 등과 같은 계열의 이름으로 여긴다. 또한 'Aloïs'(라틴어 Alosius)와 동일한 어간을 갖기에 첫 부분은 '알로이'로 읽어야 하며, 라틴어 이름이 아니라 라틴어식으로 변형시킨 이름이므로 프랑스어로 읽을 때 '-us'는 '우스'가 아니라 '위스'로 소리 난다.

은 원고를 모으고 운문시 일부를 포함해, 소개 글을 붙여 출간한 증보판이다.

3. 『밤의 가스파르: 렘브란트와 칼로 풍의 환상곡』, 파리, 파요(Payot), 1925년; 베르트랑 게강(Bertrand Guégan)이 저자의 수고본을 충실히 반영하면서 원문의 문장부호와 몇몇 문장을 복원해 출간했다.

4. 『밤의 가스파르』, 파리, GLM, 1950년; 르네 랄루(René Lalou)의 평론과 함께 『밤의 가스파르』에서 15편을 선별해 출간했다.

5. 『밤의 가스파르: 렘브란트와 칼로 풍의 환상곡』, 파리, 콜롱브(La Colombe), 1962년; 장 팔루(Jean Palou)의 서문과 주해로 출간되었다.

6. 『밤의 가스파르: 렘브란트와 칼로 풍의 환상곡』, 파리, 플라마리옹(Flammarion), 1972년; 장 리셰(Jean Richer)의 서문과 소개 글이 함께 실렸다.

7. 『밤의 가스파르: 렘브란트와 칼로 풍의 환상곡』, 파리, 누벨 오피스 출판사(Nouvel Office d'Édition), 1965년; 알로이시위스 베르트랑이 다비드 당제에게 보낸 편지들이 함께 실렸다.

8. 『「밤과 그 매혹(La Nuit et ses prestiges)」과 「연대기(Les Chroniques)」』, 파리, 레쟁페디탕(Les Impénitents), 1966년; 미셸 기로(Michel Giraud)의 삽화와 함께 『밤의 가스파르』의 제3서와 제4서를 출간했다.

9. 『밤의 가스파르: 렘브란트와 칼로 풍의 환상곡』, 파리, 갈리마르(Gallimard), 1980년; 막스 밀너(Max Milner)의 소개, 확립, 주해로 출간되었다.

10. 『밤의 가스파르: 렘브란트와 칼로 풍의 환상곡』, 파리, 오노레 샹피옹(Honoré Champion), 2000년; 베르트랑의 『전집(Œuvres Complètes)』에 실렸으며, 헬렌 하트 포건버그(Helen Hart Poggenburg)의 주해와 편집으로 출간되었다.

11. 『밤의 가스파르: 렘브란트와 칼로 풍의 환상곡』, 파리, 리브레리 제네랄 프랑세즈(Librairie Générale Française), 2002년; 장뤼크 스타인메츠(Jean-Luc Steinmetz)의 소개, 확립, 주해로 출간되었다.

12. 『밤의 가스파르: 렘브란트와 칼로 풍의 환상곡』, 파리, 플라마리옹, 2005년; '수고본 원문을 토대로 저자의 바람에 따라 출간하고 편집한 판본'으로, 자크 보니(Jacques Bony)의 소개, 확립, 주해로 출간되었다.

13. 『밤의 가스파르』, 파리, 갈리마르, 2011년; 앙리 셰피(Henri Scepi)의 해제, 연구 자료와 함께 출간되었다.

대표작 『밤의 가스파르』 외에, 베르트랑은 운문과 산문도 집필했다.

14. 『환상 킵세크(Le Keepsake fantastique)』, 파리, 플라스마(Plasma), 1980년; 베르트랑의 운문시와 산문시

초고, 미발표 산문시, 서간문이 실렸으며, 장미셸 고티에(Jean-Michel Goutier)의 서문과 함께 출간되었다.

15. 『시(관능과 다양한 작품들)(Œuvres poétiques [La volupté et pièces diverses])』, 파리–제네바, 슬라트킨(Slatkine), 1981년; 카르길 스프리에츠마(Cargill Sprietsma)의 서문, 소개, 주해와 함께 저자의 수고본에 따라 출간한 운문시집이다.

베르트랑은 처음 디종에서 시를 쓰기 시작하고 이후 파리에서 작품을 발표했던 사망 직전까지의 비교적 짧은 시간, '낭만적 방보샤드'나 '환상 킵세크*'라는 제목을 염두에 두고 구상해 왔던 이 작품을 살아생전에는 출간하는 데 성공하지 못했다. 베르트랑의 『밤의 가스파르』는 "후기 중세의 아름답고 기괴한 주제"를 "환상적인 청사진"처럼 "완벽하고도 심지어 신비로운 예술로 재현"하고 "천 가지 방식으로 재배열"한 "가장 아름다운 걸작"을 "작곡**"했다며 생트뵈브가 초판의 「서문」에서 보인 평가에도 불구하고, 베르트랑과 동시대의 작가들, 비평가들과 대중은 무지한 채로 남아 있었다. 마찬가지로 샤를 보들레르가 산문시집 『파리의 우울』의 서문에서 베르트랑의 『밤의 가스파르』에서 받은 영향을 언급하고 '산문시'라는 미답의 영

* 본문의 주 99번 참조.
** 생트뵈브, 같은 책, 359쪽.

역을 개척한 베르트랑에게 찬사를 보내기 전까지, 그의 존재를 아는 사람은 거의 없었다.

　　형에게 잠시 고백해야 할 것이 있소. 알로이시위스 베르트랑의 저 유명한 『밤의 가스파르』를(형이 알고, 제가 알고, 우리의 몇몇 친구들도 알고 있는 책이라면, 유명하다고 호명될 모든 권리를 지닌 것 아니겠소?), 적어도 스무 번을 뒤적이던 끝에, 그와 비슷한 어떤 것을 시도해 보려는, 그가 옛 생활의 묘사에 적용했던, 그토록 비상하리만큼 회화적인 방법을 현대 생활의 기술(記述)에, 아니 차라리 현대적이면서 한결 더 추상적인 한 생활의 기술에 적용해 보려는 생각이 제게 떠올랐던 것입니다.*

"유명하다고 호명될 모든 권리를 지닌"『밤의 가스파르』와 "비슷한 어떤 것을 시도"해 보려 했다고 고백하며, 보들레르는 "성곽, 고딕 첨탑, 수도원, 공기의 요정, 땅의 요정, 선녀, 마귀, 연금술사, 모험가, 강도, 유랑자 등의 낭만주의적 주제를 중세풍의 시골 풍경화와 풍속도"**처럼 그

* 샤를 보들레르, 『파리의 우울』, 황현산 옮김, 문학동네, 2015년, 9쪽. 1862년 8월 26일, 보들레르가 아르센 우세에게 보낸 편지. 아르센 우세는 『라 프레스(La Presse)』지의 편집장이었으며, 보들레르가 이 편지와 몇 편의 산문시를 이 잡지에 함께 싣는다. 1867년 보들레르 사후 2년가량이 지난 1869년 보들레르 전집이 출간되면서 『파리의 우울』의 서문으로 실려 대중에게 알려졌다.
** 황현산, 「주해」, 같은 책, 142쪽.

려 나가면서 "옛 생활의 묘사에 적용"했던 베르트랑의 저 "비상하리만큼 회화적인 방법"을 '현대'의 삶-생활을 기술하는 데 적용하겠노라며 자신의 산문시를 기획한 구체적인 배경을 밝힌다. 1861년 12월 25일, 보들레르는 아르센 우세에게 『밤의 가스파르』의 '명성'을 환기하며 예외적인 독자 중 한 명임을 자처하면서, 베르트랑의 작품이 문학사에서 완전히 새로운 종류의 시도에 속하며, 모방이 절대로 가능하지 않은 작품이라고 평가하는 편지를 자신의 산문시 몇 편과 함께 보냈다.

저는 이런 부류의 글을 오랫동안 시도하고 있으며, 그것을 형에게 헌정할 작정입니다. 이달 말이면 형에게 실제로 모든 작품을 다시 보낼 예정입니다. (제목은 고독한 산책자, 아니면 파리의 배회하는 자가 어쩌면 더 나을지도 모르겠습니다.) 형은 너그러워질 것인데, 그것은 형도 이런 종류의 글을 시도해 보았기 때문입니다. 또한 형은 그것이 얼마나 어려운지, 특히 어떤 사물의 윤곽을 운문으로 드러내는 외양을 금(禁)하는 게 얼마나 어려운지 잘 아실 겁니다. (…)
      저의 출발점은, 형도 필경 알고 있을 게 분명한 알로이시위스 베르트랑의 『밤의 가스파르』였습니다. 하지만 저는 이 작품을 계속해서 모방할 수 없었으며, 또한 이 작품은 모방할 수 없다는 사실을 곧

321

바로 느꼈습니다. 저는 체념하고 저 자신이 되는 걸 받아들였습니다.*

초판본에 실리지 않았던 원고를 포함해『밤의 가스파르』를 다시 출간할 수 있게끔, 1868년 샤를 아슬리노를 설득한 사람도 보들레르였다.

『밤의 가스파르』의 구성

『밤의 가스파르』는 각각 여섯 내지 열한 편의 작품을 담은 여섯 개의 '서(書)'로 구성된다. 제1서가 시작되기 전, 생트뵈브의 시「디종의 골동품」첫 연이 제사로 인용되고, 그 아래 "고딕 양식의 망루"와 "첨탑", "포도 덩굴"과 "형형색색으로 조각"된 "선술집", "수많은 성문이 부채처럼 활짝 펼쳐"진 "디종"을 예찬하는 5음절 16행 자작 정형시가 등장한다. 한 편의 시에 이어, 디종의 아르크뷔즈 공원에서 책을 읽고 있는 "빈곤과 고뇌만을 내비칠 뿐인 외모의 몹시 가련한 사내"를 만나, 그와 화자인 '나'가 밤새 예술에 관해 이야기 나누는, '밤의 가스파르'라는 제목의 '단편소설'이 펼쳐진다. 이 가스파르라는 사내는 "중세에 연금술의 돌을 찾아 나섰던 장미십자회"의 마음으로 자신이 구석구석, 디종의 유물과 성채 등을 뒤지며 찾아보려 한 예술,

* 샤를 보들레르,『서한집(Correspondance)』, 클로드 피슈아(Claude Pichois)·제롬 텔로(Jérôme Thélot) 선별 소개, 파리, 갈리마르, 1973년, 257–8쪽.

즉 "19세기 연금술의 돌"을 찾아 헤맨 경험담을 들려준다. 그는 예술이라는 "악마를 찾아 나선 이유"를 설명한다.

신과 사랑!—그런데 예술 속에 있는 사상이 계속해서 저의 호기심을 교묘하게 끌어냈습니다. 저는 자연 속에서 예술의 보완물을 찾아낼 수 있다고 믿고 있었습니다; 그래서 저는 자연을 연구했습니다.

—저는 찬찬히 생각해 보았습니다, 신과 사랑이 바로 예술의 첫 번째 조건, 예술 안에 있는 감정이라고 한다면,—사탄은 그러니까 이 조건 중 두 번째, 예술 안에 있는 사상이 될 수도 있지 않을까 하고 말입니다.

그의 필사적인 예술 탐구 이야기를 듣고 있던 나에게 이 사내는 사라지면서 마지막으로 이런 말을 남기고, 간직하고 있던 자신의 원고를 맡긴다.

이 원고가, 선생님에게 말해 줄 것입니다, 순수하고도 표현이 풍부한 음을 내는 악기에 당도하기 전까지, 제 입술이 얼마나 많은 악기를 시도했었는지를, 빛과 그림자로부터 희미한 서광을 틔우려고 제가 얼마나 많은 붓을 캔버스 위에서 써서 없애 버렸는지를 말입니다. 여기에는 노고로 제가 얻어 냈던 유일한 결과물, 유일한 보상이라 할, 조화와 색채의 다양한, 어쩌면 새롭다 할 기법들이 적혀 있습니다. 이걸 한번 읽어 주십시오.

다소 순진한 어투로 화자가 반복해 묻는 '예술이란 무엇인가?'("그런데 예술은요?")에 여담의 형식으로 대답하는 이 가스파르라는 사내의 상냥한 악마의 모습을 통해, 시인은 예술에 관한 생각을 간접적으로 표현한다. 불멸의 숭고한 무엇이 아니라, "감정"이나 고독에 대한 사랑, 자연에 대한 명상, 대중의 노래나 삶, "인간들의 유적", "폐허가 된 성채의 흉벽", "빨래하는 여인들이 활기차게 울려 퍼뜨리는 루요 소리"나 "탄식 가득한 곡조"로 부르는 "노래" 등에서 자양분을 취해 온다며, 진정한 예술이 무엇인지 암시한다. 원고를 받아 들고 몇 장 넘겨 보던 나는 이내 원고의 주인을 찾으러 "지나가는 사람마다 붙잡고 **밤의 가스파르** 씨를 아는지 물어보며 마을을 이리저리 뛰어다녔"으나 끝내 그를 만나지 못한다. 이 사내, 밤에 만난 가스파르가 "지옥에 있"는 "악마"임에도, 나는 그가 남긴 이 기이한 책을 출간하리라 마음먹고, 제 이름 "루이 베르트랑"을 이 긴 이야기의 마지막에 서명으로 남기며 글을 마친다.

『밤의 가스파르』의 첫머리에 배치된 단편소설 「밤의 가스파르」에 이어, 가스파르가 자신의 미학적 신념과 시적 계획을 드러내는 「서(序)」가 이어진다. 「서」는 렘브

324

란트 작품의 '어두운 신비'를, 환상적인 요소와 아이러니를 결합한 칼로의 풍자적이며 섬세한 미세화와 대립시키면서, 앞의 이야기 「밤의 가스파르」에서 고안되었던 예술의 "상반되는 양면"을 그림이나 조각이 재현하는 고유한 방식으로 적용해 보겠다고 설명하며 시집의 기획을 드러낸다. 『밤의 가스파르』가 "그럴듯한 문학론"을 "활자로 새겨 넣지" 않은 미지의 작품, 다시 말해 정형-운문시의 전통에 구애받지 않는 새로운 글쓰기의 시도라며 '산문시'의 의의를 설명하고, "작가는 자신의 작품에 서명하는 것으로 충분하다."라는 말로 끝을 맺는데, 이는 미답의 '특이성'과 고유성을 고안하는 데 작품의 핵심이 놓여 있다는 사실을 강조한 것과 다르지 않다.

다음으로, 빅토르 위고에게 자신의 "보잘것없는 책"을 헌정하는 시, 「빅토르 위고 씨에게」가 나온다. 이어서 본격적인 여섯 개의 '서(書)'가 시작된다. 각 서의 제목인 '플랑드르파', '옛 파리', '밤과 그 매혹', '연대기', '에스파냐와 이탈리아', '잡영집'이 시사하는 것처럼, 각각의 서는 주제의 통일성을 기반으로 각각 응집력을 살려 낸다. 여섯 개의 서가 펼쳐진 이후, "연거푸 우리가 지기만 하는, 그리고 악마가, 종국에는, 노름꾼들, 주사위와 초록색 노름판까지 가져가 버리고 마는, 이 인생이라는 도박을 새겨 넣"은, 샤를 노디에에게 헌정한 「샤를 노디에 씨에게」로 『밤의 가스파르』는 끝난다. 그러나 베르트랑이 구상했던 『밤의 가스파르』에는 베르트랑의 사망 후 원고를 건네받

325

은 빅토르 파비가 『밤의 가스파르』 초판에 실은 바 있는 '알로이시위스 베르트랑의 초고에서 발췌한 작품' 열 세 편도 포함된다고 할 수 있다.

렘브란트와 칼로 풍의 환상곡

예술은 언제나 상반되는 양면을 지니는데, 예를 들어 한쪽 면은 파울 렘브란트의 모습을, 그리고 반대쪽 면은 자크 칼로의 모습을 도드라지게 나타낼 한 닢의 메달과도 같다.
—「서(序)」

시집의 부제 '렘브란트와 칼로 풍의 환상곡'에서 알 수 있듯, 베르트랑의 시는 렘브란트와 칼로의 상반된 기법을 회화의 '이중적인' 전통처럼 배치한다. 작품을 창조하며 "얼마나 많은 붓을 캔버스 위에서 써서 없애 버렸는지"라고 가스파르가 탄식하듯, 베르트랑의 글쓰기는 이 두 화가의 회화적 표현과 그 방식에 중요한 위상을 부여한다. 이렇게 시는 한편으로 "아름다움, 학문, 지혜와 사랑의 정령들과 대화를 나누고, 자연의 신비로운 상징들을 꿰뚫으려고 온 힘을 다하는" 렘브란트의 저 빛을 다루는 기술을 차용하며 "빛과 그림자로부터 희미한 서광을 싹트게" 하는 문제에 집중한다.

그는 물이 가득 찬 해자(垓字) 가장자리에서 불을 피운다; 하늘은 검다; 숲은 술렁거림으로 가득하다; 바람은 연기를 강 쪽으로 몰아내고 부대 깃발들의 너울거림에 중얼거리듯 한탄하고 있다.

—「전투가 끝난 밤」(초고-VIII)

밤이 오자, 돌연, 요새가 육십 개 포문의 불을 끈다. 횃불이 참호마다 켜지고, 성벽 위를 내달려, 탑들과 수로들을 환히 비춘다, 그리고 나팔 하나 총안에서 나와 마치 심판의 나팔처럼 구슬피 운다.

—「볼가스트 요새」(초고-IX)

가령 몇몇 작품에서는 시간을 정지시키며 문장 사이를 스타카토의 리듬으로 살짝 잡아채는 '불완전한' 현재 시제의 사용 덕분에 매 장면이 갑자기 정지되며, 강렬하고 신비한 빛이 어둠을 꿰뚫고 반사되듯 대비되는 '명암'을 통해 수많은 '그림'이 동시에 제공되는 것처럼 전개된다. 한편, "자신의 뾰족한 검과 나팔 총을 걸고서만 맹세를 하고, 자신의 콧수염에 광을 내는 일 외에 다른 걱정거리라곤 갖고 있지 않은, 허풍쟁이에 추저분한 독일 용병" 칼로의 작품들은 특히 제2서 '옛 파리'에서 주로 묘사된 "고어(古語) 어휘의 상당히 신중한 사용"을 통해 고풍의 풍경들을 가득 수

---

* 막스 밀너, 「서문」, 알로이시위스 베르트랑, 『밤의 가스파르: 렘브란트와 칼로

놓는 "이교도들"(「두 유대인」), "야밤의 걸인들"인 "올빼미들"(「밤의 걸인들」), "빗물의 요정"(「각등」), "용병"(「넬탑」)이나 제3서 '밤과 그 매혹'에 등장하는 "등잔의 기름을 들이켜 흠뻑 취해 버린 그놈"이나 "피 흐르는 내 상처를 지져 버리려"(「고딕식 방」) 덤벼들거나 "수의로 거미줄"을 나에게 입히겠다고 으름장을 놓는 "스카르보"(「스카르보」), "인적 끊긴 도시를, 밤마다, 떠도는 미치광이"(「미치광이」), "인간의 얼굴을 한 괴물 같고 흉측한" "난쟁이"(「난쟁이」), "물의 정령" "옹딘"(「옹딘」), "빨랫방망이질 아래서, 졸졸 흐르고, 투덜거리고, 깔깔거리는 심술궂은 장난꾸러기 옹딘"(「장 데 티유」), "식인귀 마녀"(「비」) 등을 통해 재현된다. 칼로의 동판화에서 발견되는 환상과 아이러니, 그로테스크하게 뒤섞여 있는 동물과 인간, 물의 요정, 그놈, 악마, 떠돌이 방랑자, 걸인뿐만 아니라 마연(魔宴)이나 교수대의 풍경은 호프만의 『칼로 풍의 환상곡』, 『야화집(夜話集)』, 『호프만 동화집』에서 베르트랑이 지대한 영향을 받은 것이라고도 할 수 있다.

「렘브란트와 칼로 풍의 환상곡」 외에도, 이 책에서는 반에이크, 뤼카스 판 레이던, 알브레히트 뒤러, 피터르 네이프스, 빌로드의 브뤼헐, 지옥의 브뤼헐, 판 오스타더, 헤릿 다우, 살바토르 로사, 무리요, 퓌슬리

풍의 환상곡』, 파리, 갈리마르, 1980년, 39쪽.

와 그 밖에도 상이한 유파에 속한 여러 거장에 관해
서도 고찰했다.

—「서(序)」

베르트랑은 렘브란트와 칼로 외에도, 작품에서 네덜란드
플랑드르파의 회화'풍' 역시 작품 곳곳에서 소환했노라고
서술한 바 있다. 플랑드르파의 회화에서 시인이 '빌려'온
것이 있다면, 그것은 현실을 구성하는 방식, 우리에게 익
숙한 것을 낯선 앵글로 포착하는 기법이다.

하를럼, 플랑드르파를 요약하는 이 놀라운 방보샤
드, 얀 브뤼헐, 피터르 네이프스, 다비트 테니르스
그리고 파울 렘브란트가 그렸던 하를럼.

그리고 거기 푸른 물이 일렁이는 운하, 그리고 거기
금빛 유리창이 불타오르는 교회, 그리고 거기 햇볕
에 빨래가 마르고 있는 스토엘, 그리고 거기 홉으로
푸르른 지붕들.

그리고 허공의 높은 곳을 향해 목을 뻗고 제 부리로
빗물을 받으며 마을 괘종시계 주위에서 날개를 펄럭
이는 황새들.

그리고 두 겹 진 턱을 손으로 매만지고 있는 태평한

플랑드르의 시장, 그리고 튤립 한 송이에서 눈을 떼
지 못하는, 꽃을 사랑하는 수척한 연인.

그리고 자기 만돌린에 흠뻑 취한 집시 여인, 그리고
롬멜폿을 연주하고 있는 노인, 그리고 부레를 부풀
리고 있는 아이.

그리고 수상쩍은 선술집에서 담배를 피우고 있는 술
꾼들, 그리고 창가에서 죽은 가금 한 마리를 붙잡고
있는 여인숙 하녀.
—「하를럼」(1-I)*

네덜란드 암스테르담 근처 도시명을 빌린 「하를럼」에는
운하와 교회, 선술집 등 도시의 지역들에 대한 묘사, 플
랑드르파 화가들의 그림에 등장하는 인물의 일상적인 모
습이 열거될 뿐이다. 작품은 프란스 할스의 「롬멜폿 연주
자」나 다비트 테니르스의 「여인숙 내부 풍경」, 헤릿 다우
의 「창가에서 수탉 한 마리를 붙잡고 있는 여인」이 구석
구석 환기되었다고 해도, 이 작품들을 시로 '번역'하는 데
그치지 않는다. 예컨대 술어를 생략한 명사구의 병치는
언어적 순서에 맞추어 계층화되지 않고 파편화된 나열을
주도하며, 전체적으로 뚝뚝 끊어지는 분위기를 연출한다.

* 각 서의 번호와 작품의 순서.

이 작품의 이러한 통사의 구성은 "현실로부터 도려낸 단면과 같은 구성을 하고 있어 관찰자로 하여금 그림 속으로 들어가 걸어 다닐 수도 있을 것 같은 느낌"*을 자아내며, 전통적인 원근법에 기초한 회화의 공간을 단박에 분쇄해 버리는 브뤼헐의 회화 기법과도 닮았다. 게다가 각 연의 첫머리에 전치사 "그리고"를 사용해, 감정이 배제된 상태에서 단순히 연결 기능을 수행하며 동일한 대상들의 존재를 부각시키고자, 수많은 '비(非)계층적' 파편들이 이어지며 흩뿌려지듯 나열과 분산이 강화된다.

시는 이러한 방식으로 파편화된 구도의 플랑드르 회화 기법을 차용한다. 예를 들어 각 연의 문두에 "그는 본다"(「석공」, 1-II)나 "아이들은 불쌍히 여긴다"(「비」, 초고-III)를 반복적으로 위치시키고, 이후 목적절을 연달아 열거하며, 언어 질서의 중심을 파편화된 세부 사항들로 점진적으로 이탈시키거나, 가족들**을 '다섯 손가락'의 일원으로 연마다 한 명씩 호명해, 쉼표로 뚝뚝 끊어 내는 "잘린 문체(style coupé)"***로 묘사하며 구성원의 특징을 차

---

* "어둠의 세계와 지옥의 심연을 다루되, 이것이 인간 세계까지 침투해 혼란을 불러일으키도록 구성함으로써 자기만의 양식을 확립했다. 브뤼헐의 「네덜란드 속담」이나 「악녀 그리트」는 현실로부터 도려낸 단면과 같은 구성을 하고 있어 관찰자로 하여금 그림 속으로 들어가 걸어 다닐 수도 있을 것 같은 느낌을 준다."(볼프강 카이저, 『그로테스크』, 이지혜 옮김, 아모르문디, 2011년, 67쪽)
** 얀 스테인의 그림 「행복한 가족」(1668)을 떠올리게 한다.
*** 장피에르 세갱(Jean-Pierre Séguin), 『18세기 프랑스어(La langue française au XVIII siècle)』, 파리, 보르다스(Bordas), 1972년, 143-4쪽.

즘 채워 나가는 방식(「다섯 손가락」, 1-VI)을 통해, 또한 가정절 "만약 저것이"와 이 가정에 대한 부정 "아니라면"으로 단짝을 이룬 구문의 반복(「고딕식 방」, 3-I)이나 중세의 노래를 모방하려는 목적하에 반복적으로 사용된 후렴구("아토차의 성모님, 저희를 지켜 주소서!" 「노새꾼들」, 5-II)에 의해서, 나아가 동일한 통사 구문을 서로 근접하게 배치하며 반복하는 작업("그리하여 사냥이 진행되고 있었다, 진행되고 있었다." 「수렵」, 4-IV) 등을 통해 『밤의 가스파르』 곳곳에서 실현된다. 독자들이 소실점이 파편화된 공간을 여행하는 동안, 시는 소진되지 않는, 기이하고 회화적인 이미지들을 만화경의 반짝임처럼 발산한다.

> 이 모든 것은 돋보기에 비추어지고 포착된다. 이러저러한 미세한 이미지들은, 위에 색깔 입혀 문학화한 다게레오타이프의 산물과 같다. 생애 말기, 창의력이 풍부한 베르트랑은 실제로 다게레오타이프에, 그것의 완벽함을 도모하는 데 상당히 몰두했다. 그는 그것과 유사한 기법을 알아냈고, 그것을 추구하기 시작했다.[*]

미세한 이미지를 사진처럼 찍어 흩뿌리듯 펼쳐 내는 베르트랑의 시는 한편 결코 정적이지 않다. 실제 또는 가상

---

[*] 생트뵈브, 같은 책, 357쪽.

의 다양한 인물들이, 칼로의 판화처럼, 생동감 있는 수많은 소장면 속에서 연출되면서 활발한 움직임을 제공하기 때문이다. 「넬 탑」(2-IV)을 보자. 제 카드를 펴 보이던 두 용병 중, 내기에서 진 자가 탁자를 주먹으로 내리치는 장면이나 먹던 수프를 장교가 화로의 불꽃 위로 뱉는 장면, "이교도들, 절름발이들, 밤의 걸인들, 저 헤아릴 수 없는 무리가 모래사장 위로 달려 나와, 소용돌이치며 치솟는 불꽃과 연기 앞에서 지그춤"을 추는 장면 등, 등장인물 간의 대화와 행위로 구성된 소소한 일화들은 사실적으로 사진을 찍어 내듯 한 소풍경 속에서 포착된 각 연의 이미지는 결과적으로 한 폭의 그림에서 부분을 구성하는 자잘한 디테일이다. 작품의 마지막 연이다.

> 그리고 야경대가 어깨에 에스코페트를 둘러메고 나온 넬 탑, 그리고 왕과 왕비, 몸을 숨긴 채, 창문으로 모든 것을 바라보고 있던 루브르 탑이, 마주 보면서 붉게 빛나고 있었다.

마지막에 이르러, 우리는 앞의 소장면들이 루브르 탑에서 바라본 커다란 전경의 일부에 속한다는 사실을 알게 된다. 이처럼 마지막 연에서 "첫 연의 짧은 대화는 마지막에 화재 그림의 기초 역할"을 하면서, 시는 앞선 소장면들이

---

* 쥘리앵 루메트, 『산문시들(Les Poèmes en prose)』, 파리, 엘립스(Ellipses),

듬성듬성 펼쳐진 한 폭의 전체 그림처럼 제시된다. 이와 같은 방식으로 베르트랑은 독자의 추측이 가능한 이야기 안에 시를 위치시키는 대신, 직접 장면의 한복판으로 우리를 이끈다. 장면들은 즉각적으로 포착되어 정지된 어느 순간을 만들어 내고, 시는 이러한 효과를 증폭시키려 종종 현재 시제로 전개되거나, 내레이션을 파괴하는 방식의 독특한 서술로 진행되면서, 환상의 세계로 우리를 데려간다.

밤과 몽상의 시

베르트랑은 과거에서 초현실주의자이다.
— 앙드레 브르통[*]

『밤의 가스파르』는 '밤'과 '몽상'의 시집이다. 제3서 '밤과 그 매혹'은 야행(夜行)의 기이한 분위기를 자아내는 가운데 꿈, 환각, 환상의 모호한 마법을 이야기한다. 베르트랑은 1830년대 초, '고딕'이 유행하던 절정기에 자신의 환상곡을 구상했다. 유럽 중세의 이야기를 주로 불러내지만, 이는 역사적 사건을 재구성하거나 사실을 고증하기 위해서라기보다는 과거의 이야기가 가진 특유의 '환상'이라는 특징, 그리고 '경이로운 전설'이 지닌 고유한 어조의 매력을 재현하기

2001년, 27쪽.
* 앙드레 브르통, 『초현실주의 선언』, 황현산 옮김, 미메시스, 2012년, 91쪽.

위해서였다. "화염으로 장식된 띠 위로 용 한 마리가 날개를 펄럭이고 있는 문장(紋章)이 새겨"진 "수수께끼 책"(「밤의 가스파르」)이나 "한 마리 일각수(一角獸)나 두 마리 황새가 방패 문장으로 새겨진, 어느 고딕 문자 전설집"(「빅토르 위고 씨에게」) 등을 뒤적거려 "벌레에게 파먹힌 먼지투성이 중세 이야기"(「어느 애서가에게」, 4-VIII)를 복원하며, 베르트랑의 시는 "우리의 저 경이로운 전설들"이 쏟아내는 상상의 마법과 환상, 그 이야기에 자신을 맡긴다.

　환상적이고 몽환적인 작품들은 밤에 등장하는 유령들로 가득 채워진다. 자정을 의미하는 "용과 악마의 문장이 새겨지는 시각", 홀연히 나타나 "내 등잔의 기름을 들이켜 흠뻑 취해 버린 그놈"이나 "이마를, 팔꿈치를, 무릎을 처박고 있는 독일 보병의 해골"(「고딕식 방」, 3-I), "인적 끊긴 도시를, 밤마다, 떠도는 미치광이"나 "악마의 동전들을 그러모으면서" 중얼거리는 "스카르보"(「미치광이」, 3-III), 달이 구름 뒤로 숨어 버린 시간, "내 책상" 위에서 책장을 넘기고 있는 "호기심 많은 어느 정령"(「종 아래 원무」, 3-VI)이나 "죽음을 알리는 음산한 종소리"가 울려 나오는 밤에 이유도 모른 채 "형장으로 끌려가는 죄인을 따라가고 있는, 검은 회개자들"(「꿈」, 3-VII), "한밤중이었던 것인가, 아니면 새벽이었던 것인가", 내 방에 들어온 "나의 증조부"(「나의 증조부」, 3-VIII) 등, 과거에서 당도한 이 이상하고도 기괴한 '악마'들은 『밤의 가스파르』에 꿈과 몽상이라는 독특한 환상적 주제를 제공한다. 「마연을 향한 출발」(1-IX)이나 「마연의 시간」(3-XII) 같은 작품의 제목에서도 짐작할 수 있듯, 밤은 『밤의 가스파르』에서 악마가 활동하는 세계이자, 환상과 악마가 지배하는 제국이기도 하다. 서두의 단편소설에서 등장한 악마가 반항과 자유의 상징이었다면, 시 속의 악마는 무(無)와 죽음으로 나를 인도하는 화신에 가깝다. 밤에 당도한 악마는 악의적으로 내가 무시하지 못할 공포 가득한 장난을 치기도 하고, 위협적으로 나를 협박하거나 고통으로 내모는 장본인이다.

> 그러나 저것은 스카르보, 내 목을 깨물고 있는, 그리고, 피 흐르는 내 상처를 지져 버리려고, 화덕에서 새빨갛게 달군 자신의 쇠 손가락을 거기에 찔러 넣고 있는!
> —「고딕식 방」(3-I)

> —"네가 죽어 죄를 사면받든 아니면 지옥에 떨어지든,"— 이날 밤, 스카르보가 내 귓가에 속삭였다,—"너는 수의로 거미줄을 입게 될 것이다, 그리고 내가 너를 거미와 함께 매장해 주마!"
> —「스카르보」(3-II)

악몽과 같은 환상은 의인화된 전설의 '스카르보'들이 조장하는 밤의 공포로 가득 차 있다. 나의 "목을 깨물고", "상처를 지져 버리"는 이 악마는 폭력적으로 나를 공격하고 괴롭히러 자정에 당도한다. "교수대 위에서 한숨을 내쉬는 목매달린 자"나 "교수대"(「교수대」, 초고-XI)가 조장하는 분위기 속에서 나는 죽음의 공포에 싸여 악몽을 꾼다. 스카르보의 등장과 함께 암시와 상상을 축으로 악마의 향연이 꿈처럼 묘사된 다음, 독자의 환상 뒤로 조심스럽게 사라질 때 즈음, 이것이 악몽이었음이 암시된다. '제3서'에 악마가 등장하는 '밤'의 '악몽'들 대부분은 하나의 등장인물의 관점에서 묘사된다. 악몽을 끌고 가는 것은 이 악몽을 꾼 일인칭, 바로 '나'이다.

그러나 나, 사형집행인의 곤봉은, 첫 일격에, 유리처럼 부서져 버렸다, 검은 고해승들의 횃불은 쏟아지는 비에 꺼져 버렸다, 군중은 갑자기 불어난 시냇물에 쓸려가 버렸다, 그리고 나는, 깨어남을 향해 또 다른 꿈을 좇고 있었다.

—「꿈」(3-VII)

내레이터는 희뿌연 안개 같은 잠의 저 몽롱한 상태에서 제 공포의 환영이 사라지는 걸 설명하기 직전, "— 나는 이렇게 봤다, 그래서 나는 이렇게 말한다," "— 나는 이렇게 들었다, 그래서 나는 이렇게 말한다" "— 이렇게 꿈이 끝났다, 그래서 나는 이렇게 말한다"(「꿈」)라며, 이 모든 악몽이 사실은 내가 보고 들은 것과 관련되어 있다며, 세 번 주장한다. 「나의 증조부」에서도 잠을 자고 있는지 깨어 있는지 의아해하면서("내가 잠에서 깨어났던 것인가, 아니면 내가 자고 있었던 것인가,") "닫집 딸린 당신의 먼 지투성이 침대에 누워" '나'는 내 방에 다시 찾아온 조상의 유령을 관찰하고 있다. 내가 보고, 듣고, 기술했다고 밝힌 이 환상에, 유령 때문인지, 유령을 보고 있는 나를 사로잡은 "발열" 때문인지 알 수 없는 또 다른 환상이 포개어진다. 그러나 시집에서는 악몽만 주를 이루는 것은 아니다. 제6서 '잡영집'의 첫 작품은 이상적인 전원의 "초가"(「나의 초가」, 6-I)에 머문다는 조건 속에서 쓰인 '꿈'이며, 「천사와 요정」(초고, II)에서 꿈은 나의 "영혼"이 쉬고 있는 "금빛 건초 더미"이기도 하다.

'대중적' 전설, 인간의 이야기

『밤의 가스파르』에서 '전설'과 연관 짓는 방법은 악몽을 꾸는 밤의 분위기와 환상 이야기에만 있는 것은 아니다. 중세의 역사나 "연대기"가 그 안에 자리한다. 베르트랑이 연대기와 역사 이상으로 추구했던 것은 대중문화 속에 살아 숨 쉬고 있던 일상적인 '환상 이야기'였으며, 이는 『밤의 가스파르』에서 중요한 위치를 차지한다. '경이'의 원천이 자리하는 곳 중 하나가 바로 여기이기 때문이다. 예를 들어 "옛날 고귀한 도시 하를럼의 화단을 자수처럼 물들였던 제일 희귀한 다섯 잎의 꽃무", 다섯 가족(「다섯 손가락」, 1-VI), 모닥불 주위로 걸인들이 주고받는 대화(「밤의 걸인들」(2-II), 성탄절 전날 "손가락을 모아 거기에 입김을 불어" 가면서 과자를 달라며 식당 문 앞에서 기다리고 있는 아이들(「심야 미사」, 2-IX), 삶이 마감되기를 하염없이 기다리는 "수척하고, 쇠약하고, 비탄에 빠진" "나환자들"(「나환자」, 4-VII), 실수로 강물에 빠트린 반지를 보고 "빨래하는 여인"이 내뱉는 놀란 외침과 "옷자락을 걷어 올리고", "얕은 여울을 성큼성큼 건"너는 모습(「장 데 티유」, 6-II), 벽난로를 피울 무렵 어김없이 마을로 돌아오는 "굴뚝 청소부 사부아 아이들"(「10월」, 6-III)의 이야기 등은 어김없이 생생하고, 민중적이며, 부드러운 환상을 불러일으키는 대중 이야기이다. 이처럼 베르트랑은 역사적 사건을 그대로 복원하기 위해서라기보다는 과거 대중 설화의 환상이라는 특성을 십분 살려 '경이로운 전설' 특유의 매력을 발산한다. 역사는 패러디를 통해 환기되며, 『밤의 가스파르』에서 그 대상은 주로 궁정 문학과 이국의 전투 등이다.

> ―"왕비님, 개들은, 왕비님이야말로 이 세상에서 가장 아름다우시고, 가장 총명하시고, 가장 위대하신 왕비님이라고, 한 놈이 다른 놈에게 주장하며 서로 다투고 있었습니다."
> ―「장 경(卿)」(2-VIII)

> ―"폐하," 그때 오지에 경이 말했다. "방금 이 일로 제게 떠오른 비유 하나를 아뢰는 것을 허락해 주십시오. 저 참새들은 폐하의 귀족들이며; 저 포도밭은

백성이옵니다. 귀족들은 백성의 돈으로 연회를 열고 있습니다. 폐하, 평민을 갉아먹는 자, 주인도 갉아먹습니다. 더 이상의 약탈은 아니 되옵니다! 호루라기를 한 번 부십시오, 그리고 폐하께서 몸소 폐하의 포도밭에서 포도를 거두어들이소서."

— 「오지에 경(卿)」(4-I)

가령(家丞) '장 경'은 왕비를 기쁘게 하려고 "돼지의 넓적다리뼈 하나를 두고 다투고 있던 개 두 마리"의 싸움을 왕비를 위한 기사도의 투쟁으로 변형시킨다. 반면 '오지에 경'은 진심 어린 충언을 왕에게 올리고 곧바로 사태를 이해한 "샤를 6세"는 "슬픈 표정으로 고개를 가로저"으며 탄식한다. 궁정문학의 패러디는 유머와 아이러니를 동반한다. 베르트랑의 시에는 "어느 벌레 먹은 교수대 들보 아래에서 망령을, 침묵과 신비를 구걸하러 갈 사람들을 유쾌하게 만드는 데 필요한 것들도 있"다고 할 만큼, 무시무시하고 기괴한 '악마들'의 모습에서도 유머는 고통과 공포를 억제하거나 반대로 휘발시키는 것이 아니라 '조롱'으로 전환해 내면서, 외려 고통을 정복하는 표식처럼 기능한다. 예컨대 「세련된 남자」(2-V)에서 유머는, 몹시 가난해 당장 끼니를 걱정해야 하지만 조신(朝臣)을 조롱하고 가마 탄 귀족과 "왕관의 자수"를 부러워하지 않는, 그러기는커

---

* 빅토르 파비, 「『밤의 가스파르』를 위한 빅토르 파비의 안내문」, 이 책 239쪽.

넝 그럴수록 속으로 참아 가며 한껏 멋을 부리는 허세 가득한 남자를 통해 발산하지만, 시인의 분신인 이 세련된 남자의 당당함을 드러내는 데 소용된다.

쥘리앵 루메트가 언급했듯,『밤의 가스파르』는 인간이라는 존재와 인간의 감정 주위로 구성되었으며, "인간을 벗어난 자연에 대한 감탄"이 없다. 낭만주의 시에서 예찬되곤 하는 "압도적인 자연의 숭고한 광경—해 지는 드넓은 지평선, 우뚝 솟아난 산, 격노의 바다 등—은 그의 관심사가 아니"다. 세기말의 분위기 속에서 전개된『밤의 가스파르』의 마지막 작품「제2의 인간」(6-Ⅵ)은 이런 의미에서 새로운 창작을 노정하는 "일종의 선언문"*이다.

—"그리되어라," 이 목소리가 말했다, 그러자 찬란한 예루살렘의 문턱이 어두운 두 날개로 뒤덮였다. "그리되어라!" 메아리가 반복했다, 그러자 비탄에 젖은 여호사밧은 다시 눈물에 잠기기 시작했다.—그러자 대천사의 나팔이 어둠에서 어둠으로 울려 퍼졌다, 거대한 충돌과 파멸로 모든 것이 무너져 내리고 있었다: 하늘, 대지와 태양, 인간을 결여한, 이 창조의 초석이.

마지막 대목은 자신의 이야기를 마감하는 순간, 악마가

* 쥘리앵 루메트, 같은 책, 27쪽.

던져 준 책 『밤의 가스파르』의 마지막 페이지를 넘기려는 순간이기도 하다. 이와 같은 마감에는 베르트랑 자신이 환기하고자 했던 세계가 "무엇보다도 인간들 삶의 세계"이며 "자신의 창작의 한가운데 자리하는 것은 인간적인 모든 것에 놓인 관심"이라는 사실, 이 인간적인 삶이 없으면 "자연은 아무것도 아니"라는 사실이 담겨 있다.

운문도, 산문도 아닌: 산문시의 탄생

나의 책이 여기 있습니다, 주석자들이 저마다 주해로 흐릿하게 만들어 버리기 전에, 내가 만든 그대로, 그리고 있는 그대로 읽어야만 하는 책입니다.
— 알로이시위스 베르트랑, 「샤를 노디에 씨에게」

나는 새로운 장르의 산문을 창조하려고 시도하였다.
— 알로이시위스 베르트랑**

1837년 9월 친구 다비드 당제에게 썼듯, 『밤의 가스파르』와 더불어 베르트랑은 "새로운 장르의 산문을 창조하려고 시도"했다. 베르트랑은 이 작품으로 보들레르, 랭보와 상

---

* 같은 책, 28쪽.
** 알로이시위스 베르트랑, 「다비드 당제에게 보낸 1837년 9월의 편지(Lettre de septembre 1837 à David d'Angers)」, 『밤의 가스파르: 렘브란트와 칼로 풍의 환상곡』, 파리, 누벨 오피스, 1965년.

징주의 시인들, 막스 자코브나 피에르 르베르디로 이어지는 산문시 계보의 맨 윗자리를 차지했다.

산문시는 베르트랑이나 보들레르를 기점으로 별안간 탄생한 장르는 아니다. 산문시의 탄생에는 두 가지 배경이 자리한다. 우선 외국 정형시의 '산문으로의 번역'이다. 베르트랑이 『밤의 가스파르』를 집필했던 19세기 초반, 외국의 대중적인 시들이 번역을 통해 소개되어 유럽 전역에 광범위하게 알려지기 시작했다. 특히 1760년에서 1763년 사이, 영국 시인 제임스 맥퍼슨이 영어로 번역해 출간한, '오시안'이라는 제목의 3세기 스코틀랜드의 음유시인 '오시안'의 작품들은 19세기 초 '중역'을 통해 프랑스어, 독일어, 이탈리아어 등의 유럽어로 출간되면서 엄청난 성공을 거뒀다.* 맥퍼슨이 '산문'으로 번역한 이 스코틀랜드 음유시인의 작품들은 모두 발라드, 즉 정형시였으며, 이 발라드를 '산문의 형태'로 선보인 맥퍼슨의 번역이 성공을 거두자, 맥퍼슨의 영어본과 이 영어본의 프랑스어 번역본을 저본으로 삼은 다양한 언어로의 중역을 통해 『오시안』은 유럽 곳곳으로 속히 퍼져 나갔다.

번역은 "시의 탈시작화(脫詩作化) 과정"인 동시에 "프랑스 산문의 갱신, 특히 산문으로 된 시를 위한 갱

---

* 제임스 맥퍼슨(James Macperson), 『옛 시의 단장들(Fragments de la poésie ancienne)』, 디드로(Diderot)·튀르고(Turgot)·쉬아르(Suard) 옮김, 파리, 조제 코르티(José Corti), 1990년.

신"*을 견인했으며, 이 과정에서 차후 '시적 산문'이나 산문시를 시도하게 될 주요 모티브도 형성되었다. 이러한 현상은 산문과는 동떨어진 것으로 여겨진 정형시를 "전기 낭만주의의 감수성을 지닌, 다채롭고 불규칙적이며, 거친 산문"**으로 번역하려 시도하는 과정에서 문학과 시에 대한 근본적인 인식도 바뀌기 시작했다는 사실도 알려 준다. 번역은 "각운이나 율격이 시에서 전부가 아니라는 명백한 사실을 드러내"*** 주었으며, 형식보다 '시적인 것'을 추구해 나갈 현대시의 실천적인 계기를 마련해 주었다. '산문도 시가 될 수 있다'라거나, 산문과 운문 사이의 이분법에 대한 회의, 시를 형식의 문제에서 벗어나 '시적 상태' 혹은 '시적인 무엇'을 추구하려는 경향으로 인식하려는 시도 등이 이러한 과정에서 촉발되었으며, 산문시라는 낯선 장르의 도래와 관련되어 번역은 이처럼 중요한 출발선이었다. 베르트랑 역시 월터 스콧의 스코틀랜드 발라드 여러 편을 산문의 형태로 번역해 『프로뱅시알』지에 게재한 바 있다.****

두 번째 배경은 18세기 후반에서 19세기 초에 시

---

* 쉬잔 베르나르(Suzanne Bernard), 『산문시: 보들레르에서 오늘날까지(Le Poème en prose: de Baudelaire jusqu'à nos jours)』, 파리, 니제(Nizet), 1959년, 24–5쪽.
** 이브 에르샹(Yves Hersant), 「오시안의 역설(Paradoxes d'Ossian)」, 『번역-시 앙투안 베르망에게(La Traduction-poésie à Antoine Berman)』, 스트라스부르, 스트라스부르 대학교 출판사(Presses Universitaires de Strasbourg), 1999년, 115쪽.
*** 쉬잔 베르나르, 같은 책, 24쪽.
**** 본문의 주 223번, 255번 참조.

도된 '시적 산문(prose poétique)'*이다. 산문과 운문의 이분법을 강조하는 '산문은 운문이 아닌 모든 것'인 반면 '운문은 산문이 아닌 모든 것이다'와 같은 고전적·수사학적 정의**에, "풍부한 색채가 없어도 아름다운 그림을 이룰 수 있으며, 운문 없이도 아름다운 시가 될 수 있"***다는 주장이나 "어떻게 산문으로 시인이 되는가?"****라는 물음을 통해 이의를 제기하려는 시도의 일환으로 '시적 산문'이 등장했다. "시에서 주제(자연과 감정의 묘사 등)뿐만 아니라 특징적 기법들(정형 시구)을 차용한" 글쓰기로 정의할 수 있는 이 장르는 "18세기 후반과 19세기에 각별한 유행"*****처럼 확산되었다. 예를 들어, 6음절 반구

---

* 광의적인 의미에서 '시적 산문'의 탄생은 17세기까지 거슬러 올라간다. 번역을 통한 실천까지 범위를 포함하면 자크 아미요(Jacques Amyot)의 『플루타르코스 영웅전』(1559년) 역시 시적 산문의 역사에 포함된다. 시적 산문의 역사에 관해서는 모리스 샤플랑(Maurice Chapelan), 『산문시 선집(Anthologie du poème en prose)』, 파리, 그라세(Grasset), 1959년, 8–14쪽 참조.

** 니콜라 보제(N. Bauzée)의 "산문은 시에서 요구되는 운율과 각운에 전혀 방해받지 않는 인간의 일상적 언어활동을 뜻한다. 따라서 산문은 운문과 대립한다."(『백과전서 XIII[Encyclopédie XIII]』 17권, 1751~65년, 494쪽)와 같은 정의나 몰리에르의 희곡에 등장하는 철학 선생 주르댕이 남긴 유명한 대사, "산문이 아닌 모든 것은 운문이며, 운문이 아닌 모든 것은 산문이다."(몰리에르[Molière], 『부르주아 귀족[Le Bourgeois gentilhomme]』, 파리, 갈리마르, 1995년, 79쪽) 참조.

*** 장바티스트 뒤보스(Jean-Baptiste Dubos), 『시와 회화에 관한 고찰(Réflexion sur la poésie et la peinture)』(1719년), 뒤리(M.-J. Dury), 「산문시 주변(Autour du poème en prose)」, 『메르퀴르 드 프랑스(Mercure de France)』 CCLXXIII권, 1937년 1월 1일 자에서 인용된 부분.

**** 장자크 루소(Jean-Jacques Rousseau), 「에프라임의 성직자의 첫 서문 계획(Premier projet de préface du Lévite d'Ephram)」(1763년), 『전집 II(Œuvres Complètes II)』, 파리, 갈리마르, 1964년, 1205쪽.

***** 미셸 아키앵(Michèle Aquien), 『시학 사전(Dictionnaire de poétique)』, 파리,

(半句) 두 개로 구성된 알렉상드랭 시구나 8음절 시구를 연속적으로 배치하는 등, 샤토브리앙은 "운문을 생각하게 만드는 산문"*이 다수 포함된 '시적 산문'이라고 부르는 유형의 글을 『사후 회상록』에서 선보인 바 있다. 1820년에서 1830년 후반까지 활약했던 대다수 '소수 낭만파(romantiques mineurs)' 작가들, 알로이시위스 베르트랑을 위시해 모리스 드게랭,** 알퐁스 라브,*** 뤼도비크 드 카이외,**** 그자비에 포르느레***** 등에 의해 '산문시'가 태동한다. "어느 무리의 단순한 열광이나 너덧 명의 모의가 아니라, 쉬이 감염되는 조숙하고 날랜 감정의 표현"이었다며, 생트뵈브는 「서문」에서 "1824–8년" 사이에 프랑스의 여러 지방에서 태동한 이 소수 낭만파라는 "시적 운동"의 가치를 이렇게 평가한다.

각 도시에서 다소 활기찬 두세 명의 젊은 상상력만

리브레리 제네랄 프랑세즈(Librairie Générale Française), 1995년, 222쪽.

* 장 무로(Jean Mourot), 『문체의 특성(샤토브리앙, 『사후 회상록』에서의 리듬과 음성성)(Le Génie d'un style [Chateaubriand, rythme et sonorité dans les *Mémoires d'Outre-Tombe*])』, 파리, 아르망 콜랭, 1969년, 36쪽.

** Maurice de Guérin (1810–39). 프랑스 시인. 산문시집 『켄타우로스(Centaure)』(1840), 『바쿠스 여신, 산문시(La Bacchante, poème en prose)』(1861)을 남겼다.

*** Alphonse Rabbe (1784–1829). 프랑스 시인, 저널리스트. 산문시집 『어느 염세주의자의 앨범(Album d'un pessimiste)』(1835)을 남겼다.

**** Ludovic de Cailleux (?–?). 프랑스 시인. 산문시집 『단장(Fragments)』(1834), 『대홍수 이전의 세계, 산문으로 된 성서시(Le Monde antédiluvien. Poème biblique en prose)』(1845)를 남겼다.

***** Xavier Forneret (1809–84). 프랑스 시인, 연극연출가. 『운문도 산문도 아닌, 증기들(Vapeurs, ni vers ni prose)』(1838) 외에 산문시, 동화를 남겼다.

으로 주의를 환기하고 문학적 경종을 울리기에는 충분했다. 사태는 16세기, 롱사르와 뒤벨레에 의해 선언된 시적 혁명 당시처럼 흘러갔다. 르망, 앙제, 푸아티에, 디종은 자신들의 새내기를 일으켜 세웠고, 자기들의 몫을 채웠다. 이렇게 해서 오늘날에는 낭만적인 새끼 독수리(적들은 흰꼬리수리를 말하고 있었다.)가 종탑에서 종탑으로 제법 빠르게 날아드는 모습이 보이고, 마침내 약 15년 동안 장악한 이후 대략의 결과, 점점 논쟁의 여지가 줄어드는 것이 목격되며, 종탑을 정복한 것처럼 보인다.*

알퐁스 라브, 모리스 드게랭, 뤼도비크 드카이외의 몇몇 작품에서는 '시적 산문'의 흔적이 지나치게 목도된다. '산문으로 시를 실현할 수 있다'는 믿음을 바탕으로 이들이 샤토브리앙의 글과 유사한 형태의 글쓰기를 적용한 것도 사실이다. 이들은 6음절에서 8음절 사이의 정형 시구(규칙적인 음절로 구성된 운문)를 산문의 형태로, 즉 이어서 나란히 배치해, 상당 부분 각운이 사라졌으나 작품 전체에서 운문의 '체계'가 형성되는 글쓰기를 구성했다. 베르트랑은 동시대의 소수 낭만파 작가들이 시도한 '시적 산문'이나 '산문시'와는 상당히 다른 형태를 취한다. 음악적 박자나 규칙적인 리듬이 언급되곤 했던 5–8음절 범위의

---

* 생트뵈브, 같은 책, 348쪽.

통사 조합으로 구성된 구절조차 베르트랑의 텍스트에서
는 '시적 산문'과 같은 방식으로 정형시의 체계가 형성되
지 않는다.

> Un luth, une guitarone(6), et un hautbois.(4) Sym-
> phonie discordante(6) et ridicule.(4) Mme Laure
> à son balcon(7), derrière une jalousie.(6) Point
> de lanternes dans la rue(7), point de lumières aux
> fenêtres.(7) La lune encornée.(5)
> 류트 하나, 작은 기타 하나, 그리고 오보에 하나. 음
> 정이 맞지 않아 우스꽝스러운 교향곡. 로르 부인은
> 자기 집 발코니, 차양 뒤에. 거리에는 등불 하나 없
> 고, 창가에는 불빛 하나 보이지 않고. 뿔 달린 달.
> ─「세레나데」(2-VII)

> ─«Écoute! Écoute! C'est moi,(6) c'est Ondine(3)
> qui frôle de ces gouttes d'eau(6) les losanges so-
> nores(5) de ta fenêtre illuminée(8) par les mornes
> rayons de la lune;(8) et voici en robe de moire,(7)
> la dame châtelaine(5) qui contemple à son bal-
> con(7) la belle nuit étoilée(6) et le beau lac endor-
> mi.(7)*

---

* 프랑스 (정형) 시구는 8음절을 넘으면 반드시 한 번 이상 휴지를 취할 수밖에 없으며,
휴지는 통사 그룹에 의해 결정된다. 코르뉠리에는 이를 프랑스 운문의 "8음절의

—"들어 봐요! 들어 봐요! 저예요, 저 달의 구슬픈 빛으로 반짝이는 그대의 마름모꼴 창문을 물방울로 살짝 스쳐 소리를 낸 것은 바로 저 옹딘이에요; 물결 무늬 드레스를 입은, 성의 주인이 여기 있어요, 발코니에 서서 별이 총총한 아름다운 밤과 잠들어 있는 아름다운 호수를 바라보고 있어요.

—「옹딘」(3-IX)

얼핏 보아 운문과 닮은 짧고 간략한 구문으로 구성된 것 같지만, 위 대목에서 정형시의 체계는 형성되지 않는다. 또한 줄이나 연 바꿈(alinéa)과 그사이 부여한 '여백', 갑작스러운 단음절 구문의 출현, 통사의 논리적 질서를 위배하는 구두법(특히 줄표[tiret]) 등으로 인해, 베르트랑의 텍스트는 (정형) 운문 체계를 이루지 못한다. 베르트랑이 연과 연 사이에 5, 6, 7, 8음절 내의 간결한 구절을 시적 단위로 구성한 것은, '시적 산문'처럼 산문 형태로 재현되는 정형시 형태의 글쓰기를 구현하기 위함이 아니었다. 그가 실현하고자 했던 것은 오히려 "다소간 박자화된 산문이

법칙"이라고 정의한 바 있다. 또한 정형시는 반드시 '운율적 맥락'에서만 성립한다. 다시 말해 어느 문단에 정형 시구 하나가 목격되더라도 우리는 이를 정형 시구로 간주할 수 없다. 정형시는 문맥적 구조, 즉 또 다른 정형 시구들 속에서만 실현되기 때문이다. 고립된 정형 시구는 혼자서는 정형시를 구성하지 못한다. 코르널리에는 정형시구들의 "포괄적 동등성(égalité globale)"을 정형시 성립에 필요한 조건이라고 언급하며, 체계 속에서 정형시가 형성된다는 사실을 강조한다. 브누아 드코르널리에(Benoît de Cornulier), 『운문론(랭보, 베를렌, 말라르메)(Théorie du vers [Rimbaud, Verlaine, Mallarmé])』, 파리, 쇠유, 1980년, 28–57쪽 참조.

아니라 바로 시"*였다. 이는 산문식 타이포에 운문의 일정한 규칙성을 살려 낸 소수 낭만파 작가들과 달리, 베르트랑의 텍스트가 정형 운문 체계에서 벗어나고 있음을 의미한다.

『밤의 가스파르』에서 '산문' 역시 '산문적인' 선택의 산물은 아니다. 베르트랑은 적확한 단어를 선별하고, 시의 고유의 리듬을 찾을 때까지 거듭 수정했으며, 이는『밤의 가스파르』출간 전『프로뱅시알』지 등에 실린 다양한 버전의 작품들을 통해서도 확인된다. 수정 과정에서 베르트랑은 진부하거나 상투적이라고 판단되는 대목들을 전부 지워 냈다. 내러티브 구조와 전통적인 시적 어휘는 특히 구두점 작업을 통해 대폭 수정되거나 삭제되었는데, 이렇게 손에 쥔 "마지막 버전은 늘 첫 번째보다 훨씬 간결"**한 상태가 되었다. 베르트랑의 산문은 "두 가지 실체"로 구성되는 언어 중 "음성적인" 시의 반대편에 놓인 "의미적인"*** 텍스트, 다시 말해 "일상적인 방식으로 표현하는"**** '산문'의 틀을 깨고 특이하게 존재하도록 구성되었다. "텍스트를 시(詩)로 간주하여 여백을 부여할 것"을 "원칙 일반"(「조판자에게 보내는 당부 사항」)으로 삼아, 짧은

---

* 쉬잔 베르나르, 같은 책, 51쪽.

** 쉬잔 베르나르, 같은 책, 67쪽.

*** 장 코엔(Jean Cohen), 『시적 언어의 구조(Structure du langage poétique)』, 파리, 플라마리옹, 1966년, 8쪽, 11쪽.

**** 에밀 리트레(Émile Littré), 『프랑스어 사전(Dictionnaire de la langue française)』, 파리, 아셰트(Hachette), 1876–7년, 5058쪽.

단락들을 '연'이나 '시절'처럼, "전혀 단위를 형성하지 않는 어떤 것"*으로 표현하며, 고유한 산문을 완성하고자 했다. 내레이션 전개를 방해하는 여백의 배치와 행 바꿈은 짧은 산문에 '시적 특성'을 부여하는 데 기여했다고 할 수 있다.

여기다!—그리고 벌써 빽빽한 덤불 속, 잔가지 아래 웅크린 야생 고양이가 눈에서 인광(燐光)을 뿜어내고 있다;

절벽의 어둠에 잠겨 가는 바위산 중턱에서, 밤이슬과 야광충으로 반들거리는 가시덤불의 머리털;

송림(松林) 꼭대기에서 하얀 거품을 내뿜고, 성과 성 저 깊숙한 곳에서 물보라를 잿빛 수증기처럼 뿌리고 있는 급류의 천변 위로,

마물(魔物) 무리가 헤아릴 수 없이 모여든다, 등에 나무를 지고, 갈래 진 오솔길을 걷느라 뒤처진 늙은 나무꾼에게, 소리는 들려도 아무것도 보이지 않는다.
—「마연의 시간」(3-XI)

---

* 아리스토텔레스, 『시학(Poétique)』, 파리, 쇠유, 1980년, 63쪽.

연의 구분을 물리고 여백을 지워 내 논리적 순서에 따라 글을 재구성하면, "야생 고양이"가 "절벽의 어둠에 잠겨 가는 바위산 중턱에서" "눈에서 인광을" "뿜어내고 있"는 곳인 동시에 "가시덤불의 머리털"이 "밤이슬과 야광충으로 반들거리는" 곳이기도 하며, "마물 무리가 헤아릴 수 없이" "송림 꼭대기에서 하얀 거품을 내뿜"고 있는 동시에 "성과 성 저 깊숙한 곳에서 물보라를 잿빛 수증기처럼 뿌리고 있는 급류의 천변 위로" "모여든다"가 될 것이다. "바위산 중턱"은 "인광을 뿜"는 장소이자 "가시덤불의 머리털"이 "반들거리는" 곳이기도 하다.

연과 연 사이에 여백을 부여해 서술의 선적 진행을 노골적으로 거부하는 '산문'을 실현하는 이 경우뿐만 아니라, 베르트랑의 텍스트는 전체적으로 내레이션의 전개를 방해하는 고유하고도 독창적인 "순환적 형식"*을 고안한다. 현재 시제로 진행되던 내레이션이 중단되고 마지막 연에 과거 시제를 사용해, 전까지 생생하게 펼쳐진 석공의 작업이 중세의 이야기임을 갑작스레 환기하거나(「석공」, 1-II), 인과성을 고려하지 않고 문단의 끝이나 중앙에 돌연 "그러나"를 사용해(「연금술사」, 1-VIII / 「마연을 향한 출발」, 1-IX / 「고딕식 방」, 3-I / 「심야 미사」, 2-IX / 「난쟁이」, 3-IV / 「꿈」, 3-VII / 「경보」, 5-V / 「셰브르모르트의 바위 위에서」, 6-IV), 앞뒤 문단 사이의 단절을 도모한다.

---

* 앙리 메쇼닉(Henri Meschonnic), 『리듬 비평(Critique du rythme)』, 라그라스(Lagrasse), 베르디에(Éditions Verdier), 1982년, 612쪽.

또한 직접화법과 간접화법을 교체하며 '시점'을 분산하는 다성적 목소리를 입히는 작업을 통해, 역사적 언술의 논리적 전개에 제동을 걸거나(「오지에 경」, 4-I / 「루브르궁의 쪽문」, 4-II / 「수렵」, 4-IV / 「독일 기병」, 4-V), 희곡집의 등장인물처럼 표시되어 연극 대사를 낭독하는 식의 연출(「세레나데」, 2-VII / 「장 드비토의 마법 선율」, 초고-VII)을 선보인다. 베르트랑은 "분산된 문장, 대화 등을 포함한 여러 작품"(「조판자에게 보내는 당부 사항」)이라고 언급한 제4서 이후, 중세의 역사적 서술에 환상성을 부여하며 독창적인 산문을 펼친다. 이와 같이 내레이션에 반(反)하는 단절은 연속된 단락으로 이루어진 전통적인 산문에서는 재현되지 않는 다성적 목소리를 집중적으로 생산하며, 줄표의 사용으로 인한 불연속적인 배치를 통해서도 실현된다.

> 인적 끊긴 도시를, 밤마다, 떠도는 미치광이가 차갑게 웃고 있었다, 한쪽 눈은 달을 보고, 다른 눈은—터진 채로!
> —「미치광이」(3-III)

> 그가 자신의 아일랜드산 나무 돈 상자에 앉아 있다, 절뚝발이 롬바르디아 출신 환전상이, 랭그라브에서 내가 꺼내고 있는, 이 두카트 금화를 내게서 바꿔 가려고—방귀로 미지근한.
> —「라자르 대장」(1-III)

시행 마지막에 위치한 줄표는 "다른 눈은—터진 채로!" 처럼 실사와 실사를 수식하는 형용사를 분리하거나, "두 카트 금화를 내게서 바꿔 가려고—방귀로 미지근한."처럼 통사의 순서를 역전한 배열 속에서 극도로 긴장된 발화로 작품을 끝맺는 역할을 한다.

> /
> et l'autre —crevé!
> 다른 눈은—터진 채로!

> /
> ce ducat d'or que je tire de ma ringrave,—chaud d'un pet.
> 이 두카트 금화를 내게서 바꿔 가려고—방귀로 미지근한.

줄표는 쉼표 이상의 강한 휴지를 만들어 내고, 시에 '정지'와 '중지'의 이중적 장치를 마련하면서 줄표 이후의 구절에 구술적 '강세'를 부여한다. 줄표가 없다면 "터진 채로!"는 강조되지 않으며, 따라서 강세가 발생하지도 않는다. 시행의 끝에 위치한 줄표는 이처럼 극도의 발화적 긴장을 실현한다. 줄표의 사용은 "리듬에 따른 개별화의 방식으로, 시에 고유한 목소리를 등재"한다. 이처럼 "음절 수가 아니라, 텍스트를 강세 현상"에 전념하게 만드는 줄표는 시를 '구술성'의 차원에 위치시키며, 베르트랑의 『밤의 가스파르』를 "학자 시보다 대중 시"*에 더 가깝게 만들었다.

*

장 리셰가 "『밤의 가스파르』는 고유한 영감을 통해 1820
년과 1825년의 낭만주의와 결부되어 있다."**고 언급한 것
처럼, 베르트랑은 낭만적인 시의 애호가 중 한 명이었다.
그는 산문과 시 사이의 대립에서 효과적으로 해방된 『밤
의 가스파르』로 낭만주의의 시적 자유에 대한 위대한 선
언을 최초로 구체화한 사람이 되었다. 베르트랑은 율(律)
과 운(韻)을 엄격히 고수하는 정형시의 전통적 형식에서
벗어난 새로운 장르의 시를, 규칙과 주제를 넘나들며 변
주를 추구하는 '환상곡'이라고 명명했다. '정형시'―'운
문'***―시 vs. '산문'의 대립에서 벗어난 새로운 형식의 글,
시를 '작시법' 자체에서 해방시킨 '산문시'를 가정하며 일
관되게 집필된 작품들을 선보였으며, 이를 '환상곡'이라는
이름으로 그러모아 시집으로 엮은 최초의 시인, 그러니까
새로운 장르의 창시자였던 그는 "산문과 운문의 중간적
형식이 아니라, 별개의 장르"****를 고안하며 낭만주의에

---

* 이에 관해서는 제라르 데송(Gérard Dessons), 『시(Le Poème)』, 파리, 아르망
콜랭(Armand Colin), 2011년, 59–62쪽에서 상세히 분석되었다.
** 장 리셰, 「서문과 소개 글(Introduction et présentation)」, 알로이시위스 베르트랑,
『밤의 가스파르: 렘브란트와 칼로 풍의 환상곡』, 파리, 플라마리옹, 1972년, 8쪽.
*** 운문(vers)은 율과 운에 맞춘 '정형-운문(vers métrique)'과 정형-음절 수의 원리를
포기한 '자유-운문(vers libre)'으로 구분된다.
**** 쉬잔 베르나르. 같은 책, 433쪽.

대한 새로운 전망을 제안했다. "발라드의 형태: 산문 타이포의 배치, 모든 운율적 제약에서 해방된 운문 리듬의 배치"*를 선보인 베르트랑의 『밤의 가스파르』에는 더 이상 시와 산문의 대립이 존재하지 않으며, 고전적 정의에 따른 '시'도, '산문'도 존재하지 않는다.

절제된 감정과 "부드러운 우울", "쾌활한 거리두기"로 무장된 이 환상곡은 "라마르틴의 위대한 서정적 도약"이나 "뮈세의 정념의 토로와 또렷이 대조"되며, "이 모든 측면이 독창적이고 새로운 톤을 『밤의 가스파르』에 부여하는 데 기여"**한다. 그의 시는 장엄함이나 숭고미나 이에 따른 웅장한 효과를 지양하고, 일상의 삶에서 끌어온 상황과 역사, 그 분위기가 지니는 기묘한 매력, 다시 말해 대중적인 영감에 오히려 귀를 기울였다. 위고와 보들레르, 말라르메를 포함해 20세기 초반 대다수 시인들에게 찬사를 받았고, 모리스 라벨이 1908년 세 편의 시(「옹딘」, 3-IX / 「교수대」, 초고-XI / 「스카르보」, 3-II)에서 영감을 받아 '밤의 가스파르'라는 제목의 피아노를 위한 3부작으로 각색하기도 했던 이 "보잘것없는 책"***은 당대에 공식적으로 문단에서 인정받지 못했고 대중에게 잊혔음에도 불구하고, "프랑스 낭만주의를 통틀어 가장 성공적인

---

* 미셸 데코댕(Michel Décaudin), 『상징주의적 가치의 위기(La Crise des valeurs symbolistes)』, 툴루즈, 프리바(Privat), 1960년, 50쪽.
** 쥘리앵 루메트, 같은 책, 23쪽.
*** 「빅토르 위고 씨에게」, 이 책 43쪽.

시적 결과 중 하나"*로 프랑스 시사(詩史)에서 지울 수
없는 날짜 하나를 새겨 넣었다.

조재룡

* 아멜리 슈바이거(Amélie Schweiger), 「『밤의 가스파르』, 렘브란트와 칼로 풍의
환상곡(GASPARD DE LA NUIT, fantaisies à la manière de Rembrandt et de
Callot)」, 장피에르 드보마르셰(Jean-Pierre de Beaumarchais) · 다니엘 쿠티(Daniel
Couty), 『프랑스어 문학작품 사전(Dictionnaire des œuvres littéraires de langue
française)』(D-J), 파리, 보르다스(Bordas), 1994년, 800–1쪽.

알로이시위스 베르트랑 연보

1807년 — 4월 20일, 이탈리아 피에몬테주(州)의 도시
체바에서 아버지 조르주 베르트랑(Georges Bertrand)과
어머니 로르 다비코(Laure Davico) 사이에 자크루이나폴레옹
베르트랑(Jacques-Louis-Napoléon Bertrand) 출생. 아버지는
헌병대 소속 중위였으며, 어머니는 체바시 시장 자코모
다비코(Giacomo Davico)의 딸이었다. 1806년 6월 결혼 당시
조르주 베르트랑은 재혼이었으며, 이 두 번째 결혼으로 루이
외에도 발타자르(Balthazar, 1808), 엘리자베트(Elisabeth, 1812),
프레데리크(Frédéric, 1816)를 둔다.

1812년 — 대위로 승진한 조르주 베르트랑은 로드레르 남작이
도지사로 있던 이탈리아 트라시메노도(都)의 스폴레토로 파견되어
가족들과 그곳에 정착한다. 로드레르 남작은 이후 후견인 역할을
한다.

1814년 — 조르주 베르트랑이 랑드 부대 지휘관으로 임명되어
프랑스 남서부 도시 몽드마르상으로 파견된다. 랑드의 도지사였던
아렐(F. A. Harel)과 알게 된다.

1815년 — 8월 말, 은퇴한 조르주 베르트랑은 가족과 함께 디종에
정착해 1년에 1,200프랑씩 연금을 받아 생활한다. 디종에서 딸
드니즈(Denise), 그리고 네 명의 누이와 재회한다. 그의 누이 중
롤로트(Lolotte)는 경제적으로 베르트랑가(家)를 도왔을 뿐 아니라
아이들의 교육에서도 매우 큰 역할을 맡는다.

1818년 — 루이 베르트랑, 디종 왕립 중학교에 입학. 라코르데르(Lacordaire), 앙투안 트낭 드라투르(Antoine Tenant de Latour)와 동창이었으며, 이 둘은 훗날 베르트랑을 물질적·정신적으로 돕는다.

1821년 — 6월 13일, 테오필 푸아세(Théophile Foisset)가 창립한 '디종 연구회(La Société d'Études de Dijon)'의 첫 모임이 열린다.

1826년 — 고등학교 2학년 수사학 과목에서 프랑스어 작문 1등 상 수상. 바칼로레아 시험을 통과했는지는 알려지지 않았다.

11월, 디종 연구회는 수사학 반 2학년이었던 루이 베르트랑의 입회를 허락한다.

12월, 베르트랑이 이 연구회의 보고 담당자가 된다. 최초의 산문시 「힌두스탄 풍경(Scène indousane)」을 집필하고, 「대부대」의 초고 「자크레장들리(Jacques-Les-Andelys)」를 완성해 연구회에서 낭독한다.

1827년 — 5월 23일, 디종 연구회 부회장으로 선출된다. 연구회에서 다수의 산문 및 운문 작품과 「방보샤드(Bambochades)」를 위시한 산문시 상당수도 낭독한다.

1828년 — 2월 27일, 아버지 조르주 베르트랑이 사망한다.

5월 1일, 『프로뱅시알』지 제1호가 발간된다. 루이 베르트랑은 6월 8일까지 이 잡지의 편집장을 맡는다. 디종 연구회에서 낭독했던 작품 중 상당수를 문학 비평, 정치 비평과 함께 『프로뱅시알』지에 발표한다. 샤를 노디에, 에밀 데샹(Émile Deschamps), 빅토르 위고에게 헌정한 작품을 실었으며, 위고에게서 찬사의 편지를 받는다. 잡지는 또한 샤토브리앙의 찬사를 받고, 뮈세의 첫 시를 발표한다. 이러한 성공에 크게 고무된 루이 베르트랑은 11월 초, 디종을 떠나 파리에 정착해 파리의 블루아가(街) 6번지 노르망디 호텔에서 기숙한다. 루이 불랑제의 소개로 그해 겨울 살롱에서 빅토르 위고, 샤를 노디에, 에밀 데샹과 지속적으로 교류한다.

1829년 — 병과 가난에 시달리며 가족과 소식을 끊었을 뿐만 아니라 작가 친구들과의 만남도 중단한다. 콜레주 드 디종의 검열관이 마련해 준 전직 도지사 샤이옹(Chaillon) 집의 가정교사 자리를 거절한다. '방보샤드'라는 제목의 첫 수고본을 소틀레(Sautelet)에게 보냈으나 소틀레가 파산하고, 8월 루이 베르트랑의 수고본은 소틀레의 출판사와 함께 한 달간 기탁물로 처리된다. '방보샤드' 원고를 맡긴 출판사의 파산 소식을 어머니에게 알린다. 연말 내지 이듬해 초, '밤의 가스파르'로 제목을 고친 원고를 생트뵈브에게 가져간다.

1830년 — 4월 4일, 디종으로 돌아온다. 루이 베르트랑과 정기적으로 서신을 주고받았던 시인 친구 샤를 브뤼노(Charles Brunot)가 자신이 창간자 중 한 명으로 참여한 『르 스펙타퇴르(Le Spectateur)』지의 편집장직을 루이 베르트랑에게 제안한다. 루이 베르트랑은 몇 달간 편집장을 맡아 글을 집필했으며 7월 말, 프랑스혁명 지지 의사를 공개적으로 표명한다.

1831년 — 2월, 루이 베르트랑의 급진적인 사상 때문에 『르 스펙타퇴르』지를 두고 브뤼노와의 불화가 점점 잦아진다. 루이 베르트랑은 새로운 신문 『르 파트리오트 드 라 코트 도르(Le Patriote de la Côte d'Or)』의 창간에 참여해 편집장을 맡고, 이

신문에서 공화주의자 사상을 열렬히 표출한다.

9월 11일, 샤를 브뤼노 사망. 루이 베르트랑은 브뤼노에게 바치는 시를 한 편 쓴다. 다음 해까지『아날 로망티크(Annales Romantique)』,『카비네 드 렉튀르(Cabinet de lecture)』,『메르퀴르 드 프랑스(Mercure de France)』등 디종의 여러 잡지에 시와 산문, 비평을 발표한다.

1832년 —3월, 디종 극장에서 공연한 자신의 풍자극「경기병들의 소위(Le Sous-Lieutenant des hussards)」가 흥행에 실패하자 크게 낙담한다.

8월 3일, 디종을 방문한 프랑스의 법학자·정치가·문인 코르므냉(Louis Marie de Lahaye Cormenin)에게 바치는 연설을 한다. 연설 이후『르 스펙타퇴르』지와『르 파트리오트』지 사이에 논쟁이 불붙고, 루이 베르트랑은『르 스펙타퇴르』편집장과 결투를 벌인다.

11월 10일,『르 파트리오트』지가 연방 축제에 공짜 표를 나누어 준 것을『르 스펙타퇴르』지가 고소하면서 둘 사이에 새로운 분쟁이 발생한다. 결투를 벌이기 직전까지 갔으나, 결국 이 사건은 법정에서 마무리된다.

1833년 —1월, 다시 파리로 떠나 파리의 블루아가 코메르스 호텔에 정착한다. 외젠 랑뒤엘(Eugène Renduel)이『밤의 가스파르』의 출간을 수락하고 출간 광고를 한다. 경제적 형편이 극도로 궁핍해져 익명으로 군소 잡지의 편집 일을 돕거나, 이탈리아 소폴레토에서 아버지와 함께 근무했던 로드레르 남작이 운영하는 생고뱅(Saint-Gobain)의 공장에서 그의 비서로 일한다. 몽팡시에에서 공작의 가정교사로 일하고 있던 옛 동창 앙투안 라투르가 1837년 9월

아멜리 공주의 하사금 100프랑을 루이 베르트랑에게 얻어 준다.

　　8월 말, 어머니와 여동생 엘리자베스, 엘리자베스의 애인
로랑 쿠아레(Laurent Coiret)가 루이 베르트랑이 살고 있던 파리의
쿠르튀르생제르베가(街)에 정착한다. 이후 노트르담데빅투아르가의
에타쥐니 호텔에 정착한 가족은 궁핍에 시달리고, 자주 다툰다.
일을 잃고 병든 루이 베르트랑은 친구들에게 돈을 빌린다.

1834년 — 3–4월, 셀레스틴 F. 모(某) 여인과 만난다. 이들은
편지를 주고받으며 사랑을 약속하지만 어머니가 맹렬하게 결혼을
반대한다.

1836년 — 파리의 포세뒤탕플가에 거주한다. 랑뒤엘이 출간이
예정된 『밤의 가스파르』 원고료로 150프랑을 선금으로 지불한다.
랑뒤엘의 집에서 조각가 다비드 당제를 만난다. 루이 베르트랑이
다비드와 친밀한 친구 관계를 맺은 것은 이로부터 열여덟 달이
지난 후였다.

1837년 — 2월, '포르트 생마르탱(Porte Saint-Martin)' 극단 대표
아렐(Harel)에게 3막극 '다니엘(Daniel)'(『다니엘: 3막극 드라마-
발라드[Daniel: drame-ballade en trois actes]』)을 제출한다. 월터
스콧에게서 영감을 받은 이 작품은 루이 베르트랑이 1835년에
이미 극단 'M. 콩트(Comte)'에 '금괴(Lingot d'or)'라는 제목으로,
1836년에는 극단 '게테(Gaîté)'에 '피터 발데크 혹은 어떤 남자의
추락(Peter Waldeck ou la Chute d'un homme)'이라는 제목으로
소개한 작품이었다.

　　9월, 아렐에게서 공연 거절 소식을 듣는다. 이 작품은 루이
베르트랑이 남긴 유일한 희곡이다. '알로이시위스'라는 필명이 '나의

363

초가'라는 서명과 함께 호화판 화보집『쿠론 리테레르
(Couronne littéraire)』에 처음 등장한다. 루이 베르트랑은 다음 해
11월 18일, 노트르담드라피티에 병원에 입원할 때 다시 한번 이
서명을 사용한다. 그는 오래전부터 폐결핵으로 고통받았다.

1838년 —1월, 랑뒤엘이 출간을 망설이자, 테오도르 파비
(Théodore Pavie)는 루이 베르트랑에게는 알리지 않은 채,
앙제에서 인쇄업을 하는 형 빅토르(Victor)에게『밤의 가스파르』의
출간을 부탁할 생각을 품는다.

1839년 —3월, 피티에 병원에서 나와 이튿날 생탕투안 병원에
입원한다. 입원 당시 루이 베르트랑은 자크 뤼도비크(Jacques
Ludovic)라고 서명한다.
  11월 말, 생탕투안 병원에서 퇴원한다. 당제와 파비 형제가
『밤의 가스파르』원고를 랑뒤엘에게서 회수하기 위해 협상하려
했으나, 루이 베르트랑은 다음 해 가을에 랑뒤엘의 편을 든다.

1840년 —건강을 회복했다고 믿고 운문 집필을 다시 시작한다.
  10월 5일, 마지막으로 원고의 편집과 출간을 랑뒤엘에게
부탁한다. 그러나 랑뒤엘은 책의 출간을 거절한다.

1841년 —3월 11일, 파리의 네케르 병원에 입원한다. 3월 15일,
다비드 당제는『밤의 가스파르』원고의 선급금 반환 금지를
요청하는 편지를 랑뒤엘에게 보내라고 루이 베르트랑의 어머니에게
조언한다. 루이 베르트랑이 출간 거절에 관한 상황 전반에 대해
알게 된다.
  4월 29일, 루이 베르트랑이 사망한다. 다비드 당제는

364

150프랑을 반환하고 베르트랑의 원고를 랑뒈엘에게서 되찾아온다.

10월 1일, 빅토르 파비는『밤의 가스파르』의 출간을 알리는 안내문을 제작한다.

1842년 ― 11월,『밤의 가스파르』가 출간된다.

워크룸 문학 총서 '제안들'

일군의 작가들이 주머니 속에서 빚은 상상의 책들은 하양
책일 수도, 검정 책일 수도 있습니다. 이 덫들이 우리 시대의
취향인지는 확신하기 어렵습니다.

제안들 30

알로이시위스 베르트랑
밤의 가스파르: 렘브란트와
칼로 풍의 환상곡

조재룡 옮김

초판 1쇄 발행. 2023년 8월 31일

발행. 워크룸 프레스
편집. 김뉘연, 신선영
제작. 세걸음

ISBN 979-11-89356-98-9 04800
978-89-94207-33-9 (세트)
18,000원

워크룸 프레스
03035 서울시 종로구
자하문로19길 25, 3층
전화. 02-6013-3246
팩스. 02-725-3248
메일. wpress@wkrm.kr
workroompress.kr

옮긴이. 조재룡 — 서울에서 태어나 싱균관대학교 불어불문학과를 졸업하고
프랑스 파리8대학에서 박사 학위를 받았다. 고려대학교 불어불문학과 교수로
재직 중이며, 문학평론가로 활동하면서 시학과 번역학, 프랑스와 한국문학에 관한
논문과 평론을 집필하고 시와사상문학상과 팔봉비평문학상을 수상했다. 저서로
『앙리 메쇼닉과 현대비평: 시학, 번역, 주체』『번역의 유령들』『시는 주사위
놀이를 하지 않는다』『번역하는 문장들』『시집』등이, 역서로 앙리 메쇼닉의
『시학을 위하여 1』, 제라르 데송의 『시학 입문』, 샹 주네의 『사형을 언도받은
자 / 외줄타기 곡예사』, 레몽 크노의 『떡갈나무와 개』『문체 연습』, 조르주 페렉의
『잠자는 남자』『어렴풋한 부티크』등이 있다.